Cinco horas con Mario

与马里奥在一起的五个小时

Miguel Delibes

〔西班牙〕米格尔·德利韦斯 著

陈超慧 译

著作权合同登记号　图字 01-2023-5468

Miguel Delibes
CINCO HORAS CON MARIO

Copyright © MIGUEL DELIBES, 1966 and HEIRS OF MIGUEL DELIBES
This edition published in arrangement through AGENCIA LITERARIA CARMEN BALCELLS, S.A.
All rights reserved.

图书在版编目(CIP)数据

与马里奥在一起的五个小时 ／（西）米格尔·德利韦斯著；陈超慧译. -- 北京：人民文学出版社，2024.
ISBN 978-7-02-019002-7

Ⅰ．I551.45
中国国家版本馆 CIP 数据核字第 202472ZF13 号

责任编辑　卜艳冰　杜玉花　欧雪勤
装帧设计　钱　珺

出版发行　人民文学出版社
社　　址　北京市朝内大街 166 号
邮政编码　100705

印　　制　上海盛通时代印刷有限公司
经　　销　全国新华书店等

开　　本　889 毫米×1194 毫米　1/32
印　　张　9.25
字　　数　160 千字
版　　次　2024 年 12 月北京第 1 版
印　　次　2024 年 12 月第 1 次印刷

书　　号　978-7-02-019002-7
定　　价　59.00 元

如有印装质量问题，请与本社图书销售中心调换。电话：010 - 65233595

献给何塞·希门内斯·洛萨诺

✝

马里奥·迪亚斯·科利亚多先生

卒于 1966 年 3 月 24 日，享年 49 岁。
祈求天主怜悯他的灵魂，
让他在上帝的怀里得到安息。

—— 息止安所 ——

他的家人——妻子玛丽亚·德·卡门·索蒂略女士，子女马里奥、玛丽亚·德·卡门、阿尔瓦罗、博尔哈、玛丽亚·阿兰萨苏，岳父拉蒙·索蒂略先生，妹妹玛丽亚·德·罗萨里奥，大姨子胡莉娅·索蒂略女士，大嫂恩卡娜西翁·戈麦斯女士，以及其余的表亲——悲痛欲绝，恳请大家一同为死者的永远安息而祈祷。

弥撒：明天上午 8 点，圣迪亚哥教区
出殡时间：明天上午 10 点
额我略弥撒①的时间地点另行通知。
尸体停放地点：阿尔法雷洛斯大街 16 号主楼右号

讣告人：皮奥·特略

① 指司铎连续三十天为亡者举祭,不可间断,且中间不可有别的弥撒意向。——若无特殊说明,本书注释皆为译者注。

送走最后一个客人、关上大门后,卡门把头轻轻靠在墙上,感受到墙壁的冰冷。她眨了眨眼,似乎有点头晕。她感受到右手传来的阵阵疼痛,双唇也因为太多礼节性的亲吻而变得肿胀。

她找不到更好的话,于是只能重复着从早上开始就一直在说的那句:"我还是觉得这不是真的,瓦蕾①,你瞧,我无法相信这是真的。"瓦蕾轻轻地握住她的手,卡门顺从地让她拖着自己穿过走廊,走到自己的房间。

"你要睡一会儿,门楚②。看见你这么坚强,我很高兴,但你别自欺欺人了,傻瓜,外表的这份坚强并不是真的。在经历重大变故时,人们总是这样,内心的紧张不让你消停片刻。明天你就知道了。"

卡门坐在大床边上,听话地脱鞋,用左脚脚尖顶着右脚,蹭掉鞋子,然后又用右脚蹭左脚。瓦蕾蒂娜扶她躺

---

① 瓦蕾蒂娜的昵称。
② 卡门的昵称。

下，将毯子折成一个三角，盖在她腰部以下的位置。在闭上眼睛前，卡门突然语带怀疑地说道："睡觉，不，瓦蕾，我不想睡觉。我要和他在一起。这是最后一个晚上了。你是知道的。"

瓦蕾蒂娜露出讨好的神情。她的声音——不管话语还是音量——和动作都隐藏着一种不可言喻的魔力："不想睡就不睡吧，但放轻松。你要放松点儿，至少你要尝试放松自己，"她看了看大钟，"比森特马上就要到了。"

卡门在白色的毯子下舒展身体，闭上双眼。她似乎觉得这还不够，又把裸露的右臂放在了眼睛上。洁白的手臂和只到肘部的黑色毛衣袖子形成了强烈的对比。她说："我觉得，从早上给你打电话到现在，似乎已经过去一个世纪了。我的天，这中间发生了什么！我还是觉得这不是真的，你瞧，我无法相信这是真的。"

尽管卡门闭着双眼，又用手臂盖住眼睛，但那些脸庞还是在她眼前徘徊。一些脸就像木头一样面无表情，而另一些则显得非常悲伤："节哀。""节哀顺变。""好好照顾自己，卡门，孩子们还需要你。""明天几点出殡？"而她回答说："谢谢，某某先生。""谢谢，某某女士。"在重要的客人面前，她就会说："要是可怜的马里奥知道您来了，他该是多么高兴呀！"来往的客人各不相同，但总像河流一样，络绎不绝。一开始，大家都生硬地守着丧仪应有的规矩,拉长着脸,维持着如暗流般的寂静。阿曼多说了个关于修女的笑话,想要打破紧张的气氛。他以为卡门听不到他说的话,但她其实听到了。在她有所反应前,脸色苍白、留着犹太教拉比那样的大胡子的莫亚诺就静静地用严厉的眼神打断了他。但气氛已经没之前那么紧张了。莫亚诺的大胡子和那死人般苍白的脸色与守灵非常相衬。相反,瓦蕾的那缕白发却非常扎眼。"听到这个消息时,我简直无法相信。昨天我还见过他。"卡门身子前倾,亲吻了瓦蕾的两颊。实际上,那并不是亲吻,两人只是做做样子,先是左边脸颊,然后是右边脸颊。她们亲吻的是空气,或许还有那几丝碎发,只听到嘴唇摩擦的声音,却感受不到任何温度。"我也是。昨晚晚饭时他还一切正常,还看书看到深夜。但是,到今天早上,你看,就这样了。我怎么想到会发生这样的事呢?"莫亚诺的大胡子,还有那学者特有的透着紫青色的憔悴脸庞,都与这个场合非常相衬。那是卡门唯一感谢他的地方了。"我可以去看看他吗?""当然可以。""节哀,卡门。"两位女士又行了一次贴面礼,先是左边脸颊,然后是右边脸颊,亲吻着空气、虚空或者碎发。两人都能感受到亲吻的气味,却感受不到任何温度。"我发誓我从没见过这样的死者。他和生前几乎没什么两样。"于是,卡门感受到了一种空洞的虚荣,似乎死者是她亲手打造的一件作品。没有人和马里奥一样,这是属于她的死者,是她亲自操办的丧礼。但瓦蕾不同意:"我还是更希望看见活着的他。""你看,他真的一点都没变。""尽管如此,我还是更希望看见活着的他。"门楚的想法和瓦蕾的一样,但她是卡门的女儿,所以只能听话了。放学回家后,卡门在多洛的帮助下,强迫她进了屋,又强迫她把紧闭的眼睛睁开。"你就随她吧,她还是个孩子。""她是他的女儿,她现在要去看看他,因为这是我的命令。"疯了,门楚就像个疯子一样。

"这个野孩子!"

"算了,门楚。你放松些,来,尽可能地放轻松。现在什么都别想了。"

大部分客人都如假人一般,似乎是一尊尊刻着大眼睛的半身像。他们都带着模糊的责任心和讨好般的感伤,一心想要用手指或嘴唇捉住她。他们到的时候一脸疑惑,只想尽快把要做的事情办完。"听到这个消息时,我简直无法相信。昨天我还见过他。""可怜的马里奥,他还那么年轻。"瓦蕾蒂娜的一缕白发像鞭子一般打在她心上。棺材后的那些书也非常扎眼。那些书脊闪闪发光,有红的,有绿的,有黄的。当卡隆的小伙子们离开后,她耐心地用手抚摸着每一本书。在黑色绉绸的映衬下,书的封面显得特别刺眼。她的手指沾满了灰尘,但内心涌起了一股难言的满意。

"节哀顺变。""愿上帝与他同在。"不管怎么样,她让贝尔特兰待在厨房是一个正确的决定。校工是永远不能和教授们出现在同一个场合的。还有那滑稽的一幕。因为他的缘故,安东尼奥才会那么尴尬。为什么聋子要来这样的场合呢?安东尼奥只是说:"好人都死了,剩下我们这些坏人。"事实上,安东尼奥没有把这话说出来,只是含糊地嘟哝了几声。贝尔特兰却问他:"您说什么?"安东尼奥小心翼翼地看了看四周,又低声重复了一遍。贝尔特兰耸了耸肩,高声说:"我没听懂。"在场的人都察觉到了这一幕。安东尼奥看着尸体,像伴奏一般一遍遍地说着那句话。他的声音越来越大,其他人都安静下来,更显得他的声音刺耳:"我说,剩下我们这些坏人,好人都死光了。"贝尔特兰回答说:"啊,抱歉,我之前没听清您的话。"现在,所有人都知道安东尼奥想说什么了。

有人来了,也有人离开了。他们都带着模糊的责任心,还有那故作悲伤的虚伪眼神。安东尼奥的妻子蓓妮深深地吐了一口气,趁着那让人感伤的片刻寂静,说:"我们都知道,我们总会被内心的情感所欺骗。"这句话将人们解救了出来。那些眼睛不再显得烦扰,慢慢地,原本拉长了的脸也变圆了。人们找到了罪魁祸首。但她只是对贝尔特兰说:"贝尔特兰,请您到厨房去吧,我们这儿都挤得转不开身了。"

"你都没法想象厨房的情况,瓦蕾。人多得像是什么庆典似的。那是当然的,马里奥在民众当中的名声总是很好的。"

"是呀,亲爱的,现在你别说话了。什么都别想,努力放轻松。我求求你了。"

"我觉得,从早上给你打电话到现在,似乎已经过去一个世纪了,瓦蕾。"

发现马里奥死后,她立刻给瓦蕾打电话。瓦蕾马上就赶来了。她是第一个到的。卡门和她聊了整整一个半小时。他一般不会那么晚起的,打开百叶窗时,我还想,他应该还没醒呢。看见他的姿势,我有点吃惊,真的,因为他睡觉时总是侧身,蜷着双腿,身体只占床的一半。当然,我说的是长度的一半,宽度的话,另一半是我睡的地方。但他睡觉时总是缩成一团,他说这是从小的习惯,从他记事起,他就是这么睡觉的。你也知道他的性格。但今天早上,他仰面睡着,当然,脸上也没有什么表情。这是正常的,因为路易斯说,心脏病发作时,病人会觉得要窒息了,会本能地转身,去寻找更多的氧气。我想,就像那离开了水的鱼儿一样奄奄一息,你懂我的意思吗?但他脸色正常,看上去一切正常,身体也没有僵硬,和睡着时一模一样……但是,当她摸着他的肩膀说"要起来了,马里奥,你快要迟到了"的时候,卡门像触电一般缩回了手。"我们都知道,我们总会被内心的情感所欺骗。""明天几点出殡?""我也是。昨晚晚饭时他还一切正常,还看书看到深夜……然而到今天早上,你看,就这样了。谁能想到会发生这样的事呢?"然后她又回头问瓦蕾(她和瓦蕾之间无话不谈):"瓦蕾,你知道讣告中有在马里奥的名字前加'尊敬的'三个字吗?你明白我的意思的,我并不是有什么虚荣心。但你想想,在这样的时刻,如果讣告写成这样子,你懂我的意思吗?这样一份没有尊称的、干巴巴的讣告会让我们很伤心的。"瓦蕾没有回答。"你听见我说的话了吗?"她以为瓦蕾会哭出来。"我不知道,你瞧,"瓦蕾突然回答道,"我不知道怎么回答你。你等我一下,我去问问比森特。"卡门听到瓦蕾放下电话听筒,走廊里响起她那有节奏的越来越模糊的脚步声。最后,她说:"比森特说没有,他说只有领导才能用'尊敬的'这样的字眼。我很遗憾,亲爱的。"

那都是一尊尊顽固的半身像,让她无法脱身,他们像吸盘一样紧紧抓住她的手,或者强迫她身体前倾,先是左边脸颊,然后是右边脸颊。"你不知道他们让我多难受,我都吃不下东西了。安赫尔对我说:'你要吃点东西,你这样是无济于事的'。"但孩子们一闯进来,就让人烦心不已。一群野孩子。你看见了,马里奥,他们没有流一滴眼泪,也没有为他们的父亲戴孝,你满意了吧?"妈妈,求你别管我了,这并不能让我感到安慰。这都是一些愚蠢的陈规旧俗,你别指望我会照做。"这话让卡门在厕所里哭了大半个小时。就像这件毛衣,瓦蕾,这是我为可怜的妈妈服丧时穿的衣服。但我长胖了,这件衣服不合身了,而最糟糕的是,现在我只有这一件丧服了。毛衣胸前那部分的颜色变浅了。她的胸脯把毛衣撑开,对于一个服丧的人来说,这显得太气势汹汹了。在潜意识里,她觉得,在这样一个场合,所有刺激性的、颜色鲜艳的或攻击性的东西都是不合时宜的。我可以给他做人工呼吸的,如果有需要,我一定不会犹豫。也许有人会说,这真恶心,但我不觉得这有什么,只要能救他,我愿意做任何事情。说实话,我只在《一周电影新闻》上看过一次要怎么做人工呼吸,我真的不敢做。你也知道,谁会留意这些事情呢?就像是在街上看见消防员,那都是和我一点关系都没有、一点都不打紧的事情,是你在生活中绝不会想起的事情。"我们总会被内心的情感所欺骗。""不是我说,但他应该一直都病着吧。""马里奥的事,我一点都不惊讶,门楚。他们就是唇齿相依。"瓦蕾笑了:"你穿过黑色的内衣套装吗?"那就是另一个问题了。那件毛衣还是显得小,显得她的胸脯很大,但衣服上的毛线并没有因为被撑开而透光。我的胸部是我最大的缺点。我总是希望它能小一些。瓦蕾和埃丝特一直在她身边，寸步不离。埃丝特紧抿双唇，一直听着她剖白内心。瓦蕾却时不时会亲吻她的左边脸颊，说道："门楚，亲爱的，你不知道，看见你这么坚强，我有多高兴。"最后，最糟糕的是，从学校回来的博尔哈高声说："我希望爸爸每天都死一次，这样我就不用上学了！"她气得狠狠打他，打得自己的手掌感觉到疼痛。"夫人，请您别打了，他是个小孩子，还不知道发生了什么呢，他之后会伤心的。"但她还是一味地打着孩子，毫不留情。之后，那一尊尊塑像来了，圆圆的双眼中充满了惊讶，他们或握住她那疼痛的肿胀的手，或是行贴面礼，先是左边脸颊，然后是右边脸颊，说："我真是非常碰巧才知道这件事情。""我知道这件事情时，还不敢相信。""安赫尔跟我说：'你要吃点东西，你这样是无济于事的。'"但是没有人给马里奥行贴面礼，也没有人握他的手。他的那些朋友慌乱地低下头，拥抱着他，一直用右手拍着他的后背，似乎想要帮他掸走蓝色毛衣上的灰尘。"我一点都不惊讶。他们就是唇齿相依。可怜的马里奥！""你说的是父亲还是儿子？"她已经不知道自己在说什么了。"他们俩。问得好，我说的是他们俩。"那是他的葬礼，是她亲自操办的葬礼。在卡隆的小伙子们将他放入棺材前，她用电动剃须刀帮他刮了胡子，还帮他梳好了头发。"他的脸色一点都没变，看上去不像是死了。我从来没见过这样的事情，你说呢？

我们俩参加过不少葬礼呢。""节哀。"她歪了歪头,先是左边脸颊,然后是右边脸颊,嘴唇吮吸着空气和虚空,对方可以听到她嘴唇的声音,却感受不到任何温度。"您不会让先生穿平时的衣服,穿得随随便便的吧?""多洛,为什么不呢?"多洛在胸前画了个十字:"我不相信,怎么能这么做呢?连最穷的人家都不会这样,穿带颜色的皮鞋。"卡门让她到厨房去。她不需要跟一个女佣解释。她对贝尔特兰说:"贝尔特兰,请您到厨房去吧,我们这儿都挤得转不开身了。"刚进屋,戴着眼镜的贝尔特兰就眼泪汪汪地对她说:"他不是一个好人,而是一个理智的、公平的、正直的人。这是不一样的。马里奥先生是一个正直的人,世上并没有多少像他这样的人。您明白吗,夫人?"他想行贴面礼,但她断然地移开了身子。卡门用电动剃须刀给马里奥刮了胡子,给他洗了脸、梳了头,帮他穿上深灰色的西装——那是他在国际慈善日做演讲时穿的衣服。虽然马里奥的身体还没僵硬,但她自己一个人没法把他扶起,所以只能让他侧着身体,再把衣服给套上。之后,她为他系上领带,那是条带红色条纹的棕黑色领带。但领结太松了,她并不满意。最后,卡隆的小伙子们将他放入棺材,将棺材搬到书房——那原本是马里奥的书房,现在却成了他的殓房。马里奥说:"为什么是现在?"但是,当他从大学赶回来时,他就知道发生什么了。也许是贝尔特兰告诉他的。他的双眉几乎紧紧压在双眼上面,看上去似乎在阴郁地沉思,眉毛的弧度像是被大脑的重量给压扁了。但他已经接受这件事了,你想,我们不怎么给他打电话,而我只说了"爸爸"两个字,他就沉默了,一动不动。瓦蕾,有时候,马里奥真的很让我吃惊,他还那么年轻,却已经能如此控制自己的情感。我并不是说我不喜欢坚强的人,但有时,我们的情感也需要得到宣泄。现在控制情绪,以后再发泄出来,可能会更糟糕。但他就像没事一样,就像是一尊雕像。于是,我对他说:"是突发的,他睡着了,没醒过来,路易斯说那是心肌梗死。"然后,我就控制不住地大哭起来,我抱着他,但你不知道,瓦蕾,我是多么难受,我抱着他,就像是抱着一棵树或是一块石头,他就像石头一样。就这么好几分钟,他一直在说:"为什么是现在?"但一滴眼泪都没有,一丁点眼泪都没有。你瞧,那是他父亲,父亲死了,哭泣是最自然不过的事情了。但就像我对你说的,他没有流一滴眼泪。

"野孩子。"

"行了,休息吧。"

皮奥·特略很受感动。当然,马里奥在底层民众中的名声是很好的。最遗憾的是不能在讣告上用上"尊敬的"字眼。这似乎无关紧要,但在讣告中,一个这样的称呼,瓦蕾,你知道的……"节哀。""好好照顾自己,卡门,孩子们还需要你。""我发誓,听到这个消息时,我简直无法相信。""但我本人也……"恩卡娜替她回答了。恩卡娜的打断是野蛮且无礼的。"节哀。""谢谢,亲爱的。"卡门歪了歪头,两人行了贴面礼,先是左边脸颊,然后是右边脸颊,两人都能听到礼节性亲吻的声音,却感受不到任何温度。出于本能,她开始抱怨门口的讣告:原本,我是不想把它放到门口的,你懂的,这事让我感到很害怕,我觉得这是再糟糕不过了,但你看,不管怎么样,人们还是知道了。不用你说我也知道,为了他,我们总是要维持体面的。瓦蕾,明天的《邮电报》一出来,大家都会知道葬礼将在十点举行了。你不用提前来,因为我敢打包票,在那个时间,很多人都急匆匆地往办公室赶,根本不会注意到这件事。这是肯定的。总之,我让皮奥做了六张讣告,一张在这儿,一张在学校,另一张会刊登在《邮电报》上,还有一些在其他地方。当然,《口述日报》是最早刊登这则消息的。

卡门清楚地知道,只有她才能找回马里奥最后的时光。那本书静静地躺在床头柜上,马里奥最后的想法就像罐头一样保存在书里。在摆脱那些黏人的塑像之后,她就会去和他相聚。恩卡娜是最大的障碍,但夏萝[①]已经把她

---

① 罗萨里奥的昵称。

带走了。直到孩子们从学校回来,夏萝才出现在屋里,因为她去接孩子了。一到家,博尔哈就大喊大叫:"我希望爸爸每天都死一次,这样我就不用上学了!"她的手隐隐作痛。卡门不知道,那是因为打孩子打得太狠,还是因为那些冷漠的塑像一直和她握手。她的嘴唇也因亲吻而变得肿胀。"节哀。""谁能想到会发生这样的事呢?""明天几点出殡?"但恩卡娜不是这样的。她一点都没变。她像旋风一般冲进来,在人群中挥舞着双臂,大声说着:"我的上帝!连这个人也离我而去了,连他也离开我了!"那些穿深色衣服的人聚在一起,面面相觑,窃窃私语,而恩卡娜就像疯子一样,告诉所有人,自己是多么孤独。"她看上去就像个疯子。"安东尼奥说。之后,她跪下来,大声说:"我造了什么孽啊,上帝!您让我遭这等罪!"人群聚了又散,散了又聚,低声说着:"这人是谁?"于是,那些原本带着讨好的感伤的眼神变得锐利而贪婪,那些塑像伸直了身子,想要欣赏这出好戏。真是疯了。"这是为马里奥先生做的,您不用付钱了。"卡门坚持道:"但我怎么能不把发讣告的钱给您呢?""夫人,您不用再说了。马里奥先生自己也没几个钱,却一直帮着穷人。您知道的,他是个大好人。"她就不再坚持了,尽管她知道,皮奥·特略的境况也不好——他住在地下室,用《邮电报》那些老旧的铅字给讣告和宣传单排版,借此来维持生计。"世上再没有比先生更好的人了，瞧瞧……"卡门干巴巴地说："多洛，别再哭哭啼啼的了，将你的泪水留给别的事情吧！"女佣和排字工人都为他哭，他的孩子们却没有流下一滴眼泪。这完全违背了她的道德。"别再哭哭啼啼的了，多洛！你没听见我说话吗？"多洛一边用力擤着鼻涕，擦着眼泪，一边走回厨房。屋里响起了说话声，就像是波涛翻涌的大海一样。人们的对话互相交错，燃烧的香烟让空气变得浑浊。"屋里有点热。""我们开点窗，好吗？""气味太难闻了。""真的太糟糕了。""开窗吧。""这样就好，别让穿堂风进来。""对，穿堂风不好。""我们总会被内心的情感所欺骗。""我不喜欢穿堂风。""不是我说，但我父亲一直都很健康，就是因为吹了穿堂风，才去世的。""节哀。""愿上帝与他同在，卡门女士。"卡门歪了歪头，先是左边脸颊，然后是右边脸颊，双唇摩擦了一下，向空气发出了亲吻。对方可以听到她嘴唇的声音，却感受不到任何温度。我想我弄疼她了，但我并不感到内疚。瓦蕾，你扪心自问，你真的能相信，一个女儿甚至没有和她死去的父亲告别吗？因为她只会大喊大叫，像个疯子一样，说什么"求求你们，放开我，我害怕"。我和多洛用尽全身力气，让她睁开了眼睛。我做得没错。她之后会感激我的。

卡门不知道自己是要祈祷还是要做什么别的。她一动不动，微微弯着身子，跪在棺材前，满脸同情和哀求，定定地看着她的父亲。阿罗斯特吉说:"他是个好人。"这时,尼古拉斯先生突然回头看向他:"对谁来说?"莫亚诺蠕动着脏胡子下的嘴唇,低声说:"他是窒息死的。"尼古拉斯先生突然想起她,说道:"抱歉,卡门,您当时在场吗?"但她什么都没说,因为那些先生都像在打哑谜似的,她完全听不懂,甚至马里奥在世时也从未向她解释过那套话语的意思。"我可以稍微把窗户合上一点吗?""这样就好,谢谢。""已经有夜露了。""昨天有点冷。""好好照顾自己,卡门,孩子们还需要你。""气味太难闻了。""听到这个消息时,我简直无法相信。昨天我还见过他。""我就亲眼……"她对皮奥·特略说:"请您记一下,'祈求天主怜悯……'"有一瞬间,卡门觉得,自己也是可以成为主角的,她想,"讣告人,卡门·索蒂略女士",但她立马又恢复了平静的语气,"我继续说?"皮奥说:"但可以写'尊敬的马里奥先生'吗?""不,只有领导才能使用尊称。"话筒另一端的声音有点生气了:"那些比不上他的人,却能用这些字眼。""是呀,但规定就是这样,我也没办法。"皮奥·特略慢慢地做着笔记。最后,卡门又重复道:"讣告上一定要有纯黑的边框,拜托您了,皮奥。""放心吧。"现在,她和马里奥的联系就只有那服丧的感觉和床头柜上的小书了。啊,还有他的尸体!"我发誓,他的脸色一点都没变,我对天发誓,如果您不说,我真的以为他还活着。""我可以稍微把窗户合上一点吗?""真有点冷了。""这样就好,谢谢。"

"瓦蕾,书在这儿吗?"

"嘘!就在这儿,你别操心了,傻瓜。现在,你要休息,我求求你了。没有人能将书抢走。"

瓦蕾蒂娜站起来,一手扶着卡门的后脑勺,让她重新躺下,轻轻地将白色毯子盖在她身上。瓦蕾蒂娜站着,环顾四周,看见了那些刻着花朵的版画和床头上方的十字架,还有她脚下那被年月磨损了的方形地毯。她慢慢地、静静地沿着地毯踱步,借着屋里半明半暗的灯光,端详着衣柜上的镜子。她先是从正面看,然后是从侧面看,轻轻拍了拍自己微微鼓起的腹部。她的嘴角露出了一丝不悦。她回过头,又看到了那本书,还有一管纳索匹香膏、一个森达尼尔的瓶子、一小串钥匙、一个零钱包和一个旧闹钟。她微微吸了一口气。卡门又重新把洁白的手臂盖在了眼睛上。瓦蕾坐下来。

"你还在吗,瓦蕾?"

"是的,亲爱的,放心吧,我一直都在,我发誓。你休息吧,来,努力休息一下。"

多洛的眼睛和鼻尖都发红了,她一味摇头,说:"您就什么其他东西都不给先生戴上吗?""我的妈呀,这太随便了。在我的村子里,即使最穷的人家也不会这么做。你看，竟然让死去的先生穿得这么寒酸。连珀特菲里奥先生出殡时也打扮得像个方济会修士。"卡门对她很是生气。她的其中一个原则就是不接受女佣对她的教导。我还是觉得这不是真的，你瞧，我无法相信这是真的。"看见你这么坚强，门楚，我很高兴。"马里奥做得太过分了。他的蓝色毛衣怎么会与讣告上那二点七厘米宽的黑框相衬呢？他的那些朋友拥抱着他，随意地拍着他的后背，似乎想要帮他掸走毛衣上的灰尘。"都关上吧，最好还是把门窗都关上吧。""有点冷。""穿堂风不好。""这样就好，谢谢。""我们都知道，我们总会被内心的情感所欺骗。""节哀。""一定要有纯黑的边框，拜托您了，皮奥。"她并不喜欢做讣告，但如果要做，就一定要加上纯黑的边框。他站在我面前，一动不动，我发誓，我真的被他吓到了。"谁动了这些书？""我。"我说道。他说："这些书就是他。"你瞧，这些五颜六色的书，那么引人注目，还有这些硬封皮，根本就和服丧完全不搭界。瓦蕾，你知道的，现在印书的那些人呀，把书做得像巧克力盒似的，似乎更要激起人们的食欲，而不是阅读的欲望。事实就是如此，我们生活在一个包装的时代，宝贝儿，你说是吧？这些包装甚至比里面的东西更有价值。包装都是骗人的。你想，如果家里有人去世了，却摆满了这些花花绿绿的东西，这让人多么难堪呀！谁会做这样的事情呢？你知道我的，我可是有耐心一本一本地把所有书翻过来的。幸好大部分都用黑布盖住了,不然的话,还不知道要花上多长时间呢!我可是花了一整个上午才弄好,真是累人呀!另外,书柜里那些乱七八糟的东西,还把我的手弄得脏兮兮的。书本唯一的用处也就是藏尘纳垢了。我跟你说,我最遗憾的,就是没有及时发现这个问题。要是我早点察觉,要是卡隆的小伙子们可以帮我,一下子就能搞定了。当然,你又能让这些人帮你做什么呢?他们什么都不懂,大大咧咧的,只顾着干自己的活儿,说句"再见",转头就不认识你了。"我发誓,我从没见过这样的死者。他和生前几乎没什么两样。""你难道不想去看看他吗,瓦蕾?我保证,他一点都不吓人。""真的不需要了,傻瓜,我更想记住活着的马里奥。"

那些塑像来了又走了,就像泳池换水一样,人群也在流动着。"他们一直在抽烟。""他们应该表现出更大的尊重的。""节哀。"卡门歪了歪头,先是左边脸颊,然后是右边脸颊,冷淡地完成那例行的贴面礼。"谢谢,亲爱的,我衷心谢谢你。"那些塑像的眼睛都大得夸张,像疯子一样到处张望。但当他们看见有别的塑像坐下来,用力地吸气,说出"我们总会被内心的情感所欺骗"这句话后,刚到的塑像们和他们的眼睛都会平静下来,变得和尸体旁边的那些塑像一样。但是,尽管马里奥的脸色如常——他是人们见过的最像健康人的死者了——但马里奥也不再是那个马里奥。在替他洗濯后,卡门就发现了这一点。这两个马里奥完全不像。她迟疑了。面前的死者看上去很优秀,很隐忍,甚至更粗犷,但那不是马里奥。突然,似乎是上帝可怜她,她的脑海里突然想到了一件事情:眼镜!卡门把眼镜找来,帮马里奥戴上。那时候,她才察觉,他的双耳已经僵硬了。她很满意自己的决定,又走了几步,想要寻找一个更合适的角度来打量他。但她找不到这样的角度。多洛像条可怜兮兮的小狗一样,跟在她身后:"您要么把先生的眼睛打开,要么把他的眼镜取下。您倒是说说,他闭着双眼,要眼镜有什么用?"那些塑像踮起脚尖,伸长了脖子。"看看我呀,马里奥!剩下我一个了!我又变得孤零零的了!我这一辈子都是孤零零的,你知道吗?我造了什么孽呀,上帝,您要这样惩罚我!"熙攘的人群窃窃私语:"那是谁呀?""真是难看。""可能是他的小情人吧。""看上去似乎是他的嫂子。""不知道,不知道。"恩卡娜跪在地上,每说一句话,就用尽全身力气大喊一声。"最好还是把门窗都关上吧。""我的妈呀,这嗓音。"卡门不知道做什么才好。"这样就好,谢谢。"她动了动身子,"这烟啊!"她把他的眼镜摘下,"也许你说得对,这看上去不像他。"马里奥已经不在了,他只在书里,在那件被她胸脯撑大了的黑色毛衣里。你说,瓦蕾,我的胸脯真的是太丢人了，这就不是寡妇应有的胸脯，你说是吧？也许还在皮奥·特略做的讣告黑框里，也许还在教堂里，他甚至没有时间做忏悔，你看，这真是太可怕了！他的领导安东尼奥从人群中走出来，抓住恩卡娜的双臂。她往后退，两人拉扯起来。"请诸位帮帮我，得让她离开这里，她悲伤过度了。"你看，这真是丢人！她都不是死者的妻子！我就知道，自从埃维罗死后，恩卡娜就成了马里奥的跟屁虫。人们终于把她弄走了。路易斯和她一起离开，埃丝特帮忙给她打镇静剂。之后，他们打电话叫了辆出租车，一起去了夏萝家里。比森特也和他们一起。慢慢地，卡门觉得自己又成了这次丧仪中的寡妇了。"节哀。""好好照顾自己，卡门，孩子们还需要你。""开一点点窗吧，这闷得快让人窒息了。"那些塑像进进出出。很多人跟卡门握手，一些手是软绵绵的，一些手是僵硬的。她先把头歪向左边，然后是右边，随便地亲吻着空气和虚空。"谢谢，亲爱的，你不知道我有多么感谢你。"

"没有人摁门铃吗？"

瓦蕾将手放在卡门的手上。卡门双手交叉放在膝上，冰冷的手微微颤抖。

"别担心，傻瓜。如果有人摁门铃，我会告诉你的。现在，你要休息，放轻松。努力放轻松。比森特还没回来呢。"

路易斯在他房间里待了有十五分钟。我就像是在向他忏悔似的,你知道吗,他给他做人工呼吸,你瞧,做了那么长时间,我甚至以为他会告诉我"他没死",我真傻呀。"我觉得他不像是死了。他看上去就是睡着了,你看,连脸色都还是那么红润。"但是,后来,路易斯走出房间,说:"是心肌梗死。大概在清晨五点左右。像马里奥这么温和的人,按理来说是不会发生这样的事的。"他说他性格温和,对吗?你知道的,我不懂得怎么说话,但是你看,路易斯眼睛都红了,像是哭过,这让我很感动。医生嘛,都是见过很多病人的,大家都会觉得他们应该习惯了。但他还是为马里奥而哭,我难道不该谢谢他吗?"可以稍微把窗户合上一点吗?""愿上帝与他同在,卡门女士。""已经有夜露了。""这样就好,谢谢。""节哀。""夫人,您的电报。"卡门觉得鼻子一阵发酸。她紧张地用手指擦了擦鼻翼,却在读电报时忍不住抽泣起来。瓦蕾蒂娜吻了吻她的脸颊,这个吻直接、响亮,所以卡门能听到亲吻的声音,也能感觉到它的温度。"勇敢些,你现在可不能倒下。"卡门将那张蓝色的纸递给她:"是爸爸发来的。可怜的爸爸,他现在该多么难受呀!我想都不敢想。"那些塑像眼神平静,开始离去,但还是有一些紧守在棺材旁,就像是粘在灭蝇胶上的苍蝇。"节哀。""明天几点出殡?""愿上帝与他同在。""可以稍微开一点窗吗?这里太闷了。"香烟和低语。"我又变得孤零零的了！我这一辈子都是孤零零的！我造了什么孽呀，上帝，您要这样惩罚我！""这都是一些愚蠢的陈规旧俗，妈妈，你别指望我会照做。""请您记一下：'祈求天主怜悯……'"讣告人，卡门·索蒂略女士？我还是觉得这不是真的，瓦蕾，你瞧，我无法相信这是真的。"节哀。"卡门歪了歪头，先是左边脸颊，然后是右边脸颊。她的嘴唇和脸庞都因为贴面礼而变得肿胀。她的手掌外侧隐隐作痛。每握一次手，她都痛得禁不住颤抖一下。尽管那些软绵绵的手掌总让她感到恶心，但现在，她最想握到这样的手了。在握住这样的手掌时，她心中甚至涌起了一股通奸般卑鄙的快意。"可以稍微把窗户合上一点吗？"他给他做人工呼吸。"这样就好，谢谢。我可不想感冒。""好人都死了，剩下的都是我们这些坏人。""对谁来说？""他是窒息死的。"路易斯眼睛都红了，像是哭过，这让我很感动。我难道不该谢谢他吗？"你看，竟然让死去的先生穿得这么寒酸。"他会觉得要窒息了，本能地转身……"节哀。""门楚，亲爱的，你不知道，看见你这么坚强，我有多高兴。""我保证，他一点都不吓人。"也没有为他们的父亲戴孝，你满意了吧？"愿上帝与他同在。"除藏尘以外，那些书一点用处都没有。"气味太难闻了。""可以……？"医生嘛，都是见过很多病人的，大家都会觉得他们应该习惯了。"节哀。""我想,就像那离开了水的鱼儿一样奄奄一息……""愿上帝与他同在……"

卡门突然坐了起来,让瓦蕾吓了一跳,她说:"门铃响了,你听,瓦蕾,我听见门铃响了。"

"好吧,亲爱的,冷静下来,应该是比森特。我们就不再叨扰你了。你别激动。"

卡门挽起裙子,露出了两个圆滚滚的膝盖。她将脚放到地上,用脚尖摸索着找到了鞋子,没有弯腰,把脚塞进了鞋里。之后,她轻轻梳了梳头发,张开手掌,用手指让头发显得更加蓬松。最后,她扯了扯腋下的毛衣,先是左边,然后是右边。她用力地摇头,说:"这就不是寡妇应有的胸脯,对吧,瓦蕾?"她垂头丧气地说道,"你不用骗我。"

门厅传来男人低声说话的声音。瓦蕾蒂娜站起来,说:"别想这事了。"她回头看了看床头柜和上面的书、纳索匹香膏和写着森达尼尔的瓶子,又说,"这些瓶瓶罐罐都是些什么呢?"

卡门含糊地笑了笑:"都是马里奥的。你知道他的,"她继续说道,"他人很好,但内心有很多想法。他总是要吃颗药丸,在鼻子上涂些什么,才能睡得着。你可能不信,但我告诉你,有一次,他甚至凌晨三点起床去找药店。这就能看出他是怎样的人了。"

瓦蕾蒂娜突然抬起头,她头上的那缕白发就像闪电一般扎眼。她笑了:"可怜的马里奥,"她说,"马里奥是世上实打实的好人。"

卡门站起来,看着镜子。她有点恼怒地扯了扯腋下的毛衣,先是左边,然后是右边。"我太丑了,"她低声说,"不管是穿着黑色的还是白色的内衣,这都不像是寡妇的胸脯,太难看了。"

瓦蕾蒂娜并没有听她说话。她拿起床头柜上的书,随手翻着。

"《圣经》,"她说,"马里奥竟然也读《圣经》?"她又笑了,高声读出书上的句子,"'你们的脚应履行正直的路,叫瘸子不要偏离正道,反叫他能得痊愈。'"

卡门低头看着她,似乎在接受什么屈辱的检查。有时,她会机械性地用手指扯一扯胸脯下方的毛衣。她似乎想辩白什么,说道:"他说,《圣经》给他以养分,让他获得心灵的平静。"

瓦蕾蒂娜低声笑了:"他这么说的?这可真逗!给他以养分,我发誓,我从没听过这么逗的话,门楚。那些画线的部分呢?"

卡门清了清嗓子,觉得自己越来越难堪。她补充说:"是他的怪癖。马里奥总是反复读那些他画出来的句子,你懂吗?我现在,"她的眼神变得柔和,但声音变得坚定了,"只要拿起这本书,就像是和他在一起了。那是他最后的时刻,你明白吗?"

瓦蕾蒂娜突然合上书,递给卡门。门厅的人声越来越响了。突然间,声音停止了,在几秒钟的寂静后,听见有人小心地敲了敲房间的门。

"来了。"卡门一边说着,一边本能地扯了扯腋下的毛衣。

传来马里奥的声音:"是比森特。"

"来了,"瓦蕾蒂娜说,"我走了,"她走到卡门身边,扶住她的腰,"傻瓜,你真的不想我留下来陪你吗?"

"真的,瓦蕾,我想自己一个人待着。如果有需要的话,我肯定会和你说的。你是了解我的。"

瓦蕾蒂娜歪了歪头,两人的脸颊交错,先是左边脸颊,然后是右边脸颊。她们不痛不痒地亲吻了一下空气和虚空,两人都可以听到对方嘴唇的声音,却感受不到任何温度。

比森特穿着大衣,在小门厅里候着。马里奥在他身旁,穿着蓝色毛衣。卡门帮瓦蕾蒂娜穿上外套,之后两人一起找她的手包。她们的脸颊再次交错,向空气和虚空发出了亲吻。"再见,亲爱的,明天我一早就过来。你真的不想我留下来陪你吗?""真的,瓦蕾,谢谢你为我做的一切,"她转头看向比森特,"恩卡娜呢?"

比森特清了清嗓子。他并不喜欢参加葬礼。他有点失神,说道:"她睡了。终于睡着了。路易斯说,她明天才会醒来。完全没办法让她安静下来,我从没遇过这样的情况。"

马里奥看了看比森特,又看了看卡门,似乎听不懂他们说的话。瓦蕾蒂娜朝他伸出了手,说:"马里奥,你看上去很累,你应该好好睡一觉。"

马里奥没有回答。卡门替他回答说:"他现在就去睡了,所有人都睡下了。"

"那爸爸呢?"

"我会替他守灵。"

瓦蕾蒂娜和比森特终于离开了。好一阵子,还能听到瓦蕾蒂娜缓缓下楼梯的脚步声和比森特那令人昏昏欲睡的低语。卡门看向她的儿子,扬了扬手中的书,说:"马里奥,你去睡觉吧,求你了。我想和你爸爸单独在一起。这是我们最后一次独处。"

马里奥迟疑了一下。

"我听你的,"他说,"但如果你需要什么东西,就告诉我。反正我肯定睡不着了。"

他自然地俯下身子,亲吻了卡门右边的脸颊。她觉得眼里突然涌起了一层温热的水汽。她举起双臂,用力地抱着他,过了好几秒才松开,说:"明天见,马里奥。"

马里奥径直走向走廊。他走路的姿势很奇怪,似乎很累,又似乎很有活力,仿佛很难控制自己的力量。卡门转身走进书房。她将烟灰缸中的烟蒂都倒进垃圾桶,将垃圾桶放到走廊。尽管这样,房间里还是弥漫着一股烟味。但她毫不在意。她关上门,在换鞋凳上坐下。她把所有的灯都关了,只留了一盏落地灯,灯光倾泻在她膝上那翻开了的书页,一直蔓延到尸体的脚边。

一

  房屋与钱财,是父母的遗产;贤明的妻子,是上主的恩赐。①亲爱的,我想,你对一切都感到满意吧,你也没什么好抱怨的。你瞧,命运之神待你不薄,你说是吧?你有一个专一的妻子,她长得也不算难看,用几个子儿就把家里打理得井井有条。这样的人可不是随随便便就能找到的,是吧?但只要一有麻烦,咔嚓,很好,再见。你还记得最初的那几个晚上吗?你走了,丢下我一个人在那儿收拾烂摊子。你看,我并不是想抱怨什么,还有比这更糟糕的事情,你看,像特兰茜,她都有三个孩子了。但你总只想着自己,从未考虑过我的难处,这真的让我很恼火。你还一句感谢的话都不说,似乎这是最平常不过的事情了。你们男人,只要一结婚,就什么都不做了,觉得结婚就能保证对方忠于自己。当然,对你们来说这根本不算什么,你们还是随时可以去寻开心,这就万事大吉了。但

---

① 出自《圣经》。本书每个小章节开头楷体引用语句皆出自《圣经》,译文均采用思高本。

你很清楚,我们女人就是一群浪漫的傻瓜。我并不是说你有过什么胡闹,亲爱的,我绝对不会这么说,这对你不公平,但我也不能百分之百保证你在婚姻里是忠诚的。猜疑?随便你怎么说吧,但像你们这些自诩公正的人才是最让人信不过的。那年我们去沙滩,亲爱的,你的小眼神就出卖了你。我还记得,我那可怜的妈妈,噢,愿她安息,我那可怜的妈妈就看出来了。你看,当时我还没察觉,还觉得要赶紧抓住这个世界上最好的男人。你瞧,恩卡娜,就你的嫂子,我知道她是你的嫂子,但自从埃维罗死后,她就一直缠着你。在这件事情上,谁都不能改变我的看法。在与他人义务有关的问题上,恩卡娜的想法是非常奇怪的。亲爱的,她认为,在哥哥死后,弟弟必须要代替哥哥的位置,诸如此类。我只对你说这话,亲爱的,在我们订婚之后,每次去电影院,我听见她和你在黑暗中窃窃私语,我真要气疯了。而你呢,很好,你说她只是你的嫂子。这可是天下最新奇好玩的事儿了,谁不知道她是你的嫂子呢?你总是故意避开某些话题,用这种方式来为那些无法解释的事情提供正当理由。事实就是,你对所有人都怀有歉意,唯独对我没有一丝内疚。亲爱的,不管怎么样,你还没跟我解释你和恩卡娜在你通过教职竞聘那天发生的事情。天知道她去那儿干什么,但你在信里写道——没错,言简意赅地写道:"恩卡娜来到投票现场,然后我们一起去庆祝我通过竞聘。"但我想，庆祝也是有很多种方式的，而你呢，说是在富伊玛酒馆喝了点啤酒，吃了点煎虾。很好，你是把我当傻子了，我还不知道恩卡娜的性格吗？亲爱的，她可不是省油的灯。但是，傻子，你以为我忘了她在电影院里是怎么当着我的面往你身边靠的吗？没错，我知道，我们当时都还没结婚，很好，但如果我没记错的话，我们当时已经谈了两年了，而任何一个女人都应该对这样的关系心怀尊重，她却偏不。马里奥，我和你说真心话吧，她的那些甜言蜜语和傻话能让我气到失去理智。你那么了解她，你觉得，你们两个手拉手去庆祝，我真的可以相信她喝完啤酒、吃完煎虾就完事了吗？这还不是最让我生气的。你瞧，毕竟我们都只是上帝手中的陶土而已，最让我心痛的是你内心的保留。"别胡乱猜疑。""恩卡娜是个好姑娘，只是生活的不幸让她感到迷茫而已。"你看，你这就是把我当三岁孩童了。也许有人会接受这个理由，也许，你这话能骗过一个没那么聪明的人，但我……你看见她昨天的样子了，亲爱的，真丢人呀！你不会说这也是一个嫂子的正常反应吧？这已经很反常了。而我却是那么软弱，你看，和她相比，我就像是个铁石心肠的女人。而比森特·罗霍说："你们把她带走，她悲伤过度了。"我和你说，这真是让我非常恼火。马里奥，你凭良心说，她这么做合适吗？似乎死的是她的丈夫！我可以打赌，埃维罗死的时候，她肯定没有这么激动。你说，要是我在埃维罗的葬礼上，我又是该做什么呢？马里奥，在你父亲的葬礼上也是一样的。我一直都说，她就是想让我出洋相，让我难堪，你不用再替她解释了。说实话，我一直都不喜欢恩卡娜，马里奥，我不喜欢恩卡娜，也不喜欢像她那样的女人。当然，对你来说，生活中所有的女人，包括妓女，都值得让人怜悯。照你这么说，事情就没完了。"没有人想这样，她们都是社会的受害者。"真是好笑，你们这些总能原谅别人的人真是让人无法理解。在我看来，她们为什么不工作呢？为什么不按上帝的意思去工作呢？马里奥，亲爱的，人们再也不需要女佣了，这不是什么新鲜事。尽管你认为这是好兆头——我们也对你的这些理论进行过很多讨论，但现实情况确实越来越糟。我告诉你吧，现在，连女佣都想做大小姐，她们不是抽烟，就是涂指甲油，还有些女人开始穿裤子。你觉得这是正确的吗？这些女人在破坏家庭生活，马里奥，你没听错。我还记得，以前，我家里有两个女佣和一个贴身女仆，照顾着家里原本就不多的那几口人。那才是生活。没错，每个月要付两个里亚尔，但是，只要给她们穿的和吃的就好了，难道她们还需要别的什么东西吗？很好，爸爸倒会说："胡莉娅，好了，给她们留点，让她们也在厨房里尝尝这些食物吧。"

这才是家庭生活，有足够的时间做自己的事，每个人都在自己的位置，皆大欢喜。现在，你看，我每天都累得不行，你知道的，不是在做菜，就是在洗衣服。不管一个人能有多少个分身，只有一个女佣来照顾一个七口之家，谁还能保持夫人的端庄呢？但你们男人永远不会察觉到这些事情。结婚那天，你们就做了一单不能反悔的好生意，买了一个女奴。我们都知道，对你们男人来说，一切都只是生意而已。而女人就要像头牛一样一直干活不能歇息吗？那是她们自己的事！那是她们的义务，说得可真漂亮。亲爱的，我可不是要责怪你，但在这二十年里，你都没有表示过理解，这是最让我心痛的。我知道，你也不是那种严苛的丈夫，没错，但有时候，单单不严苛是不够的。你看，我绝不是说你的哥哥埃维罗就是一个理想的丈夫，但是，从一些小地方就能看出来，你哥哥是不一样的。你还记得，一九三六年的六月，我们一起去喝下午茶，他给我送了个零钱包吗？你瞧，我还留着它呢，我想我应该是把它和一堆杂物放在一个五斗柜里了。当时，恩卡娜多生气啊！像个疯子一样，我都以为她要把埃维罗给生吞活剥了。你看，三个月后，埃维罗死了，她可内疚得不得了。你哥哥很瘦弱，但是，马里奥，只要是比他多那么一点血性的人，只要是有一点正常血性的人，都会把恩卡娜管教得更严。愿上帝宽恕我，但自打我认识他们俩以来，我就一直认为，恩卡娜对他并不是忠诚的。你看，我也不知道为什么我会这么想，但恩卡娜那脾气可不是你哥哥能受得了的。你知道，我一向不喜欢做冒失的判断，但在丧夫之后，她就一直缠着你，真是太丢人了。没错，我就是这么想的。我可以对天发誓，我从来不相信你们一起去富伊玛酒馆那天她就只喝了一杯啤酒和吃了煎虾，我不相信她没有别的心思。你知道我的，别的不说，我是很讨厌夸大事实的。但是，你要我说得更明白些吗？你知道吗？昨天，瓦蕾蒂娜把我拉到一边，对我说——这可是她的原话，她对我说："你嫂子到死也不肯放过他吗？"你怎么看？你还要说这只是我个人的想法吗？因为不管你怎么看瓦蕾，你都无法否认她很聪明，她并不是没话找话。你听到了，"到死也不肯放过他"。当然，仔细看的话，我才是那个傻瓜。天知道，也许我不是傻，只是对于一个有原则的人来说，这些原则是神圣不可侵犯的，我们都知道，有些原则是至高无上的。如果我想对你不忠的话，马里奥，我随处都可以找到对象，你听好了，我随随便便都能找到！你看，埃利塞奥·圣胡安，就是洗染店的，我们就说他，不说别的。尤其是我穿着那件蓝色毛衣出去时，他每次都会和我搭讪："你真是好看，好看，越来越漂亮了。"他就每次都缠住我不放，真是烦人，这都那么多年了，他这样子可不是一天两天的事儿了。像这样的人还有很多，只是我没告诉你而已。你这个大笨蛋，还是有人喜欢我的，你要是觉得我年老色衰，那可就大错特错了。告诉你吧，马里奥，你这个看不清现实的人，我走在街上还是能吸引男人的目光的。"圣胡安这个粗人。"你这话可真好笑，你知道有多少女人追在他身后吗？但问题是，尽管今天，所谓的原则都成了麻烦，尽管其他人都不遵守这些原则——这又是后话了，但我还是有自己的原则。"圣胡安这个粗人。"你觉得呢？之后，夜晚又和早上不一样了。我从来没见过像你这么死气沉沉的男人，亲爱的。我不是特别那个，但你就这么不温不火的，你好歹也要考虑一下我的感受呀。在我状态好的时候，你不好好把握机会，之后，突然有一天，我状态不好了，你就来劲儿了。"我们要诚实面对上帝"，"不要把数学和这事儿混为一谈"。说得简单，但在这之后，是我怀胎十月，是我晕倒在角落里，你呢，就忙着去上课，去你的那些茶话会了。你的这些事情，我也能做呀！你还想怎么样呢？你以为女人都是石头和纸板做成的吗？既不会伤心也不会疼痛的吗？难道你没发现，我看着自己越来越胖，你对我越来越抗拒，我是多么伤心吗？我和你说，阿曼多做得非常好，他就是个文明人，他只会实话实说。不管埃丝特多么聪明，但你那天为什么要坐在她旁边呢？那天，阿曼多做得很好，你听，他说："每个人都要负起自己的责任。"但你瞧，对我来说，你做事情都是随着自己的心意来，这让我很恼火。因为在我状态好的时候，你不想要，到我状态不好了，你想要了，你就来劲儿了，让我的肚子也不得安生。你说，像我这样的孕妇有什么错吗？不，马里奥，亲爱的，现在你倒说，不要做任何自己不想做的事。那你和埃丝特坐在一起，这可是证据确凿的。就像和孩子们一起睡觉一样，你说，你多少次因为这件事而责怪我了？这件事情有什么大不了的呢？你早上十一点才上第一节课，而我从九点开始就要忙活家务，难道你照顾一下孩子不是天经地义的吗？是的，我知道孩子们很吵闹，这还用得着你说吗？没错，生产的时候可真是痛苦呀，但那是我们女人都要经历的，而你们男人呢，什么都不用做，却全都是烈士。我倒想看看，你要生孩子时会怎么样，也不用多，就生一个就好。我的天！只要你试过，你就知道是怎么回事了。你的嫂子也没经历过这事儿，她说埃维罗……天知道她说了啥。但就因为什么都不知道，她才胡乱编造，说什么我耗尽了你的耐心，说什么我不了解我的丈夫，好像让你照顾孩子就是要杀了你似的。你瞧，她有资格说这话吗？恩卡娜是个诡计多端的人，马里奥，我还需要多说什么吗？但是，我们都知道，一个女人越好，她得到的待遇就越差。你们男人都是一群自私鬼，只要结婚了，有了女人对你们忠诚的保障，你们就撒手不管了。我真想看看你们和那些浪荡的坏女人结婚会怎么样。我敢保证，如果是这样，你们肯定会多留个心眼。看，你们就是这么功利。

二

只要我们有吃有穿，就当知足。至于那些想望致富的人，却陷于诱惑，堕入罗网和许多背理有害的欲望中，这欲望叫人沉溺于败坏和灭亡中，因为贪爱钱财乃万恶的根源……正是因为这样，亲爱的，我一辈子都无法原谅你，你让我的梦想——拥有一台轿车——破灭了。我明白，当时，我们结婚不久，买车是很奢侈的一件事。但现在，人人都有一台西雅特600，马里奥，我告诉你，这可是瞎子都能看出来的事，连看门的门房都有一台西雅特600。你可能永远不会明白，但怎么说呢，如果一个女人身边的朋友都坐上了轿车，而她自己却只能走路，那可是会让她感到耻辱的。我跟你说实话吧，每次我听到埃丝特、瓦蕾蒂娜或克雷森特——就是那个水手——说起他们星期天去了哪里郊游，我心里都很不舒服，真的。尽管我说这话可能不太合适，但我还是要说，你娶到我，可真是碰上了天大的好运。你这个妻子用几个子儿就把家里打理得井井有条，她还那么爱你，马里奥，你以为用一个值两里亚尔的扣针或一些什么小玩意就能把她打发了？不，傻子，我跟你说过无数次了，你离现实世界太远了，你什么都不留意。马里奥，你知道这是什么吗？这就是自私。我和你说，我知道，在学校里做教授是不可能成为百万富翁的——我倒是希望可以——，但还有别的活儿呀。我想，时至今日，没有人是只打一份工的。是，你肯定会说，你还在写书，还在为《邮电报》撰稿。但我跟你说，你的那些书和小文章带给我们的只有不快，像审查之类的麻烦事啦，还有什么人际纠纷啦。你别和我说些有的没的，你只要回答，我说得没错吧？除此之外，我们也就只拿到两个子儿而已。对此，我倒是毫不意外，马里奥，我说，谁会关心那些像猪一样在泥里打滚的、快要饿死的人呢？我们看啊，你动动脑子，谁会读《沙堡》那样只谈哲学的东西呢？你总是念叨着论文、影响什么的，但是，你告诉我，这些东西能吃吗？相信我，人们根本不关心什么论文和影响，而你呢，你就在那些茶话会上耗一整天，跟那个阿罗斯特吉还有那个莫亚诺在一起，没错，就是那个大胡子。那两个人都是不识时务的人。爸爸已经好心提醒过你了，他拿着放大镜读你的文章，马里奥，真的，你都听见他说的话了。他说不，他说，如果你写这些文章是图个好玩，那没问题；但如果你想借此功成名就或大赚一笔，那最好还是另寻他法。你还记得吧？好，然后你还是我行我素。我和你说得很清楚了，如果是别人这么说，你不理睬就算了。但连爸爸也这么说——爸爸可是个不偏不倚的人，你说是吧？要是我没记错的话，在很久以前，从《阿贝赛报》创办以来，他就一直和报社的摄影部合作，他的作品可不少。在写作方面，他可是很在行的。他怎么可能什么都不懂呢？马里奥，我难道没有亲口和你说过，让你编一些更好的故事吗？这话我说了不止一千次。不说别的，像那个马克西米诺·孔德娶了寡妇后爱上继女的故事就行了。马里奥，别再自欺欺人了，这些情节才是人们感兴趣的。我知道，这些故事有点那个——有点色情。但在继女向他主动献身时，主人公表现得很是正派和得体，这就够了，这样，这部小说甚至还有一定的教化意义。好，你呢，继续一意孤行，总是左耳进右耳出。两年后，你出版了那本《遗产》。说实话，那书真的让人读不下去。马里奥，你想，谁会对那样一个故事——发生在虚构国家，主人公是个双脚疼痛的新兵——感兴趣呢？在我们星期四的茶话会上，说起那本书，瓦蕾蒂娜就笑个不停。当然，所有人都同意她的观点，只有埃丝特为了炫耀自己，替你说了些好话，但显然，她也没读懂。马里奥，你要明白，这些士兵都太奇怪了。两支军队的士兵怎么可能跳出战壕，拥抱对方，还说什么再也不会受**那股力量**的操纵呢？在你的书里面，你总会将某些字改为大写或者斜体，我不知道你为什么要这么做。阿曼多说因为这样效果好，天知道是不是真的。但事实是，没有人能读懂那本书。你瞧，如果将军看见自己的士兵在拥抱敌军的士兵，他肯定会把他们当场枪毙的，这是再合理不过的了。亲爱的，乍一看，就已经有这么些奇怪的地方，但比这更加奇怪的就是那个新兵突然没头没脑地说什么"**那股力量**在哪里？**它**没有脑袋，没有形状，没有人知道它藏在哪里"，然后不知怎么的，所有的士兵都被吓到了，都回到自己的战壕，又开始互相扫射。说实话，亲爱的，你觉得这合理吗？你看，埃丝特那个傻子，还想着帮你说好话，说这是象征。你听，仿佛她知道"象征"有什么用似的。伊希尼奥·奥亚尔顺那晚在俱乐部说的话可能更合理。当时，我听到他的话，吓得浑身冰冷。他说，那本书的作者是一个和平主义者，是一个叛徒。我知道，尼古拉斯先生立马替你找了些理由搪塞过去了。这该死的尼古拉斯先生，我真不知道他们怎么能让这个尼古拉斯先生做报社社长的——战争期间，他可是在监狱里待了几乎一年呢。马里奥，你可能觉得好笑，但尼古拉斯先生就是一个激进分子，他支持勒罗克斯和阿尔卡拉·萨莫拉之类的人，当然，他就是左翼分子，还是最坏的那种，是那种不敢面对问题的人。他总是指指点点，批评别人，自然，人们也没让他的日子好过。他内心难道不感到羞愧吗？你瞧，尽管人与人之间不该互相憎恨，但我真的非常讨厌这个人，想起他对你的伤害，我就一点都不想看见他。他，还有那个阿罗斯特吉、那个莫亚诺，再加上那一帮人，让你变成了另外一个人。亲爱的，你别解释了，之前你不是这样子的。还有那烟啊，我的上帝！你们在那儿抽烟抽那么久，究竟是在干什么？要拯救世界，是吧？你们还互相打断对方的话，我的妈呀，那声音！你们说了那么多，却都没什么用处，争论着钱是不是狡猾的，钱是不是自私的。马里奥，你看，你们说了那么多，却没有说出一个大实话：钱是必需的。我说，如果你们没有讨论那么多关于钱的问题，而是将这些时间花在赚钱上，可能你们的境遇都会好很多。亲爱的，因为你会写文章。这话我已经说过很多次了，也不怕再重复一次：问题只是在情节上。我不知道你有什么本事，但你那些故事的情节真的糟透了。能读懂你的故事就还算好的了，我向你保证，当你们开始说什么结构呀之类的东西，我完全就是云里雾里。我是多么希望你能写一些爱情小说呀！马里奥，这就是一个主题，爱情是永恒的主题，没有什么原因，就因为它是最人性的，是所有人都能理解的。如果你当时听了我的话，那该多好！你想想，马克西米诺·孔德，一个成熟的男人，和一个寡妇再婚，爱上了自己的继女。这个故事就是一部电影。很好，你欣赏不来，还要一直故意作对。马里奥，我不想抱怨，但我回想这么些年，你听我的话的次数真是屈指可数。想到这点，我就想哭。你说，你这个大懒鬼，对你来说，赚一台西雅特600就真的那么难吗？马里奥，不说好几年前了，就现在，一台西雅特600是最普通不过的了。所有人都是这么说的，就连帕科也问我："你会开车吗？"我说："一点点，几乎不会。"不然我要怎么回答？难道说"我们没车"吗？他拍着自己的后脑勺，说："不不不！不可能！"你瞧，他甚至不相信我的话。马里奥，你想，要是有一台西雅特600，孩子们肯定都高兴疯了。至于我嘛，要是有一台西雅特600，我的生活就完全不一样了。而你却说，轿车是奢侈品。你想想，现在，听到你这话的人会怎么想？还有家里的餐具，二十三年了，马里奥，我们这些银餐具都用了整整二十三年了，时间不算短了。在这二十三年里，我一直想好好款待我的朋友。但你看，每次我们邀请他们，都只能让他们坐在长沙发上吃小吃，巧妇难为无米之炊啊！真是丢人呀，我的上帝！对我来说，吃白食是很可怕的事情，我还记得，妈妈——噢，愿她安息——妈妈恰恰相反，她说，"要轻财好施"。当然，家里人吃饭又是另一回事了，尤其是在胡莉娅和加利·康斯坦丁诺那事发生之前。但你总是大大咧咧地说，我家怎么样怎么样。马里奥，坦白说，我是接受另一个阶层的家庭教育长大的。有时，我也会想，如果可怜的妈妈还在的话，她脸上会是什么表情。她可能会说："一个女佣照顾五个孩子！"你说：

"时代在变,现在的生活不一样了。"这可真好笑,没错,对我们女人来说,这是另一个时代了。这群可怜的女人!就因为那些所谓的"平等"原则,女佣少了,她们就要干更多的活儿。而你们男人呢,就是高谈阔论,抽烟,噢,还有写一些没人读的文章,仿佛写作就是工作一样。马里奥,你不用解释了……仔细一想,我才是那个傻瓜。在我们订婚的时候,我就能看出你的问题了。"一周一个杜罗,我不赚钱就没钱花。"你瞧,亲爱的,这话说得可真漂亮,城里的人都知道,你爸爸是出了名的小气。天知道为什么,我从没想过你和他一样。因为学历或其他什么别的原因,你觉得没有必要花钱,但这不代表其他人也是一样的想法。坦白地说,我是习惯另一种生活的。这并不是我自己认为的,所有认识我的人都知道我的性格。马里奥,相信我,到现在,我的脚板还因为走路太多而疼痛。下雨就躲到建筑的门廊里,天气冷就靠咖啡的热气取暖——说实话,你觉得这真的是我这种中产以上阶层的姑娘要过的生活吗?我们面对现实吧,马里奥,一个人的本性是很难改变的。而你呢,自打我认识你开始,你的品位就是无产阶级的品位,不然的话,你究竟是为什么要骑自行车去学校呢?你说实话,这跟你的身份相匹配吗?马里奥,亲爱的,你看,自行车不是为你这个阶层的人准备的。每次看见你骑自行车,我都觉得胆战心惊,真的。看到你在车的横杠上放了个小座位让孩子坐时,我真想把你杀了,我甚至还为这事流了眼泪。真是让人受不了,上帝!一天,瓦蕾不怀好意地对我说:"我看见马里奥和孩子了。"我真是羞得无地自容,真的。我只能说:"他突然就会这样,这是他的怪癖。"不然我要怎么回答呢?马里奥,我真的不想认为你是为了羞辱我而故意这么做的,但你从来不问我的意见,只要你兴起,就把事情做了。这真的让我很心痛。你看,在这个社会,没有人可以对别人的意见不管不顾,任凭自己的性子乱来。大傻瓜,这是阶层要求我们必须这么做的,而一名教授——我且不说一名工程师了——一名教授,一个有地位的人,就要做符合他身份的事情。连安东尼奥在当上主任时也委婉地跟你说过,这自行车太多余了。而你呢,一意孤行,对你来说,就是玉皇大帝也没法改变你。我跟你说,当安东尼奥在你的档案中写下处分时,我真的非常担心。除了别的一些事情——我就不发表意见了,你知道的,还是因为他似乎对你有点看法。还有贝尔特兰。你觉得,让人看见你堂堂一个教授和一个校工同时出现在公共场合真的合适吗?在我这个正常人看来,这当然不合适啊!你这个不考虑后果的人!你还和他闲聊,不,先生,你只要说"早安""下午好"就够了,不用再多说什么。因为你们是两个世界的人,说的是两种不同的语言。很好,你却开始同他拉家常,问他收入高不高,两个人聊得热火朝天。你有时间担心别人赚得多不多,倒不如担心一下自己的工资。另外,即便贝尔特兰工资不高,你又怎么能和他比呢?他身为他那个阶层的人,可以穿运动鞋,而你呢,不管怎么样都要收拾整齐,打扮得符合你的身份。然而,看着你平日里的打扮,我内心也是彻底绝望了。

三

　　我的妹妹，我的新娘，你夺去了我的心！你回目一顾，你项链上的一颗珍珠，夺去了我的心。没错，很好，马里奥，我不想和你争辩，但请你告诉我，为什么你从来没有给我读过你的诗呢？为什么你甚至没和我说过你写过诗呢？你瞧，要不是埃维罗，我这个什么都不懂的傻瓜甚至都不知道这件事。有一次，埃维罗说，你写了一首赞美我的眼睛的诗，我是多么高兴呀！你看，埃维罗突然没来由地对我说，他说："马里奥给你读诗吗？"我还云里雾里，问："什么诗？"于是，他说——我发誓他是这么跟我说的："认识你之后，我就明白，他为什么能写出赞美你的眼睛的诗句了。"听到这话，我满脸通红。但是，到了晚上，我请你给我读一下你的诗时，你却说不行："那些诗都太柔情、太感伤了。"我倒不知道你现在为什么对感伤那么反感了。亲爱的，我跟你说，对我来说，你的举动代表了你对我的不信任，像利箭一般扎进了我心里。不管我怎么坚持，你一直说，这些诗是你自己写着玩的。瞧你这借口，仿佛你可以只为自己写诗似的。亲爱的,你在这方面真的很固执。在我看来,如果你不把话说出来,这些话就是没有意义的,傻瓜,如果不说出来,这些话就像噪声或潦草的字迹一般,没有意义,你说是吧?那些该死的文字,你看,自打我认识你开始,文字给你惹了多少麻烦!马里奥,有时,我走进你们开茶话会的房间——噢,那缭绕的烟雾——想听听你们说些什么。虽然我什么都没说,但你们别想骗我,我知道,你们聊的都是和女人有关的事。只要我一走进房间,你们就会转移话题。你们男人就是这样,都是这样的德行。我不知道是偶然还是你们有什么暗号,但只要我一进去,你就说钱是狡猾的或是自私的。如果不是谈钱,那就是在谈文字,说什么人性本善,只是文字让人变得迷惑。真是让我好不生气!你也认识费利帕夫人的儿子,他生来就又聋又哑,你竟然还问:"那又怎么样?"你看,他一斧头砍在自己的兄弟身上,这还不够吗?但你说:"别提这种事了。"马里奥,我真的很心痛,你总是这样把我看得一文不值,仿佛我是一个无知的妇人。我可以原谅你的一切,但唯有一件事不行——你不给我读你的诗。这里只有我们两个,我这么和你说吧,有时候,我觉得你那些诗都是写给恩卡娜的。我承认,一想到这我就生气。在我看来,如果有什么话是不能说出口的,那这句话就是毫无意义的,就像疯子在街上大喊大叫一样毫无意义。你当时还好好的,你的病还要很久之后才发作——当然,我并不是说之后的病不重要,当然很重要,但你就像个撒泼的娇生惯养的孩子,你告诉我,你身上不痛,又没有发烧,那你得的究竟是什么病呢?我告诉你吧,如果说有什么值得我后悔的事情,那就是这二十三年来我都那么关心你,真是折磨。如果我可以强势一点,情况就完全不一样了。我也问过特兰茜:"你怎么看这个七个月就出生的孩子①呢?"马里奥,你知道她怎么说吗?你想知道她的回答吗?她说,这小伙子很瘦,似乎缺乏他人的关爱。你瞧,你那双忧郁的眼睛——每每看到那双眼睛,我的心都快被揉碎了;还有那磨掉了的鞋跟——你真是皮鞋杀手,亲爱的,你穿过的鞋子,没有一双是完好的。嗯?听见阿曼多将手指放在太阳穴上、粗鲁地大声问我们是不是和帕科·阿尔瓦雷斯或者其他人在约会时,你那样子就更让人心碎了。特兰茜说:"不是吧,亲爱的,但他看上去就像个稻草人一样呀。"你呢,就可怜巴巴地看着我们。马里奥,我向你保证,你的眼神真的太会骗人了。而我那时才十七岁,你看,比现在的门楚还小两岁,我那时还是个孩子呢。在那个年纪的小女孩看来,自己能成为不可或缺的人是最能让她自豪的事了。我还记得,我对自己说:"这个小伙子需要我,不然

---

① 指马里奥。

的话他可能就自杀了。"我真是傻，那纯粹是浪漫的幻想。之后，没错，我承认，慢慢地我就以为这是真的了，像个傻瓜一样。我们都知道，你有你的教职和朋友，那已经够你忙的了，你怎么还会需要我呢？我心里很清楚，如果是为了我们每周做的那些事的话，当然，随便哪个人都能做那些事，甚至还有比我更合适的人。心情不好的时候，你就面无表情；心情好的时候，说实话，马里奥，心情好的时候你就像是怪物一般，听听你们说的那些话，如果这样你还说你们不是在聊女人，马里奥，那我真是无话可说了。因为你们就在茶话会上聊别的女人，马里奥，你别不承认了，我听得真真切切，那个阿罗斯特吉说的话——他看上去还像个有教养的小伙子呢，竟然说什么"自由就像是金钱手里的婊子"。听听他说的那些话，他看见我了，也没有因此给我道歉。当然，我能指望他做什么呢？还有尼古拉斯先生那脾气。没错，他们都以为，借着年轻就能为所欲为，而你呢，却说什么"一个叛逆的年轻人"，叛逆什么？看，他们生活在一个有秩序的和平社会，想要什么就有什么。你说，他们有什么好抱怨的呢？你别再打什么哑谜了，说什么"他们要发言权""他们想承担责任""他们想试一下看可不可以融入社会"之类的胡话。亲爱的，你能告诉我，你究竟想说什么呢？我不知道他们究竟想要什么，但我可以确定的是，他们应该对别人更加尊重，更为他人考虑，马里奥，连你自己都看见这一点了。我当然知道，他们都很年轻，但一旦走上歧路，又有谁能把他们纠正过来呢？亲爱的，那些坏榜样呀！我不怕再和你说一遍，我不是想说我们的儿子是一个失败的例子——当然不是，他是用他的方式来表示亲昵——但是他每次一张嘴，就总是激动地满嘴说着"沙文主义""伪君子"之类的话。那天，我听到他为政教分离的国家辩护，简直要气得晕过去了。马里奥，这些话对年轻人可没有任何好处。当然，大学不会管他们的，你说是吧，只会给他们的脑子里灌输奇怪的思想。不管你说什么，妈妈——噢，愿她安息——早就一语中的了："学校给的是教导，家里给的是教育。"不是我说，妈妈总是能切中要点。但你总是给孩子们过多的自由，马里奥，对待孩子就要严格。尽管当时他们会觉得难受，但之后他们会感激我们的。你看，马里奥，二十二年了，你每天都是要么在看书，要么在思考。亲爱的，相信我，阅读和思考都不是好事。还有你的那群朋友，和你一模一样，真是让我胆战心惊。说实话，马里奥，现在大部分的孩子都是半左翼，我不知道他们都怎么了，都疯了，脑里都装满了什么自由呀对话呀之类离奇古怪的东西。我的上帝！你还记得几年前的情况吧！现在呢，你不要和年轻人谈战争。马里奥，我知道战争是很可怕的。亲爱的，但那毕竟是一项勇者的事业。可以说，我们西班牙人都曾是战士，但我觉得，我们也并没有那么糟糕，世上可没有几个国家能与我们比肩。你也听到爸爸说的话了："我们不出口机器，但我们可以输出正派的精神和价值。"更不用说那些宗教价值了。马里奥，我们是世界上最虔诚的天主教徒了，也是世界上最好的人了，连教皇也是这么说的。你看看其他国家，离婚的，通奸的，什么都有，简直毫无廉耻可言。在这里呢，感谢上帝，除了那寥寥几个妓女，就没什么别的了。你知道的，你看我，我就从没想过这档子事，嗯？我都不用和你说，你瞧，埃利塞奥·圣胡安，这个男人真是缠人，说什么"你真是好看，好看，越来越漂亮了"，缠人可不是什么好事。而他也就是说说而已，他当然清楚这是浪费时间，他跟我说这些话，可是找错人了。埃利塞奥也没那么差劲，你听听瓦蕾蒂娜是怎么说的，"他长得挺好看的"。埃利塞奥也是个大帅哥，但你知道，我就是对他不理不睬，就像没听见他的话似的。我发誓，不管对方是谁，我都不会做出越轨的举动的。不管瓦蕾说什么——虽然她是个很真诚的人，她也就只是没话找话说而已——规矩就是规矩。你瞧，那天晚上，在她的宴会上，你就一直在她身旁，天知道你们离开大厅之后去了哪里。亲爱的，那晚，你不应该喝成那个样子。我不是没有提醒过你，我说"别喝了，别喝了"，而你呢，还继续放肆。瓦蕾蒂娜就只是嘻嘻哈哈——她可是个大好人，懂得随机应变，也任由你胡闹。你可玩得真开心呀！可是当你从阳台上把香槟瓶塞扔向路灯时，我真想把你给杀了。你看，这个举动是不合适的。不管怎么样，都要维持风度，做一个有教养的人。这是从小就流淌在我的血液里的。但是，那个安东尼奥一脸不悦，甚至都没察觉我在旁边，就对比森特说："我觉得马里奥做得太出格了。"你瞧！我知道，就因为档案那件事，你觉得安东尼奥根本不值一提——你别不承认，这可是明眼人都看得出来的。但你说，他能对你做什么？不管你说什么，他就是一个好小伙，一直都是右派。我不是没话找话，我不知道怎么跟你说，但妈妈总是有一些很独特很摩登的看法。比方说，我说"这个小伙子需要我"——当然，我口中的小伙子就是你，妈妈总是对我说："孩子，不要将爱情和同情混为一谈。"你瞧，我那可怜的妈妈，胡莉娅和加利的那件事情对她的影响多大呀！好好想想，他们那件事情是多大的一个丑闻呀！我光是想想就羞愧得要死。当然，你呢，马上就根据你的理解下了判断——我不知道你为什么对有些人就想得那么多，而对有些人就想得那么少。瞧瞧安东尼奥和奥亚尔顺，尤其是安东尼奥，他就算了，但是你对奥亚尔顺呀！他可是在战争中表现很棒的小伙子，开放，友善，没有比他更好的人了。你却说他是"一个马屁精和搬弄是非的人"。你们在茶话会上就没别的事做了，就借此取乐。我说，对你们男人来说，这么夺走了你们蛋糕的圈外人让你们觉得困扰。没错，就是这样的。说实话，一个原本什么都不是的人，几天后就买了台雪铁龙2CV，这才是你们最无法饶恕他的地方。你怎么不看看，奥亚尔顺像头牛一样辛苦工作，身上兼着五六个职务，其中至少三个还是有一定分量的职位。他到这里时身无分文，那又有什么打紧的呢？好吧，如果奥亚尔顺从一开始就给菲托留下了好印象那也没关系，你这个大傻瓜，但你之前也是很得他欢心的，你别忘了，只是你的固执把一切都搞砸了。他曾经帮过你一把，而你呢，装疯卖傻，似乎什么都不懂。还有，之后你碰见他，还把两人的关系处得"更好"了。如果你当时就表现得好一点，处理得灵活一点，天知道你可以有怎么样的发展！但你为什么要那么趾高气扬呢？菲托不就想帮你个忙吗？而你呢，说"不"，说什么"先生，你别对我耍这些小把戏"，"我不会加入明知自己会输的赌局里"。瞧你说的什么话！亲爱的，世上真的没有比你更固执的人了。你从来都不擅于交际，让自己落得形单影只，只有那茶话会上的寥寥几个不入流的朋友。你想怎么样？我那可怜的妈妈——噢，愿她安息——说过，朋友可比读书更有用。她说得太有道理了。马里奥，你说对吧，我可是有真凭实据的。

四

　　如果在上主你的天主赐给你的地内的一座城里，在你中间有了一个穷人，又是你的兄弟，对这穷苦的兄弟，你不可心硬，不可袖手旁观，应向他伸手，凡他所需要的尽量借给他。马里奥，你看，早在我们订婚前，在发生了一些事情之后，特兰茜就对我说，你父亲是放高利贷的。当然，我不会对此多加评论。银行也借钱，也收利息，而这是合法的。我发誓，第一次见到你父亲时，我并不觉得他是个坏人。说实话，我以为自己会碰上更糟糕的情况。他只是有点忧伤，有点神经质——天知道是什么原因，也许是因为埃维罗和何塞·玛丽亚的事情吧。你记得吗？"是我不让他去办公室的。疯子才会在星期一上街。"他就一直说着这话。而你母亲硬生生地说："住嘴！你没听见我说的话吗？埃维罗，住嘴！"但他还是不停地说着，就像个饶舌的人，好不烦人。你到了之后，高登西奥·莫拉尔也来了。他穿得破破烂烂，说他刚在山里让那些左翼分子游街示众。你还记得吗？他跟我们说了埃维罗的事儿。我的妈呀，那个下午真是，一个接一个的坏消息。我当时还在想："马里奥看见我之后会做什么呢？"无论你做什么，我都会高兴的。我真是太幼稚了，想那么多都没用。你进来了，看都没看我一眼，只对你母亲说："这是上帝所希望的，我们就像是被一场大灾难中的一颗小石子打中了。你要坚强些。"你可真会安慰人！而我呢，眼见着眼前发生的事情，像是被吓呆了似的，缩在角落里。过了好一会儿，你才回过头来，我想"他终于看我了"，但你就只说了一句"你好"而已。你一直都是这样子，亲爱的，你可是世界上最冷漠、最不解风情的人了。我不是想你吻我，我可不会轻易让别人吻我——当然，要是你能给我一个亲吻也是不错的——但你好歹也表现出一点点热情呀！没错，我跟你说，当时，我甚至还想："他会来牵我的手，紧紧握住我的双手，毕竟这件事情真的太可怕了。"但是，没错，我得到的就只有一句"你好"而已，谢谢。就像战争刚结束的时候，你一开始总在电影院里偷偷看我。我心里很奇怪，心想，难道我脸上有什么脏东西吗？但是，有一天，你戴上了眼镜。要是你早点戴上眼镜，事情也就不一样了。在公园里也是一样，什么"我的爱人""亲爱的"，听上去就像是被刀划过的唱碟似的，太做作了。亲爱的，你就没什么别的更特别的想法吗？世上有那么多的诗歌，你却总是对你的女朋友念叨着这么几句话！我发誓，有时候，我甚至对自己说，这个人不喜欢我，一点儿都不喜欢我。我的担心当然不是毫无道理的。真要说的话，你和那些老头子是多么不一样呀！加夫列尔和埃瓦里斯托年纪也不大，但和你比起来算是老的了。当然，他们都是些花花公子。那天，他们把我们带到工作室——就是那个阁楼时，我的心一直怦怦直跳。你可能不相信，特兰茜却非常镇定——谁都不知道，她还喝了两杯辣薄荷酒，但她看上去就跟没事儿似的。他们给我们看一些裸女的画，她倒好意思发表评论，说什么"这幅画处理得很好"，还有"这幅画的光线太棒了"。我呢，一声都不敢吭，觉得这是大大的耻辱。其中一幅中的女人戴着项链还是在头上插了朵康乃馨，那已经是画中人穿得最多的一幅了。我的眼睛都不知道往哪里放。他们把所有的画放好后，突然，加夫列尔将他那长满毛发的手放到我的大腿上，说："宝贝，你怎么看呢？"我浑身都僵硬了，真的，我觉得喘不过气来，不敢吱声，连手指头都不敢动一下。加夫列尔问："再来一杯酒吗？"你看，这听上去似乎不是真的，但埃瓦里斯托一手揽住特兰茜的肩膀，说想给她画幅画。特兰茜也把他的话真当成那么一回事儿，说："就像那个头戴康乃馨的姑娘那样的吗？"埃瓦里斯托立马就说："没错。"特兰茜乐不可支，说："还得多穿些衣服，不是吗？"埃瓦里斯托也笑了，说："宝贝，为什么要多穿衣服呢？这就是艺术，你难道不知道吗？"但加夫列尔没有把手收回去，我感觉自己满脸通红，心里很是恼火。你看，他一边厚颜无耻地看着我的胸部，一边说："值得为这画一幅半身像了。"真是太无耻了！我都以为自己要爆炸了。在楼梯里，我就对特兰茜说："我发誓，即使我疯了，也不会再和这些老头子约会了！他们俩就只想揩油！"但特兰茜一脸兴奋，像是喝醉了："埃瓦里斯托很有才华，人也很好。"她这个傻子，埃瓦里斯托喜欢的是我，这是再明显不过的了。每次在街上遇到我们，他们都会说："现在，现在你们是真的亭亭玉立了，去年夏天你们还是小女孩呢！"他说这话时会看着我，而不是看着特兰茜。你肯定没法想象，他眼中还透出强烈的欲望。好，她爱怎么想就怎么想吧，我一点都不在意，因为那毕竟是两个老头儿。你瞧，要是我没记错的话，到了一九三九年二月，他们才应征入伍，然后就靠关系谋了个军队的文职，也没去前线，什么都没做。对我来说，这是不可饶恕的错误。真的，我再也没见过他们了。之后，我就和你在一起了，特兰茜却似乎爱得热火朝天，每天都跟他们厮混在一起。你瞧，一天下午，她来到我家，像个疯子一样，说："埃瓦里斯托在给我画肖像。"我听了大吃一惊："裸体的吗？"她说："不，疯女人，尽管他最想要的是一幅裸体画——他总是说我的身形很美。"特兰茜总是这样，我不是说她轻佻，但是，我不知道怎么说，冲动？我总记得，每次我生病的时候，她都会吻我的嘴唇。她的嘴唇紧闭，就像是男人的嘴巴一样——当然，这很是奇怪。她会轻声说："门楚，你发烧了。"我们那是亲昵的表现，嗯？你们男人总是会胡思乱想。我这么和你说吧，笨蛋，我真希望你能多吻吻我——当然，我说的是结婚之后。但是，从我们交往开始，你就对我很冷淡。亲爱的，在我答应你的求婚前，我总能看到你夏日炎炎还坐在家门口的长凳上看报纸，我以为，你应该是更加热情的，真的。但自从我答应了你的求婚后，一切都不一样了。我还记得电影院里发生的事儿，你一直盯着我，我心想："难道我脸上有什么脏东西吗？"但你突然戴上眼镜。我真是失望，真想假装不认识你了。我想，在这一点上，你和埃维罗是很相似的。我总是说，不管他是多爱恩卡娜，我都很难想象，他竟然可以对她的行为视若无睹。你看，他看上去是那么纤弱，那么瘦小，似乎一阵风就能把他折断，还有他的驼背和近视……在外表方面，你的哥哥埃维罗是没什么优势的，当然，远远比不上何塞·玛丽亚。何塞·玛丽亚可是个不错的男人，是你们三兄弟里最好的；如果算上女孩子的话，那他就是四兄弟姐妹中最好看的了。说真的，可怜的夏萝，显然，她是最不起眼的孩子，但这都是懒散和马虎的结果。只要她好好穿上内衣，把腿肚子上的那些肥肉减下来——现在整形手术可是万能的，你瞧瞧蓓妮——，肯定就能变得有魅力了。我知道,最难办的是声音。她的嗓音像根线一般细小,还发音不准,像是聋哑人说话似的。现在更糟,她那声音,粗得像是男人的声音……马里奥,显然,你妹妹没有什么吸引人的地方,还像你爸爸一样吝啬。其他的缺点也就算了,但是小气这一点真的让人恼火。我发誓,我真的无法忍受这一点。当然,何塞·玛丽亚是最好的,其他人都无法望其项背。我想起自己每次在街上碰到他都要绕路走就觉得好笑。我是在邮局认识他的,你知道的,就女生的那些小心思,我去看他怎么打包包裹。特兰茜对我说:"他真是个大帅哥,他一看我,我就晕了。"马里奥,也许你不相信,但她说得没错。我不知道他是怎么做出那些动作的,那双眼睛,那抿嘴的动作——嘴巴就像一道横杠似的,我也不知道怎么形容,也就一般般帅吧。有时候,我想,你、埃维罗和何塞·玛丽亚肯定不可能是亲兄弟。他眼中透出的狠劲儿,是你和埃维罗从来没有的,我也不知道,可能是眼睫毛让你们的眼神看上去更加柔和,就像是隔空的抚摸。当然,何塞·玛丽亚的眼睛很漂亮,你看,他眼睛的颜色不是很浅,但是他的眼珠边缘泛黄,就像猫科动物的眼睛一样。我还清楚记得特兰茜二十五年前说的话:"他的眼神就像 X 光一样穿透你。"她说得没错。只要他看我一眼,我就能满脸通红。这是什么本事呀!有一天,他冷不防地问我:"你就是我哥哥马里奥喜欢的那个姑娘吗？"你不知道，我没有回答，扭头就走，一直跑到大广场才停下来。特兰茜还一直问我："你傻了吗？"我不知道自己怎么就变成个傻子了。当然，他是与加夫列尔、埃瓦里斯托他们截然不同的类型，但只要何塞·玛丽亚看我一眼，我就变成傻瓜了。于是，只要在街上看见他，我立马就跑，躲进附近的楼里，他甚至都没察觉到——要是他察觉了可能更糟。而特兰茜那个傻瓜呢，有天晚上来和我说："你知道我是怎么想的吗？我觉得你喜欢的不是马里奥，而是何塞·玛丽亚。"听听这蠢话。当然，人总是很复杂的，我可能会觉得某个人很吸引我，但我对你又是另当别论了。我不知道怎么跟你说，你的外表平平无奇，你知道的，但你身上就是有些我也不知道是什么的东西。我也不想像特兰茜那么惹人烦，她说："算了吧，你瞧，他就像是稻草人一样的。"你不好看，也不难看。而她呢，只是想引起加夫列尔和埃瓦里斯托或帕科的注意。噢，帕科可是个爱开玩笑的人，和他在一起总是有好玩的事儿，他说话总是颠三倒四的。我真想让你见见现在的他，他和之前完全不一样了。对我来说，我可以和他一起打发时间，但也就仅此而已。没错，他很有趣，但他的家庭就一般了，你懂我的意思的，他的家境不太好。只要稍微留意一下，就能看出他是多么粗鲁了。我可能在某些方面想得不对，但在门当户对这点上，我还是同意妈妈的观点的。早在她教我祈祷的时候，她就对我说："嫁给长子或比你阶层低的人就是嫁给不幸。"你瞧，我也不是说你是个侯爵或中产——其实你家应该更接近底层了，但你是个有教养的人，读过大学。我跟你说，妈妈可是很生气的，幸好当时她被胡莉娅和加利·康斯坦丁诺的事吓到了——我也不奇怪，胡莉娅那件事真是个大丑闻，真是丢死人了。妈妈的娘家在桑坦德，她也习惯了优渥的生活。马里奥，妈妈真的是一位优雅的夫人，你见过她的。在这之前，都用不着我说，在战争前她过的生活呀，那些派对，那些礼服，你肯定见都没见过那样的东西。再说她去世时，我对爸爸说："她就像是电影里那些睡着的女演员。"你知道吗？她真的就和女演员一样。她的表情一直都是那么优雅，从来不打呼噜——你瞧，有些人打鼾打得就像是个风箱似的。我跟你说，当她去见你的父母时，我其实怕得发抖。幸好什么事都没发生，她说："他们看上去是好人。"于是，我吸了一口气，抓住机会说起你爸爸的事情，马里奥，就是你爸爸放高利贷的事儿。我想，这不应该由你来说，因为我们都知道，母女之间没什么不可以说的，而我和妈妈的关系就更不用说了。听了我的话，她皱了皱鼻子——这个她特有的小动作让她显得更加俏皮了——，她说："高利贷？"但她立刻就恢复了神色，说："孩子，和这个有教职的小伙子在一起,你会幸福的。"没错,马里奥,她就是这么说的,我听到这话都乐疯了。你总是不信任妈妈,马里奥,我说得没错吧?但你真是个坏蛋,因为她总是站在你那边;爸爸也是一样的。硬要说的话,爸爸只是担心你家人的政治立场而已。我已经说得很清楚了,亲爱的,你的那些家人呀!我想,我对你爸爸放高利贷这件事情没有任何意见,对何塞·玛丽亚也没有意见——也就羞那么一阵子而已。当听到高登西奥带来的埃维罗的消息时,我真开心。你瞧,不,不是开心,当然,这是什么傻话,但我向你保证,我是感到遗憾。但我真的听够了街上的人不怀好意地对我说:"你的大伯是左翼,被拉去游街示众了。"听到这样的话,我就更加直白地跟他们说:"两天后,他们家的大儿子在马德里被杀,死在佩尔狄斯路上。这真是吓人呀!"所有人都被吓得一动不动,马里奥,我保证。而我当时的感觉近乎享受,真的。

五

请你们前来观看上主的作为，看他在地上所行的惊人事迹：他消灭战争直达地极，他断弓毁矛，烧甲焚盔。但是，不管你怎么说，我在战时的生活可是很不错的。嘿，我不知道自己是不是太随便了，但是那几年真是棒极了，那是我人生中最好的时光。你说是吧，就像所有人都在放假，街上有很多年轻人，总是吵吵闹闹。你瞧，每次响起轰炸警报，人们都像疯子一样尖叫，但我对那毫不在意，我什么都不怕。真的，我一点都不怕，我觉得一切都很好玩。然而，和你是没法聊这些的，每次我说起来，你就说"请你闭嘴吧"，我就只好把嘴巴合上，合得严严实实的。你看，马里奥，亲爱的，那些所谓的认真谈话，我们又有过几次呢？你不在意穿着，轿车就更不用说了，还有那些你在派对上的胡闹。至于战争，那场战争是一场圣战，所有人都是这么说的，你却说那是一场悲剧。算了，只要我们说的不是那狡猾的金钱或是写作的结构或什么类似的东西，你就沉默不语。至于孩子们的事儿，也是一样的，你瞧瞧你。每次我把博尔哈或阿兰萨苏说的话告诉你，你总是一样的：一开始没什么，之后就说你担心他们以后会变成什么样子。亲爱的，你总是担心这担心那，我都厌烦了。瓦蕾说得对，你就是个大预言家。要是你听到博尔哈昨天的话，你又会怎么样呢？"我希望爸爸每天都死一次，这样我就不用上学了！"你觉得怎么样？真的，在大庭广众面前，他就是这么说的。听到这话，我都不知道要做什么，真的。你相信我，我狠狠地打了他。我真的无法容忍那些没有感情的小孩，我知道，他才六岁，没错，但如果你在他六岁时不教好他，等他长大了要怎么办呢？很好，你就一直说好话，说什么"随他去吧""生活会让他长教训的""我们笑笑就算了"。我们对他们有求必应，跟他们嘻嘻哈哈，似乎是他们的好父母。但就是因为这样，才有了后来的那些事情。你别和我提阿尔瓦罗，阿尔瓦罗和门楚的那些事儿就是他们的孩子气而已。你看，他只不过就问你说，是不是所有人——你、我、马里奥、门楚、博尔哈、阿兰、恩卡娜伯母、夏萝姑姑和多洛——都会死。这有什么大不了的呢？每个孩子都会有这样的问题，这再正常不过了。但你瞧你说了啥，说什么"对，在很多年很多年以后，我们都会死"，把死亡夸大成一件了不得的事情。你听听自己说的是什么话。即使"梵二会议"把教会弄得天翻地覆，但作为天主教徒，我们应该每时每刻都思考死亡这个问题，这才是最合适的做法。马里奥，你别跟我说些有的没的,你记好了,只有对永恒地狱心怀恐惧,我们才能控制自己的言行,这是亘古不变的道理。亲爱的,似乎你们不想公开谈地狱的事儿,我想,你们大概是内心不安了吧。那该死的梵二会议让现在的一切都乱了套,说什么穷人的教会。行,穷人好了,那些像我们一样不是穷人的人呢?很好,你却说,这么小的孩子想这些东西是不正常的,但你看,这不就跟他们把士兵唤作仆人或是到野外生篝火一样吗?这有什么特别的呢?你说:"要带他去看医生。"你说什么傻话呢?你想,难道每个想要生篝火的小孩子都要被带去看医生吗?门楚上学的事儿也是一样的。门楚不喜欢读书,我很同意她的想法。马里奥,我想问,女孩儿读书有什么用呢?读书能给她们什么好处呢?让她们变成男人婆?真的,一个女大学生是没有一丁点儿女性魅力的。你不用再想了,对我来说,一个读过书的女人一点儿都不性感,真的,就不像是女人。再说,我读过书吧?你对我还不是一样不理不睬的?说实话,你们很聪明,你们只是想找一个养在家里的女人罢了。就是这样的,你不用否认了,你别再用那像是被吊死的羊羔般可怜兮兮的眼神来看我了。亲爱的,我真心疼你。如果你在我读大学时认识我,你可能立马就溜得不见影踪了。你瞧,我早就看穿你们男人动的是什么心思了。如果说有什么能伤到你们的自尊,那大概就是遇见一个在读书方面比你们更出色的姑娘了。只要看看帕科·阿尔瓦雷斯就知道了。每当我纠正他说的话时，他就装疯卖傻，假装在说笑。是呀，事实上，帕科出身底层，经受不起什么批评。你知道妈妈是怎么说的吗？她说，你听好了，她说："对一个上层姑娘来说，只要知道怎么走、怎么看和怎么笑就够了，这些可是最好的教授都教不来的。"你觉得呢？以前，每天早上，她都让我和胡莉娅头上顶着书，在走廊上走十分钟，还讽刺地说："看，书本还是有点用处的。"你没听错，知道怎么走、怎么看和怎么笑就够了。对我来说，这寥寥几个字就概括了女性的所有魅力。但是，你从来都不把妈妈的话当回事儿，这也是其中最让我痛心的一件事情。显然，妈妈除了聪明，还是一个很特别的人。这可不是我编造的，爸爸自己也是这么说的，妈妈的风度和端庄可是装不出来的。说实话，她的举止让我着迷，她总能轻易地处理好所有事情，准确地对每个人进行分类。她都是凭直觉，她没有上过学，你知道的。她只在巴塞罗那的修道院里读过书，在法国待过一年，好像是都柏林吧——我也不太清楚。她精通法语，读法语书可以一目十行，沉醉其中，就像是读西班牙语书一样。那我就问自己，马里奥，为什么门楚不能和妈妈一样呢？但是，马里奥，和你是没法进行理性沟通的。每一次挂科都是一场灾难，你还说，"我读男校的时候就是这样的"。很好，但你也很清楚,今非昔比了,现在这个时代,连友情都没有了。现在,学生需要知道得比老师更多,才能通过考试。要是门楚能参加下一批次的结业考试,那已经是很不错的了。有很多女孩到十八岁还没开始上大学呢!你瞧,你身边就有一个梅塞德丝·比利亚尔做例子,她可不是个傻瓜。等到门楚完成学业,如果上帝允许的话——这又是另一个问题了,我就要把她嫁出去。在她脱下丧服的时候——你瞧,她的好年华可不能浪费在服丧上,我绝不会让她工作。马里奥,愿上帝宽恕你,这又是你的另一个奇思异想了。你什么时候见过有闺阁小姐出去工作的呢?如果你可以做主的话,你大概会让社会完全反转,让我们所有上层人都沦为底层,变成手工匠人吧?我们的姑娘不需要做这样的事儿。亲爱的,我们的生活可能不会很富裕,没错,但我们至少会有尊严地活着。和不择手段得来的奢侈生活相比,有尊严的简朴生活要好得多。马里奥,那个叫佩雷还是什么别的名字的法国佬给你们灌输了一些很古怪的思想。马里奥,你和那个阿罗斯特吉,还有那个莫亚诺,甚至尼古拉斯先生,都对外来的事物大惊小怪。真是一群头脑简单的人!我知道,在外国,女孩子也会工作,但那是不对的,是不合规矩的。我们应当不惜一切代价维护自己的原则。那些外国佬确实有进步的地方,但也没什么可以教给我们的。正如爸爸所说,他们来只是为了吃香喝辣。

瞧瞧那些沙滩，真是让人羞耻！还有那个佩雷，如果可以的话，他肯定希望自己的国家回到过去，找回那端庄体面的生活——显然，他的出身也不差。但他做不到，所以就选了一条最简单的路——让全世界跟着一起倒霉。你想想爸爸的那篇文章——我还把它剪下来收好了，那真是一篇好文章呀！我每次读都会激动得起鸡皮疙瘩。你看，最后他是这么说的："我们不出口机器，但我们可以输出正派的精神和价值。"这可是大实话。至于宗教价值嘛，就更不用说了。马里奥，亲爱的，只是你们现在都痴迷所谓的文化，搞得天翻地覆，想要让穷人们上学。这是你们的另一个错误。对穷人们来说，将他们解救出来是毫无用处的，这么做只会让他们变成废物，真的。一旦你这么做了，他们立刻就会想成为先生小姐，而这是不可能实现的：每个人都应该在自己的阶层里解决自己的问题，就和自古以来的做法一样。你们在《邮电报》发起的运动真是好笑，我都不知道为什么上头没有把报社查封，真的。你们想让所有的人——不管是有钱人还是穷人——都去上学，真是麻烦。这就是件大蠢事！请原谅我说得这么直白，但总有一天，你会同意我的说法的。愿上帝看清楚，那个尼古拉斯先生正在把你们都拖下水，然后他自己静悄悄地做小动作。我告诉你，他出身非常卑微，他母亲是帮人洗衣服的——或者更糟。你想啊，在报社，他就是最大的利益相关者，不管是好是坏，他都要自己承担。他就是个偏私的人，就是激进分子。我就这么和你说吧，尽管他会去教堂，但那只是他为了掩人耳目。你知道吗？在打仗的时候，他可是当过俘虏的。上帝慈悲，他没有被杀死。而他呢，原本应该感恩戴德的，却反而我行我素，用他那小报来说这个或那个的坏话。如果这还不够严重的话，奥亚尔顺说过，他是自由思想的支持者，还有什么比这更严重的呢？马里奥，你看，那些自由思想的支持者暗中策划了那么多事情，你看清楚了。虽然在那之后，那个莫亚诺蓄着他那让人恶心的大胡子，说什么"一个连撒的尿都是圣水的人怎么可能是自由思想者"，但上头肯定就是因为他支持自由思想才把他撤职的。莫亚诺可能觉得这个笑话很有趣，我却不这么认为——他的话可太粗俗了。那些自由思想家正是因此而与常人不同：没有人看上去就是自由思想支持者，他们就是神不知鬼不觉地进行渗透，骗过了所有人；因为如果他们大叫"我支持自由思想"的话，所有地方都会让他们吃闭门羹。这是很正常的。就像那些左翼分子，他们就我行我素，不断地进行渗透，等你发现的时候，他们已经赢了。因为这样，正是因为这样，亲爱的，你在《邮电报》上的文章才让我痛心。因为不管怎么样，你都是在助长坏人的势力。如果他们付你钱的话倒还好，但你瞧，每篇文章只值二十个杜罗，这也真是太小气了。这酬劳远远抵不上你所做的事儿。之后，每次看见你参加弥撒领圣餐，我都担心你会犯下渎神的罪。你瞧，我从来没有跟你说过，但有些事情是不能妥协的，马里奥，比如上帝和《邮电报》。你现在这么做，就像是一边在上帝面前祈祷，一边给魔鬼点灯。对尼古拉斯先生来说，无论领多少次圣餐都没有用，因为他就是一个坏人。而你却对他推心置腹，仅仅是因为那天晚上他在警卫的事情上为你说了话。即便那个警卫打了你——你瞧，我不相信他会打你——但即便他打了你，法律就是法律，法律规定不能骑自行车穿过那个公园，你知道的。不管你怎么说，那个警卫也只是在履行自己的职责而已。即便他当时把你杀了，也只是在履行职责而已。你还想我说什么？没错，因为世界就是这样的，因为规矩就是这样的。其实这事情原本也没那么严重，但你违反了法律，而你瞧，那个警卫穿着制服，就是要维护法律的，他的工作就是维护法律。你们以为，只要长大了，就有权利做任何事情了。哪有这么好的事儿！你们真是大错特错了。即便长大了，还是要像小时候一样听话，当然，不是听父母的话，而是听政府和警察的话，警察就是父母了。如果大家都不这样做的话，我们的麻烦可就大了！还有，不管你说什么，在接待你的时候，拉蒙·菲尔盖拉对你可是像绅士般彬彬有礼，他还是有理的一方呢！你瞧，亲爱的，如果一个市长不信任自己的警卫，他还能信任谁呢？他跟你说了，凌晨两点，天气还那么冷，那个警卫就是统治部[1]的代表了。你看，如果他不是代表的话，谁是呢？自然，国民警卫队和警察局那边也是一样的，难道你还想他们列队欢迎你，给你送上鲜花吗？你都在想些什么？你想想，如果学生在凌晨两点来打搅你，你会怎么做呢？当然是将他们赶下楼呀！这是很自然的，我们都是人。尤其是，如果你那天没有改作业改到那么晚，没有骑自行车——骑自行车也是和你的身份不符的，就不会发生这样的事情了。该死的自行车！每次看见你在街上骑自行车，我就觉得自己的脸面全都丢光了。你甚至还在车上装了个给孩子坐的座位，我当时真想把你杀了。你让我哭得那么伤心，你这个傻瓜，从来都不会替我想想，我说得对吧。当然，本性难移，而你的品位和习惯一直是像无产阶级那样的，这已经不是什么新鲜事儿了。但是，我真的无法忍受那个尼古拉斯先生。天知道是谁给他打了电话，他还满嘴说着什么政府是不是滥用职权，是不是践踏了人权。他就活该被罚钱。但如果是我的话，我肯定要给出更重的惩罚，我肯定给他灌蓖麻油[2]，

---

[1] 即现今西班牙的内政部。
[2] 在佛朗哥时期，会给左翼分子灌蓖麻油，之后再将他们游街示众。据说，具有强烈气味的蓖麻油可以刺激肠道，导致腹泻，清除左翼分子体内的"意识形态毒素"。

或者用那个七尾的玩意儿①，我说真的，就像在战时一样，看这样他能不能吸取教训。那些外国人就是这样来惩罚捣蛋的小孩子的。

---

① 应为刑具九尾鞭，此处为卡门口误。

六

我们所以认识了爱,因为那一位为我们舍弃了自己的生命,我们也应当为弟兄们舍弃生命。谁若有今世的财物,看见自己的弟兄有急难,却对他关闭自己怜悯的心肠,天主的爱怎能存在他内?……假使有人说:我爱天主,但他却憎恨自己的弟兄,便是撒谎的;因为那不爱自己所看见的弟兄的,就不能爱自己所看不见的天主。我一直都是这么认为的,亲爱的,你对慈善的看法真是够奇怪的。你别生气,我还记得你在演讲上讲的那些话呢,那都是什么疯话呀!亲爱的,你看看,有谁能懂你的话呢?每次我去郊区给孩子们发橙子和巧克力时,你都会找我的麻烦,仿佛郊区的那些孩子什么都不缺似的。我的上帝!我就不提我和瓦蕾一起去罗佩诺的那个下午了。你究竟怎么了?马里奥,世界上总是有富人和穷人的。托上帝的福,我们衣食不缺,而像我们这样的人都是有责任去帮助穷人的。但你立马就发出批评的声音,甚至还能从《福音书》中挑出错来。亲爱的,天知道你的这些理论是你自己编造的,还是来自那个罪孽深重的佩雷呢?或者源于尼古拉斯先生？或者你那群满肚子坏水的朋友？你别跟我说什么"接受这件事就是承认财富分配是公正的"。亲爱的，你总是说，"慈善只应该弥补正义的裂缝，而不应该去帮助不义的深渊"——阿曼多还说你这句话"很像是从左翼议员口中说出来的"。你想一下，如果所有被你们折腾的穷人听了你们的话，都去上学了，都成为工程师了，那你说，我们还能到哪儿去做慈善呢？亲爱的，这又是另一个问题了：没有慈善的话，我们都要和《福音书》说再见了！你不明白吗？没有慈善的话，世界就会毁灭，这可是常识。你们这群人或多或少都中了那些摩登思想的毒了。真的，一想起你在去世前没有做忏悔，我就吓得打寒战。我不是说你是坏人，当然不是，你只是太轻易相信别人而已，没错，就是轻信他人，还有点傻。马里奥，我就直说吧，你觉得国际明爱组织做的事情是很好的，我真的不明白，真的，因为明爱组织唯一做的就是断绝我们与穷人的直接接触，就是让人们在接受救济时不用再祷告，也就是说，真的让穷人们做坏事。如果你觉得不祈祷是小事的话，我这么跟你说吧，我还记得以前和妈妈一起去做布施，我的上帝，那是多么美丽的场景呀！所有接受她施舍的人都虔诚地做祈祷，还亲吻她的手。你现在去试试？看看他们什么反应？还有谁和你们一样罪孽深重呢？告诉你吧，是明爱组织！它就把东西随便一抛，也不看看谁才值得拿这些东西——那些游手好闲的人和清教徒也会伸手要东西。就是这样，一片混乱。我已经说过很多次了，是不可以这样做事的。而他们还沾沾自喜，我从没见过那么堕落的穷人，我都不敢想象到了情况完全改变的那天，事情会变成什么样子。他们可能就用子弹来表示感谢，就这样，以恶报德。当然，你可以继续开你的讲座，我完全没有问题。但瞧瞧你谈的都是什么，谈"如果不改变社会结构，明爱是不是还有存在的必要"。天知道你们想说什么！每天你们都在讨论什么"结构"呀之类的，而你们自己都不知道要怎么去改变这个"结构"。而在同一时间，尼古拉斯先生摩拳擦掌，这才是最让我恼火的：你们在不知不觉间就帮了他一把！我不否认，你肯定懂很多东西，但我想，在慈善方面……马里奥，你看，就像你和囚犯们待在一起、听着他们的故事的那些下午一样，你想，这群流氓对你能有什么好处？当然，社会忽视他们，那是有原因的。我说，问题是，现在所有人都好高骛远，大家都想做发号施令的人。但是，马里奥，你告诉我，如果没有士兵，将军又要对谁发号施令呢？你别再和我说要怎么做慈善了，还说什么"慈善的真谛在于奉献，而非给予"。而你呢，一句话就可以让你把灵魂出卖给魔鬼，我说，你真是太傲慢、太自大了。就像你在书中随便给一个词加斜体或用大写一样——不管阿曼多怎么帮你说好话，你这么做都是毫无道理的。你瞧,他就是说着好玩而已,是开玩笑而已。这就和埃尔南多·德米格尔的小羊羔那件事是一样的。你瞧,那个小伙子从大老远背着一只小羊羔过来,来表达他对你的关心,那是再自然不过的事儿了。你却对他大喊大叫——在我看来,这也是非常不礼貌的。你还拍了他的背——那一下几乎要了他的命。最后,还把羊羔从楼梯上丢了下去。那可是四公斤重的小羊羔呀!马里奥,亲爱的,你这又是发什么疯呢?慈善总是从自己做起的,而你知道,那些孩子骨瘦如柴,即使涨了工资,你也要看看物价是什么水平呀!榆木疙瘩脑袋,你们写文章的时候却没有意识到你们自己在做什么。你看,阿曼多在工厂收着那基本工资,说什么"我一定不会走极端"。好,所以就把四公斤重的羊羔从楼梯上扔下去了。即使我们收下了这小羊羔,又有什么坏处呢?就像那些酒和蛋糕,如果人们想要表达自己的心意,就随他们去吧!你别理睬埃丝特那傻瓜,她还真的以为,自己读了点书就与众不同了。亲爱的,听听她说的傻话:"像马里奥那样的人正是当今世间的良知。"这真好笑,我真想让她瞧瞧,这个世间的良知是有多麻烦:不接受那羊羔就是冒犯别人,接受了就是贪污。说真的,我真的不知道你们为什么要把明明简单的一件事情弄得那么复杂。如果你是这么想的,那么,孩子们需要营养,你为什么却要把埃尔南多·德米格尔的小羊羔丢了呢？之后，当你的肌无力或抑郁症或别的什么病发作时，你就大惊小怪，哭哭啼啼，你还记得吗？亲爱的，好一出闹剧！你还说，你觉得焦虑，不知道人生的方向，不知道自己的哪些行为伤害到别人，也不知道怎么停止去伤害别人。但连最小的孩子都知道，一头四公斤重的小羊羔砸在身上可是能致命的！马里奥，你瞧，你当时差点儿就把他给杀了。你还说，你妒忌我，妒忌那些和我一样有安全感、知道自己要做什么的人。我的上帝，如果你说的是真的，为什么你不向我学学，抛开尼古拉斯先生和你的那群狐朋狗友呢？但是，马里奥，在心底，你的这份谦虚其实是骄傲。还有那些药片，那些治自大病的药片——没错，我就是这么叫它的。那些药就是毒品，甚至让你失去做事的力气。即使路易斯在我面前，我也是这么说的。医生以为自己可以随意摆弄病人，第一次给你看病的时候，他就语带讽刺地说出"抑郁症"这个词。我听到后立马就说，你有可能得别的病，"但马里奥不可能会得抑郁，他吃得很好，我也尽我所能地好好照顾他了"。当然，我是脱口而出的，我还立马说了我对药片的看法。马里奥，我只是做了自己想做的事而已，我也毫不后悔，真的。但我跟你说，事实就是这样的，在生病的时候，你不会再指手画脚，那也是我们家里境况比较好的时候——我们都知道，你们男人在家务事上只会添乱。唯一一点就是你的哭声，真是让我心都碎了，你知道吗？我的妈呀，你的那些抽泣声，你哭得就像是别人要把你宰了一样！你想一下，马里奥，你从来都没哭过，即使是你父母去世时也没哭过，之后你却哭成这样子，真的，把我吓坏了。我把这跟路易斯说了，他也同意我的观点，他说："马里奥似乎过于控制自己的情绪和不满了。"我记得很清楚，我还问他："什么？"他很和气地向我解释道，精神病是很折磨人的。你瞧，我真心认为，你既没发烧，身上也不疼，却摆出这副样子，就是撒娇和傻气而已。马里奥，尽管你读了那么多书，写了那么多东西，但你总是像个小孩子一样。你说是吧？我也不知道，也许读书和写作都是好事，我不否认，但说实话，这都是讨人嫌的东西。我有什么必要对你说违心的话来骗你呢？马里奥，一般来说，那些想得太多的人都是幼稚的人。你难道没发现吗？你看看卢卡斯·萨缅托先生，他的爱好那么简单，脑子里却满是些奇怪的想法，就像个哲学家似的。亲爱的，你也是这样。如果上帝不开恩的话，马里奥也会和你一样。他读了那么多的书，对待事情那么严肃，是很难有什么好下场的。我已经提醒过他了，但你当时没有支持我，说什么"随他吧，他是要读书的"。于是，他就像一堵墙壁一样，完全听不进我的话。不说别的，就说那个下午，我给阿尔瓦罗做了杯放了鸡蛋和其他什么东西的奶昔，马里奥伸手就拿起杯子,喝得一干二净,眼睛还一直没有离开过手上的书。真的,这让我多生气呀!当时的物价多高呀!我们谁不想每天随时随地都能喝奶昔呀?马里奥已经吃够了,但是阿尔瓦罗不同,你看,我不是说因为他要去山里点篝火所以要喂饱他,不是的。但你看,他那么瘦,瘦得皮包骨了。马里奥,我真的很担心这个孩子,要是有个什么好歹,那就完蛋了。妈妈说过:"预防胜于治疗。"马里奥,你看到了吗?我不是更宠小阿尔瓦罗——你们的这些坏心思真是让我觉得好笑,我只是,我也不知道,可能是因为他的名字吧。你记得吗?在我们订婚之后,我就说过:"我想生个儿子,把他叫阿尔瓦罗。"这大概是我一直以来的一个情结吧。你看,从小时候起,我就很喜欢这个名字。我不是说我不喜欢"马里奥"这个名字——恰恰相反,我觉得"马里奥"听上去非常有男子气概。但我也知道,我只是更加喜欢"阿尔瓦罗"这个名字而已。如果是让你来取孩子们的名字呢?单单是想一下这件事就能让我忍不住笑出声来。你肯定会取什么"萨胡斯蒂安诺""埃乌菲米亚诺""嘉比娜"之类的。瞧你那无产阶级的品位,你肯定觉得,给孩子取家族长辈用过的名字也不是什么了不起的事情了。但还有比这更老土的做法呢!你说,要是我把孩子叫作那被杀的"埃维罗"和"何塞·玛丽亚",还有比这更无礼的事情吗?马里奥和门楚就不说了,毕竟那是我们俩的名字。但是，世上还有像阿尔瓦罗、博尔哈、阿兰萨苏那样好听的名字呢！和它们相比，家族长辈的名字有什么意思？你别否认，你们就是一群活在中世纪的人。亲爱的，原谅我的直率，你好好看看身边的人吧，马里奥。亲爱的，名字代表着一个人的性格，这是很自然的，名字至少会跟着一个人一辈子呢。你看，有一件事情是值得梵二会议讨论的——那些圣徒的名字。与其每天为"犹太人和清教徒是不是好人"而争论得吵吵嚷嚷，还不如去认真读读圣徒祭日表，好好地看看什么名字可以用，什么名字不可以用，让人们知道要按照什么规则取名。很好，马里奥，现在的情况就是一片混乱。这样下去，将来，人们甚至会说，我们才是那些坏人——眼见目前发生的事情，还有什么是不可能发生的呢？情况就是这样的，你看，连那些非洲黑鬼也开始教训我们了——他们明明就只是食人族野人而已！不管你说什么"我们没有别的能教给他们"，但你看看爸爸那天晚上是怎么说电视上的问题的，连瓦蕾也这么说了——你真该听她的话！马里奥，我之前可不敢和你说这件事，但你听我说，我们俩直话直说吧。伊希尼奥·奥亚尔顺说你每周四都会和一群新教徒一起祈祷，我不会主动去查证这件事情的真伪。但如果我没有去查，却有人在我面前拿出了证据，那很抱歉，我只能和你说再见了。我们的孩子也不会再从我嘴里听到关于你的一个字。你看，即便他们被认为是私生子，我也甘之如饴——这总比告诉他们自己的父亲是叛徒要好得多。没错，马里奥，没错，我哭着呢。但事情就是如此，你知道的，我是什么都不在意的，再没有比我更善解人意、慷慨大方的人了，但我宁愿死也不愿碰到一个犹太人或新教徒。但是，亲爱的，难道我们忘了，是犹太人把基督钉在十字架上的吗？你说，再这么下去，我们会变成什么样？拜托，你就别再和我说什么"基督是被我们众人钉在十字架上的"之类没人听得懂的疯话了。我可以肯定，如果基督还在世的话，他肯定不会和新教徒一起祈祷，也不会送穷人去上大学，不会向那些马德里穷鬼买下所有的木头玩偶，不会在店里让后来的人插队，更不会把埃尔南多·德米格尔的小羊羔丢下楼梯。亲爱的，依我看，你对基督的了解真的是太贫乏了。马里奥，我不是一个软弱的人，绝对不是。如果基督复活了，即使全世界都与我为敌，我也绝对会挺身而出维护他。我可能不能像圣彼得那样，这是肯定的。但是，尽管我是一个女人，却一点都不软弱。你看，面对战争之后的饥荒，你别以为我当时就怕了。哪里的话！我坐在爱德华多叔叔那辆还装着煤气发生器的老车子上，到那些最破烂的村子里，为我的父母亲找吃的。马里奥，我说过很多次了，你被我的外表骗了，我可是比外表看上去更有魄力。

七

因为战士所穿发响的军靴，和染满血迹的战袍，都要被焚毁，作为火焰的燃料。因为有一婴孩为我们诞生了，有一个儿子赐给了我们；他肩上担负着王权，他的名字要称为神奇的谋士、强有力的天主、永远之父、和平之王。亲爱的，我不知道我接下来说的话会不会让你们觉得很荒唐——因为你们的标准永远都那么深不可测，但我在战争里可是玩得很开心的。为什么不呢？街上有游行，年轻人都把衣袖卷到肩膀上，我连警报的声音都不怕。你瞧，有些避难所里的姑娘可是一听到警报就像疯了一般，而我却非常享受。我还记得妈妈让我和胡莉娅穿上裤袜，梳好头发，然后去卡西尔达夫人的地下室。你想，有时候，我们在下楼梯时就听到了轰炸和枪声，但我们也只是发出一阵笑声，最多也就跌倒一下。另外，避难所里也可好玩了。你想想看，所有的邻居都聚在一起。有这么一个叫埃斯佩的人。她住在阁楼，丈夫是个铁路工人，但已经去世了。她可是个大左翼，我告诉你，一开始那儿天，人们把她的头发剃光，她一边画十字，一边一直念叨着:"完了,要死了。"但她的眼神是空洞的。我还记得爸爸语带讽刺地说:"您在怕什么呢,埃斯佩兰萨①?是您的人来问候您了。"马里奥,你真该看看当时那场景,真是好玩儿!她头上披着一条黑色大头巾,很是吓人。她蜷起身子,说:"哎,我的上帝,请您别说了,拉蒙先生,这战争真的太可怕了!"当然,爸爸语带双关地说:"埃斯佩兰萨,您现在倒时时想起上帝来了。"你想,在平日,她可是连弥撒都不去的。好一个大大的左翼分子!但最好玩的是,爸爸竟然开始高谈阔论,和她说起什么防御性战争——你知道爸爸那人的。最后,可怜的埃斯佩说:"哎,拉蒙先生,您知道得那么多,如果您说是,那就是吧。"特雷西塔·阿夫里尔的那些孩子也玩得不亦乐乎。当时他们还都是流着鼻涕的小屁孩,现在你瞧,都长成帅小伙了,都结婚了。真是时光飞逝呀!连最小的那个孩子米格尔都有七个孩子了!真是让人不敢相信。当时,他们玩着什么瓶子和包装盒,吵吵嚷嚷。卡西尔达夫人的丈夫蒂莫特奥·塞蒂恩人很好,他穿着灰色的围裙,来来回回地奔走忙碌。他双手放头上,说道:"小心,小心呀!这里有易燃物!"你想,只有像肥皂、巧克力、栗子或什么别的东西才能让这群孩子安静下来。但蒂莫特奥可是个吝啬

---

① 埃斯佩的全名。

鬼。我的妈呀！那他可是太小气了。我还记得，每次妈妈要向他付钱时——那可是一大笔支出，卡西尔达夫人都会偷偷地给我和胡莉娅塞几颗糖——当时我们还是孩子呢。她说："收好了，别让他看见。"真是太可怕了！没有什么比一个吝啬的男人更让我生气的了，真的，这种人让我火冒三丈。当特兰茜把你爸爸的事情告诉我时，就是放高利贷那些事儿，马里奥，我真的浑身发抖。之后，我完全看不出他是这样的人，完全看不出他是放高利贷的。他只是在埃维罗还是何塞·玛丽亚那件事情上做错了，说什么不让他去办公室，还说那天到街上去是非常不理智的行为。当然，这都是他的傻话。马里奥，你瞧，你的兄弟老早就被警察盯上了。你说是吧？奥亚尔顺什么都知道——我都不知道他哪里来的那么多时间。他对我说，去办公室什么的还是小事，关键是有人看见何塞·玛丽亚出现在4月31日斗牛广场阿萨尼亚的演讲现场，看见他为共和国而摇旗呐喊。马里奥，这才是最糟糕的。我说，那年的4月14日①，我家像是举行葬礼一般，爸爸就差没哭出来了——我肯定他是哭过的。他一整天坐立不安，像呆子一样从沙发椅走到书房，又从书房走到沙发椅。自那天之

---

① 1931年4月14日，西班牙国王阿方索十三世退位离国，西班牙第二共和国成立。

后,爸爸似乎老了十岁,对他来说,国王就是最好的,比我们任何一个人,甚至比我们全家人更好。爸爸是国王的忠实信徒,对君主制顶礼膜拜。在知道共和国成立之后,他脸色苍白,站起身来,满脸严肃——我不知道怎么形容他当时的表情——走向浴室。走出浴室时,他系了一条黑色领带,说:"在国王回到马德里之前,我会一直戴着这条领带。"我们都默不作声,仿佛有谁去世似的。之后呢,真是好笑,你还以为他是为我那在天堂的妈妈才戴的领带。哪里的话!马里奥,那是为了国王!看见人们坚守着纯粹的信念,我总会心潮澎湃,因为不管你怎么说,马里奥,君主制是非常美好的。我不像爸爸那么狂热,但你想呀,一个国王,在一座宫殿里,有一个美丽的王后,还有一群金发的公主王子,还有那些马车、那些礼数和规矩,等等。一切是多么美好呀!你常说,君主制或共和制都不是什么大不了的事儿,最重要的是它们背后的东西。天知道你想表达什么意思!但我和你说,这两者是没法相比的。王国是不一样的,而共和国呢,我说,共和国似乎更加普通。你别不承认,我还记得,共和国成立的时候,满街都是衣衫褴褛的人和醉鬼,真是让人恶心!亲爱的,我越来越明白爸爸的心思了,真的,马里奥,我越来越明白他对国王那几近盲目的崇拜了。我觉得最滑稽的是,他竟然和爱德华多叔叔吵了起来。爱德华多叔叔也是君主制的支持者,但你根本没法想象两人吵得有多凶,就像两头野兽似的。爸爸甚至吵到晕厥过去,我们还得赶紧叫医生。但当他醒过来后,他立马就大叫:"当然,如果是爱德华多口中的国王回来了,我是不会摘下领带的。"我觉得这就有点失礼了。你想,这听上去就好像那些国王也可以是双胞胎或三胞胎似的。你听懂我的意思没?一天下午,在瓦蕾蒂娜的派对上,伊希尼奥·奥亚尔顺说的那些话,真的让我大开眼界,真的。他说,爸爸已经可以把领带摘下来了,因为西班牙实际上已经是个君主制国家了。你听,这话真奇怪,我还云里雾里地没听懂。你看,我要照顾那么多孩子,都没有时间读报纸了,你是知道的。我跟他说,想给爸爸写封信,但我没有写,因为他说得很清楚,只有当国王回到马德里时才会摘下领结。你瞧,我真的很想看见爸爸突然戴上彩色领结的样子!他戴上彩色领带后绝对会大变样,毕竟他都戴了那黑色领带那么些年了。这就是忠实于一个信念,是吧?你看你,在你父亲死后,你那么快就脱下丧服了。你就那么赶时间吗?你好歹还为你父亲装模作样地服了那么几天丧,但在你母亲去世的时候,你甚至都没有戴孝。一想起这件事,我就觉得满心羞愧。我不是她的什么人,还为她穿了一年半的丧服,你却一句话都没说。你真是个怪人,看着你,我真不知道要哭还是要笑。一开始都是一切如常,但当你跷起二郎腿、露出你的鞋袜时，我的上帝！你说："只要看见我那黑色的裤子，我就伤心，而我内心已经够伤心的了。"说做就做，于是你就不再戴孝了。你们男人真是奇怪，马里奥，你不希望因为看见自己的黑色裤子而感到伤心，但这就是孝服的用处呀，大傻瓜！服丧就是要用黑色的衣服来提醒你，你要保持悲伤：如果你想唱歌的话，你要住嘴；如果你想鼓掌的话，你要停下别动，要忍住。丧服就是这么用的，不然的话，你以为呢？而且还要让别人知道，你家经历了很大的变故，知道吗？亲爱的，我现在也披着黑纱呀！你知道的，不是因为我披着黑纱好看——在黑色衣服上再戴黑色是再丑不过了，而是因为要维持体面。再说，你是我的丈夫，不是吗？当然是的，尽管你的孩子好像不懂这个道理——现在你就要自食其果了。我和他吵了好凶的一架！这个孩子太放肆了，真的让我火冒三丈。你看，他父亲的尸体就在眼前，他却穿着蓝色毛衣，似乎什么事情都没发生。你听，在我跟他说黑色领带的事时，他是怎么说的："这都是一些愚蠢的陈规旧俗，妈妈，你别指望我会照做。"没错，就是这样，"愚蠢的陈规旧俗"，是吧？他总是那么沉默，你肯定也猜不到他会说出这样的话。我在卫生间待了整整一刻钟，却还是没法压制我的火气。你都没法想象我是多么生气！生孩子就是为了有这样的回报吗？你听，他说让我随他去。即便是一般的葬礼，他也不能这么做，何况这还是他父亲的葬礼！他还说什么"虚荣"，你觉得怎么样？你看，我们最想要的只是安生日子而已。真让人火大！我的上帝！这个孩子从小就这样，就是你的翻版。从你让他坐在自行车的小座位上开始，马里奥，他就是另一个你，甚至还说出"陈规旧俗"这样让我摸不着脑袋的词。马里奥，我现在已经够伤心的了。亲爱的，青春已经消逝了，有些人是在歌舞中浪费青春，有些人是在书本中消耗时光。这都是没有办法挽回的。我还记得之前的日子，这如何可比呢？今天，千万别跟孩子们谈战争，不然的话，他们会说你是疯子。没错，在你看来，战争很可怕，但那毕竟是一项勇者的事业。不管你怎么说，战争并没有那么可怕，我在战争中可是过得很开心的。好吧，这也许听上去不太理智，但我说，那真的就像是场永远不会结束的舞会，每天都有新鲜事，不是兵团，就是意大利人，或者就是谈论着哪儿又被占领了。所有人，包括老年人，要么唱着《志愿军军歌》——那歌词写得可真好，要么唱着《死神的未婚夫》——那可是当时最流行的歌了。所以，我对轰炸、《单盘法令》①什么的毫不

---

① 西班牙文 Día del Plato Único，西班牙内战时期国民军占领区内颁布的法令，规定所有的饭店、酒馆、酒店和其他场所在每个月1日至15日期间只为每位客人提供一道菜，但收取套餐（含前菜、主菜和甜点）的费用。剩余的食物要捐给慈善机构。

在意。妈妈使出浑身解数,将所有的菜放到一个盘子里,特兰茜和我还会买糖果,所以我们从来没挨过饿。现在,我才发现,村里的人确实是有点轻浮,毫无教养可言。我还记得,当我们努力地给他们的衣服缝圣心①时,他们一直对我们动手动脚的,说什么"给我们好运"。而我和特兰茜都很勇敢,一声都没吱。你知道吗?当时,尽管我们订婚了,但我还当了别人的教母呢。那人应该是叫巴勃罗,巴勃罗·阿萨,他还给我写了几封歪歪扭扭的信,满是拼写错误,全身上下都透出乡巴佬的气息。但你别嫉妒,因为我们总要为这些可怜人做些什么,于是我给他回了信。一次,他请假来找我,想要和我约会。你想,我和他说,绝对不行。他说:"就去看场电影。"我说:"不行,至少不要两人单独去电影院。"他说,自己可能明天就会战死了。我说:"那又能怎么办呢,我很抱歉。"于是,他把那指甲发黑的手放进嘴里,掏出一颗金牙。我吓坏了,说:"您这是要干什么?"马里奥,没错,我就是用"您"称呼他的。妈妈说得对:"帮助他们是好的,但是要保持距离——士兵都是下层人。"他说,摩尔人会把

---

① 指耶稣圣心,在西班牙内战时期,国民军会佩戴或在军装缝上耶稣圣心徽章,以保护士兵刀枪不入。该徽章一般佩戴于靠近心脏的位置,士兵会说"子弹!停下!耶稣圣心与我同在",以祈求庇佑。

敌人的头骨敲碎——你想想这多么可怕——好拿到敌人的金牙。他说，让我替他保管这颗牙齿，等战争结束后再还给他。估计他当时已经有什么预感了。之后，我就再没见过这个巴勃罗。直到后来，我和妈妈还不得不把这颗金牙上交给国库。不幸的是，在战争中有很多类似的事。只要看看胡安·伊格纳西奥·奎瓦斯就知道了。我好像跟你说过这件事的。他是特兰茜的弟弟，好像有点痴呆，脑子有点不正常。但他也被征召入伍，要被带到军营里打杂。没错，可能是战时人手短缺吧。一天早上，特兰茜的父母在门缝下找到一张小纸条，上面错字百出，写着："他们把我巾——应该是'带'——到站场上了——应该是'战'。我好怕呀，冉见——'再'字差了一横。胡安。"这是很久以前的事了，这事还弄得劳师动众，但最后，人们都不知道他在哪儿。当然，就像我之前说的，像小胡安那样的情况，要是上帝把他这个包袱带走了，那或许更好。你想想他的未来，可能就是做个杂工或水泥工什么的，那还不是死了更好？亲爱的，但特兰茜于心不忍，说："哎，不，亲爱的，他可是我的弟弟！"当然，这取决于你看问题的角度了。但如果她是这么想的话，那埃瓦里斯托的事儿就更荒谬了——特兰茜甚至可以让那个逃兵给自己画裸体画像。马里奥，亲爱的，在这个问题上，你倒是不用担心。我呢？想都别想。你知道的，马里奥，很多时候，街上还有男人偷偷看我，那些眼神呀……还有埃利塞奥·圣胡安，你真得听听他每次看到我说的都是什么话，就一直不停地说："你真是好看，好看，越来越漂亮了。"要是给他个机会，还不知道能干出些什么事情呢！而我呢，我向你保证，看都不看他一眼，就当作没听到，继续做自己的事儿，等他嚷嚷累了就好了。要是他有个什么机会，那还不得……

八

　　凡由主人逃到你这里来的奴仆，你不应将他交给他的主人；他应在你中间与你同住，住在他自己所选的地方，住在他喜欢的一座城内；你不可欺负他。多洛总是说："我可以免费给少爷打工。"她也就说说而已。你知道的，马里奥，是我负责照顾我们的孩子们，多洛她甚至都没察觉。马里奥，平日里，你连水都不给递一下，却在圣诞节或我的圣徒日付那么一大笔小费，真是好笑。我真的不知道说什么好，尤其是你看我这么拮据，恨不得把一个子儿掰开两半花，你却还给她一笔那么大的小费。亲爱的，但我们都知道，你就是这样的，在某些事情上，你就是爱把事情弄大。马里奥，你真要听听瓦蕾说的话。你看，多洛对你的那种崇拜，老说"我们的先生"，把你说得像是耶稣基督似的，这件事情也让瓦蕾笑个不停。我和你说句悄悄话吧，多洛就是笨笨的，她在用自己的方式表达忠诚和亲昵，但她真是个蠢人。马里奥，我真想不通，外国怎么会接受这样的人呢？你看，成百上千这样的人到国外去，我真不知道他们能做些什么。在瓦蕾看来，他们就是干那些最脏最累的活儿，就像在这儿我们让动物干的比如拉车之类的活儿。听上去很难以置信，但在我看来，那些外国佬是什么都做得出的。他们都被骗了，这些粗鲁的家伙不会放一丁点心思在学习或什么别的事情上。你跟他们说外国吧，他们也只是两眼放空。你看，现在还是有多好多好关于外国的傻话。马里奥，发光的不总是金子。之后，他们还拼了命地想着要回来。世上可没有别的地方能比得上西班牙了！我说，他们在外国到底干了啥呢？就是像个傻瓜一样，学了些不应该学的东西。马里奥，虽然你肯定会笑话我，但我还是要说：终有一天，就像历史上发生过的那样，西班牙会再次拯救世界的！瓦蕾是多好的一个姑娘呀！但有一天，她的话让我笑了出来。她对我说："我要去德国，只有这样，我才能有厨师、贴身女仆和侍女。"你看她说的什么疯话！你自己也说，她很有幽默感。我看，在那个晚上，她的幽默感肯定不少。那个晚上，你们窃窃私语，嘻嘻哈哈，那副样子真的让我焦躁不已。这就算了，之后你还把香槟瓶塞往路灯上扔，我真想把你杀了！好一出闹剧！马里奥，那可不是一个随随便便的聚会，出席那天派对的人可都是有一定地位的体面人。亲爱的，那天晚上，你喝太多了，我都被吓坏了。我不是没有提醒过你，我一整晚都在和你说："别再喝了，别再喝了。"而你呢，就把我的话当耳边风。只要你一来劲儿，就没人拦得住你。幸好瓦蕾是自己人。我当然是很喜欢瓦蕾的。亲爱的，难道你不喜欢她吗？没错，她在护肤品上花很多钱，蓓妮也常常批评她这一点。但不像其他人，那些东西让她更好看。瓦蕾可是很懂打扮的，尤其是眼妆。你知道吗？瓦蕾每个星期都要去马德里一次，去清洁皮肤。马里奥，你看，我也希望自己能有她那样的好皮肤。她真的很好看，那皮肤光滑得就像是假的一样。还有，那发色也很不错，有些人，像我，就是不适合染发的。你还记得吗？还有她那小身段。难怪有那么多人回头看她，难怪她在街上是那么引人注目。所以我才喜欢走在她身边。你看，马里奥，在我的中学同学里，再也找不出和她一样的人了。你真要看看期末时我们的那些小聚会。你和她走在街上，只要看见喜欢的东西，不管是什么东西，她也不看价钱，立刻就买了。真是阔绰呀！她应该钱多得花不完了。瓦蕾真是一个大好人，我爱死她了！蓓妮也说，瓦蕾是个有钱人，我真不知道比森特是哪里来的好运气。他们那盛大的婚礼呀！你看，我不是说比森特不好，但能娶到瓦蕾那么好看的姑娘，还那么有钱，他难道不是中了头奖吗？蓓妮还说，比森特可是花了好一番功夫才追到瓦蕾的。我一点都不觉得奇怪。他们俩在马德里认识，当时，瓦蕾是和一个意大利人在一起的。那些意大利人也是有很多缺点的。我的妈呀，我不明白怎么那么多人喜欢他们。说到底,他们不也和我们一样吗?要是较真的话,那就是他们更加阴柔一点。你还记得,在战时,那些意大利人来到这儿时的场景吗?我的天,我都不敢想,人们是多么热情呀!姑娘们激动万分。好,这确实是一件新鲜事。你仔细看看在瓜达拉哈拉的那些意大利人,瓦蕾说什么墨索里尼故意挑选了最高最好看的士兵,说这是政治宣传的手段。具体的我也不太清楚。当然,他们的到来在这里激起了不小的动静,真是帅气呀!当他们列队时,人们都朝他们大喊"帅哥"。真是好不热情!他们可没什么好抱怨的。但是,在瓜达拉哈拉那事儿①之后,情况完全不一样了。真是儿戏!他们做了那么多事儿,就是为了让像阿罗斯特吉这样甚至连战争画都没看过的小屁孩渔翁得利!瓜达拉哈拉的事件表明,尽管那些意大利年轻人表面上很反叛,但不管墨索里尼怎么将他们打扮为士兵,他们本质上都是一群文明人。而那个傻瓜莫亚诺——要是他能把那恶心的大胡子剃掉就好了,还说什么意大利人到哪儿都能讨得别人欢心,说什么他们与众不同,说他们用毛衣和鞋子就把巴黎给征服了,说他们就这样征服了一座又一座的城市。你听,这是什么傻话!我想,意大利的美女也

---

① 此处应指1937年发生在马德里郊区的瓜达拉哈拉战役,西班牙共和军与意大利远征军交战。

是一样的，所有的地方都一样，有各种各样的人。出现在电影里的总是最好看的那些人，这是自然，傻瓜当然不会被选去拍电影。但意大利电影引人入胜的一个地方就是意大利的那些美女。马里奥，我可不会被骗，她们都是一群荡妇，没错，就是荡妇。你看战后的那些小电影，真是可怕！总是讲那些身上长满跳蚤的孩子和饿死的人，都是一样的，一个美女都没有。说实话，我看电影是想要轻松一下，生活中的各种事情已经够我烦心的了。马里奥，我和你说，没有人能比他们更厚颜无耻了。在这方面，我们都是一样的，那能有什么坏处呢？但在这里，在战时，这可就会带来苦难了。当然，人们让他们住在平民家里，但如果一个人没有坚定的原则的话，这就很危险了。你看，加利·康斯坦丁诺就是个例子。像这样的人还有成千上万，我再怎么夸张都不为过。加利来到时，就把我家当作自己的领土，他满脸笑容，皮肤黝黑，还有那细细的小胡子和那双蓝色的眼睛……不得不说，作为一个小伙子，他是真的很帅，简直值得为此给他颁奖。他还那么和善，用意大利语叫着"姑娘""姑娘"。我当时还很小，你瞧，那是一九三七年的事儿了，我还是个小孩子。但我很喜欢听他的声音。加利一整天都在抽烟，但当时的姑娘们还不懂事，反而觉得他更有男子气概了。你肯定会说，这就是孩子气。但除了这，还有他的制服，还有他在阿比西尼亚①跟黑人打仗得到的那些勋章——那场战争应该是很可怕的——这些自然都让我们晕头转向了。我还记得，下午，我常常会和加利单独留在家里，因为爸爸和妈妈出去散步，胡莉娅要上小提琴课。我当时可喜欢这样的时光了。他就握住我的手——他没有恶意，你别吃醋——我的心怦怦直跳。然后，他和我说起在比萨和阿比西尼亚的经历，说起他的孩子——罗曼诺和安娜·玛丽亚，说他们都是"元首"的"孩子"。他用意大利语唤我"姑娘"，我都开心得疯掉了。不瞒你说，特兰茜嫉妒死了，跟我说："把他介绍给我吧，亲爱的，不要那么自私嘛！"你瞧，在那事儿发生之前，我唯一不喜欢加利的一点就是他在浴室的那些瓶瓶罐罐。可怜的妈妈一遍又一遍地说："什么时候见过有男人用那么多瓶瓶罐罐的？"胡莉娅一声不吭，连爸爸也被忽视了。最让爸爸恼火的是，看完电视新闻后，加利总对他行罗马式敬礼。你想，爸爸是世界上最不喜欢军队的人了。奏完国歌后，加利总会大声喊："西班牙万岁！意大利万岁！"我们也小声跟着说"万岁"，都要羞死了。那可真是热闹！一天晚上，趁着加利不在家——他常常不回来吃晚饭，天知道他去哪儿了，他可不是什么好人——爸爸说："这可太夸张了。"那天，我不知

---

① 指埃塞俄比亚。

道胡莉娅是不是在为别的事情生气,但听到这话后,反应非常激烈,说:"夸张,为什么?"还说,"要么是,要么不是。"我不太懂她说的话,但听了她的话后,爸爸一声不吭,真的,一动不动。事实上,我和胡莉娅每天下午都会坐加利的那台敞篷菲亚特出去。之后,特兰茜又老和我说:"他人可真好!哎,亲爱的,别这样,把他介绍给我吧,不要那么自私嘛!"你瞧,但不管特兰茜怎么软磨硬泡,我都没有理会。加利还给我们买冰激凌和小饼干。一天下午,我们去了书店,他给我们俩买了本意大利语语法书。我也不知道为什么,但除了慷慨大方以外,加利还有些别的好的品质。你瞧,这对一个男人来说可是很少见的。比方说,我从来没见过他生气,即使被我取笑他那蹩脚的发音,他也只是一直用他那带意大利口音的西班牙语说:"你笑什么呀,姑娘?你笑什么呀?"说着,他微微眯上眼睛,那样子真让我疯狂——你别生气,马里奥,我说这话没有别的意思。那真是一段美好的时光呀!我们坐着敞篷菲亚特到处跑,而其他人则走路走得满身大汗。那时候,我就想,以后我结婚了,首先就要买一台车子。现在看来,哎!爸爸对这件事是很反对的,他即使有条件也不会这么做。而我却对自己说:"以后结婚了,首先就要买一台车子。"你看,我当时是那样充满幻想!之后等着我的又是怎样的未来!就是为了让恩卡娜来问"要不要载你"？我就只想这么任性一回，而你呢？你瞧，在这个家里，事事都顺着你的心意来。不管是孩子们的名字，还是家务活儿，或学校和什么别的事情，我说的话都不作数。你不用再说了，马里奥，最让我痛心的是，你为了那几个破钱，剥夺了我人生中最大的快乐。我又不是要买一台奔驰。我很清楚，我们的开销那么大，我们买不起奔驰。但是，马里奥，至少要一台西雅特600呀！现在，就连看门的都买了西雅特600！所以他们才说人人都有一台西雅特600，亲爱的，你难道不知道吗？如果我们买了车，马里奥，我们的生活会有多大的改变呀！我简直想都不敢想。但是，很好，轿车是奢侈品，一个教授的工资不够买车。真好笑，我怎么会不知道，是茶话会上的那些人阻止你买车呢？但是，你看看尼古拉斯先生，对别人诸多意见，自己却买了台西雅特1500。我就说嘛，说是一回事，做又是另一回事。他还老说什么平等，但你瞧他。如果你想的话，你连戈尔迪尼都买得起，你又不是不缺机会。你瞧菲托，他就能帮你。马里奥，即便我们不求他帮忙，也还是有办法的。你写得一手好文章，大家都知道，但是没人看得懂你写的东西。要是有人看懂了，那就更糟糕了，因为你写的总是那些流氓，那些穿得破破烂烂的饿死的流氓。马里奥，我说过很多次了，人们不吃这一套，因为人们很小心，都不想招惹什么麻烦——他们生活中的烦心事已经够多了。你看看，马克西米诺·孔德的故事多棒啊！我一听见奥亚尔顺的话，立马就跑去找你了。你看见的，我都跑得上气不接下气了。尽管你也没有否认我的想法，但我做的这么多的事情毫无用处。那个故事很好，也许有那么点色情，但我们也不要太走极端，对吧？我想，也不用写些什么，说他爱上继女就够了，你明白我的意思吗？而当她让步，或者就像书里写的，献身给马克西米诺时，你就让人物做出体面的反应就好了，这样，这本书甚至还能有教化意义呢！亲爱的，但和你是没法讲道理的，跟你说话就像是对着墙壁说话，你的回答就是"好""不""没问题"。你总是毫不在意，无动于衷，甚至没有听我说话。这是我最无法忍受的。你们男人就是一群自大狂，你们以为自己掌握了真理，把我们女人的话当耳边风。马里奥，尽管你不想承认，但我们女人可是深谙生活之道的，我知道，我的朋友们也有读书。你却总是轻蔑地说："肯定读得不多。"我不是说她们读了多少书，我们女人连读报纸的时间都没有。但除埃丝特以外，我那些朋友是不会读战争、社会之类的书的，她们读的都是爱情小说。亲爱的，这也很正常，爱情是永恒的主题。你好好想想，看看《唐璜》，这样的故事不是一时的潮流，而是永不过时的。你说，如果没有爱，这个世界会变成什么样子？没有爱，世界自然也就不复存在了。

九

天国好比一个国王……别说什么国王，什么儿子的了。我问过自己上千次，马里奥，如果对你来说，君主制和共和制都是无关紧要的话，你到底为什么要那样严厉地责骂何塞丘·普拉多斯呢？你看，世上没有比何塞丘更好的人了。他是本地人，一辈子都在这儿生活。你看看普拉多斯一家，我们和他们再熟络不过了。何塞丘还上过前线，是个头脑清楚的人，你为什么要针对他呢？为什么要找他的麻烦呢？即便他是什么选举组长，那和你又有什么干系？让他自己处理就好了，他才是负责人，不是吗？很好，你偏不，偏要一张一张地数票，我都不知道你怎么能在人格测试之后还有那么大的底气？你看，人们选你是让你当代表，你还不情不愿的。马里奥，我就是觉得，你总是想要把事情闹大。如果何塞丘说，百分之九十都是赞成票，只有那么几个人投反对票和六张弃权票——还是空白票什么的，那何塞丘就是老大，对吧？随他爱说什么就说什么吧。这最后又跟你有什么关系呢？但是你偏不，就像埃尔南多·德米格尔的那只羊羔的事，以及你与菲托的争吵一样，亲爱的，你就一定要反其道而行之，没错，就这样，没有什么原因。对于你不喜欢的那些事情——我想这种情况也不算多，你可以好好地、有礼貌地表达你的意见，但不要把事情闹大，不要摆脸色给别人看。如果你能说一句"我不喜欢这个结果，但我接受大多数人的决定"，那就皆大欢喜了。如果我没理解错的话，这就是你口中的民主吧？亲爱的，你就直接大声说出"我不同意"，就可以了。就像你写的那些书，如果你想让别人听到你的声音，甚至想让剧场的提词员也听见你说的话，就要大声地把话说出来，而不是坚持要一张张地数选票。如果我们不数票的话，就不会有记录，也不会有勒索了，是吧？马里奥，瞧你做的好事。你一直都是一个胡来的人，总是喜欢挑战别人，就是要让全世界都知道你在这里。你就是这种态度，趾高气扬的，尽管全部人都说这是白的，你偏要说这是黑的。只是因为你就想这么做，没有别的什么原因。我已经把你看透了。马里奥，大笨蛋，不是这样子的，要在这个世界上生存，我们需要更加灵活一点、机灵一点。你们说了那么多"宽容"，之后却自己喜欢怎么来就怎么来。你看，如果你一辈子都是共和派，我说的是百分之百的共和派，那你之前怎么还说"君主制或共和制都不是什么大不了的事儿，最重要的是它们背后的东西"呢？那你为什么不在记录上签名呢？何塞丘·普拉多斯一直那么关心我们，你为什么要让他难堪呢？这是毫无意义的。你看，那就是一个严重的错误！比森特·罗霍说，可怜的何塞丘到了俱乐部，不知所措，脸色像墙壁一样白，说话结结巴巴，像是要被吓出心脏病了。真是可怕！你想想他的父亲，那位可怜的先生，得了偏瘫，几乎半辈子都坐在轮椅上，这一切都是因为他被一个女仆的话给气到了。马里奥，大笨蛋，我们都要小心点，这么毛毛躁躁是毫无用处的。你看，我们都生活在同一个世界里。何塞丘是一个很好的人，但他也有自己的尊严和骄傲。你瞧，我们都是人，他已经默默地记下了这笔账，好在日后向你报复。你想想公寓那件事。看在上帝的分上，求求你不要再故意作对了。那件事已经过去好久了，但你知道那天晚上伊希尼奥·奥亚尔顺说了什么吗？他说，何塞丘告诉他，没错，何塞丘跟他说，说你就像个清教徒一样，说他那天没有打你，是念在我的父母和他的父母的交情上。你听听，这多让人恼火呀！我不知道你是怎么做到的，但你真的与全世界为敌了。亲爱的，这就是你留给我的烂摊子。你说，现在，如果不是靠着爸爸的退休金，单靠我那遗孀慰问金，我连房子都租不起。我知道，这是另一件不合理的事情。你老是以为，只要自己是有理的，就走遍天下都不怕，真是好笑。亲爱的，你倒说说你在想些什么？每个人都有轿车，而你的妻子呢，还要用她的双脚步行。你这个穷光蛋！我的上帝！我们每次宴客都用那白铜餐具，我想想就觉得羞愧。你觉得这是生活吗？马里奥，你扪心自问，你觉得世上的女人都要遭受这种罪吗？我和你说实话，我最生气的就是你不承认这一点：我们结婚二十三年了，你连一句感谢的话都没跟我说过。马里奥，你知道的，世上男人不止你一个，我的选择多了去了。最好笑的是，在结婚之后，还有很多人追求我。但是，结婚了就要当好一个妻子，就要有妻子应有的样子，而你们男人呢，就甩手不干了，就剥削我们女人。我想，结了婚就能保证女人对你们的忠诚了，但对你们来说，就是买了个做家务的工具。你有一个用几个子儿就把家里打理得井井有条的妻子，你还有什么不满意的？你们这日子可真舒坦呀！你们还以为岁月静好。你看，亲爱的，你还说，和我一样，在结婚前都是处子之身，你敢把这谎话跟法官说说看？说什么"你不用谢我，我这样只是因为我害羞而已"。这是什么傻话？害羞什么？你以为我不懂你们这些男人？你们男人都是一个样，说什么你的笨拙就是最好的证明了。你这话说得可真好听！问题是，堕落的女人和体面的女人可是有天渊之别的。归根结底，在结婚的时候，你们做的事情恰恰还是能体现你们的尊严的。你是处子之身？但是，马里奥，亲爱的，你是把我当傻子吗？我不是说你生活放荡，但有时候，人还是需要偶尔放松一下嘛……之后就是在马德里的那件事儿。我们去那儿度蜜月，你却让我受了那么大的屈辱，你是那样瞧不起我。我知道，当时我是有点害怕，我知道是要发生些什么奇怪的事情，因为要生宝宝嘛。但是，我真的以为一次就好，我也没有其他的选择，我发誓。不管怎么样，你上床后，说了句"晚安"，似乎躺在你身边的我是个缉私队的士兵。你看，你就是一直这样控制自己。我甚至都没和瓦蕾说这件事！我连瓦蕾都没说！你就可以想象我的心情了。埃丝特和瓦蕾不一样，尽管她是我一辈子的朋友，但她不一样。她当然没有瓦蕾那么体贴，而且像这类问题——有点色情的问题——不能在她面前提起。她老是炫耀自己多摩登，读了多少书，但说到底还是一个老古董。你看，我想过很多次，你俩应该是志趣相投的，你们就像是一个模子里造出来的。埃丝特觉得你很聪明，她也读一些奇奇怪怪的书，读那些没人读得下去的大部头。我还记得，读那本《遗产》的时候，瓦蕾笑得不行，而自以为博学的埃丝特却说这是一本带象征意义的书。你看，她知道什么呢？当你那个什么抑郁症发作时，你们也是一模一样的。那时的你让人很是厌烦，满口说着自己对轻浮、对暴力的看法。连瓦蕾也说："嘿，为什么要那么悲观呢？"亲爱的，埃丝特完全能理解你，不是吗？埃丝特说，我们就只关心杂志里那些公主的假期、刚果的大屠杀之类的内容。亲爱的，她可真是巧舌如簧啊！

她不怎么说话，但每次说话，都能让别人无话可说。我的妈呀，多高傲呀！就像个布道者似的。"马里奥内心是有好的一面的，但你们所有人一起让他失去了动力。"布拉斯就是这么说的。你变成这个样子是因为我吗？你看，当时，我是第一时间把马克西米诺·孔德的故事告诉了你的。哎，如果我会写的话，马里奥，那该是多好的一部小说呀！问题是，埃丝特没见过你穿拖鞋的样子——那才是你们男人真正的样子。我说，只要一穿上拖鞋，你们就原形毕露了。每每说到这个问题，我总会想起妈妈——噢，愿她安息。马里奥，她说，在结婚前，女人应该看看对方穿拖鞋的样子，看上几个月，就能避免很多欺骗了。你看，马里奥，妈妈说得太对了，真是经验老到。一个十七岁姑娘总以为自己无所不知，觉得别人说的都是傻话。但之后呢，我们都在同一个问题上栽了跟头。我不是在抱怨，但你第一次翻身背对我的时候，你说"晚安"的时候，我的心真的凉透了。从来没有人让我如此难堪。没错，我没有索菲娅·罗兰那么美，但我也不至于让人这么嫌弃。我跟你说，帕科·阿尔瓦雷斯绝对不会对我做出这样的事情，更不用说埃利塞奥·圣胡安和那个埃瓦里斯托了。你可以说，他们都是堕落的人，还有人说他们拿着一个母鸡毛做的行李箱或者什么奇怪的东西，但没错，连他们都不会这样羞辱我。当然，我也不吃惊，我听说过，那个晚上就像打仗似的，是没法好好享受的，是一件麻烦事。但我从未听说过谁在这个晚上是背过身说声"晚安"就睡了的。你别跟我说这是出于对我的尊重，有些时候就是要粗暴一点的，因为归根结底，我们都是动物。马里奥，更糟的是，我们都是被习惯所驱使的动物。不管一个女人多么有原则，在这样的情况下，她是宁愿接受粗暴的行为，也不愿意被嫌弃的。你是知道我的性格的。马里奥，我永远都不会忘记，新婚之夜你是怎么对我的。得了，范多神父甚至说，你那天晚上的举动是出于对我的体贴。他根本就不了解我。现在，这些年轻的神父都在干什么好事？他们什么都不在意，只关心那些工人赚得多还是少。我敢打赌，对他们来说，一个老板拒绝支付加班费比有人和不是自己妻子的人上床来得重要。马里奥，没错，这一点让我很伤心，情况就是这样，我们的道德正在沦丧。那该死的梵二会议！在那之前，我们的生活是多么平静呀！现在，不是还有消息说，那些新教徒要在街角那儿建一座小教堂吗？但我们好好想想，我们这五个孩子，我们怎么还能安心让他们出去呢？马里奥，我真的想都不敢想。我们正在经历这些事情，是因为你们没有做好应该做的事。人们已经不再思考死后的世界，也不再有什么原则了。但是，马里奥，我们家就是个好例子。你还记得吗？我跟你说："虽然我会伤心，但把你结婚前的故事告诉我吧。我保证原谅你。"我向你保证,我以为这是好心,因为我当时已经准备好接受一切可能了。我也许是个傻瓜,但我没有办法,我就是这样的人。可能某一天,我心情好的时候,我就突然决定原谅所有事情了。真的,我发誓,我当时就想让你说完,然后亲你一下,说"过去的就让它过去吧"。而你呢,一声不吭,连你的妻子都没法让你敞开心扉,这才是最让我恼火的一点。当我一再坚持的时候,亲爱的,你就像在你的书中用大写那样再次跟我强调:"**我也和你一样是处子之身,但你不用谢我,我这样只是因为我害羞而已。**"你怎么看?马里奥,如果真有一件事让我火冒三丈,那就是你对我的不信任。你听好了,如果那天晚上你对我说了实话,不管对我来说有多困难,我都会原谅你的。我可以拿任何东西发誓。你和恩卡娜在马德里的事情也是一样的。我不是有坏心思,我早在二十五年前就跟你讲过,两个身心健康的人,喝一杯啤酒,吃一点煎虾?不,马里奥,你动下脑子,再编个好一点的谎话吧!我又不是傻子,难道你以为我不了解恩卡娜是个怎么样的人吗?你都那么成功了,还想要什么呢?我知道你想要什么,但是,小叔子和嫂子之间做这些事情总是不体面的。你们至少要尊重心中关于埃维罗的记忆呀!如果何塞·玛丽亚有结婚,那在他死后,他的妻子跟恩卡娜也是一样的寡妇。但这又是另一回事了,何塞·玛丽亚根本就不信上帝。马里奥，不管我们怎么守口如瓶，人们总是会知道的。我那可怜的妈妈说过，世界很小。而恩卡娜呢，早在十五年前，就有些暧昧不清了。在你看来，这是善心，但谁知道呢？我不是说她不缺钱，也不是让她去工作，噢，愿上帝宽恕我，但我知道，你曾经给过她钱，她也收下了。如果你想知道的话，我甚至还能说出你们做这事的时间和地点。尽管我看上去什么都没做，但我什么都知道。

十

　　我实在告诉你们：凡你们对我这些最小兄弟中的一个所做的，就是对我做的。马里奥，你听我说，你知道我喜欢你对我说"你就是一个小反动分子"吗？我猜，你想说我那冲动的性格，不然的话，还有什么别的原因呢？尽管这样，我还是很喜欢你的这句话。我还记得，小时候，帕科追求过我。他总是一口一个"小妹妹"地叫我，那词儿都成了他的口头禅了。有段时间，我喜欢过他。你没听错，当然，我那时还是个小女孩，也没有留意到帕科不懂得怎么讲话。因为帕科的家庭有点那个，我要怎么说呢？好吧，有点，就是人们常说的那种工人家庭，只要稍微注意一下，就能看出他那粗鲁的一面。但他爱开玩笑，所以我和他一起玩，权当打发时间。我跟你说，我从未见过像他那样的人，像他那么疯狂地迷恋一个姑娘。我还记得，当我们走在路上，碰到你那群朋友时，阿曼多将手指放在太阳穴上，像野兽般大吼大叫。帕科说："小妹妹，如果有头疯牛冲过来，我肯定会和他一决生死，好让你看看什么叫勇敢。"听到这话，特兰茜都笑疯了。我不知道帕科对她做了什么，但她总喜欢和他在一起,不然的话就是和那两个老头子在一起。而你呢,她对你倒一点兴趣都没有。世间的事情就是这样子。当然,她也不该一直说着什么"算了吧,你看他的头,就像个稻草人似的"。你听听这是什么话。在一开始那几天,你会在道别的时候吻我,把你的嘴唇紧紧地贴着我的嘴唇。当然,那个吻有点奇怪,像是法式长吻。特兰茜却对我说:"门楚,你发烧了,明天你就不要出门了。"我不知道她说这话是因为嫉妒还是什么别的原因,你懂我的意思吗?说实话,特兰茜运气不太好——当然,她也有自己的小毛病,谁没有一些毛病呢?但她还是有很多很好的品质的。你瞧,就像发烧这件事。在我们那个年纪,可是千金也难买到这样的关心的。我不知道为什么,但她好像被帕科洗脑了。你瞧,和他在一起的时候,她总是笑得乐不可支。她一边笑着,一边纠正帕科的错字。例如帕科会把"反应"说成"方应",把"视角"说成"死角",老是把单词弄混。特兰茜给他起了个外号,叫"工人"。当然,这外号只有我和她知道。要是帕科知道了,肯定免不了一场争吵——她竟然没有因为这事儿和帕科吵过架,这也是最让我觉得奇怪的一点。但是,细看的话,这还是其次。最糟糕的是他看上去就像是个没文化的人,我也不知道为什么会有这种感觉,也许是方方面面吧:他不会想着要走在右侧护着我,还整天把"我妈妈"挂在嘴边。你想,他都多大了！但是，如果去掉这些方面，帕科就是一个很好的小伙子。尤其是现在，他现在很老练，有一点点白发，看上去就像个演员。我吸引来的都是些粗鲁的人——像埃利塞奥、埃里瓦斯罗、帕科之类的。这似乎是我的命数。瓦蕾说，丰满的人总是会有这样的遭遇，但是我呢？除了胸部大一点以外，我从来都不胖，你说是吗？当然，我说的不是现在。你真要瞧瞧埃利塞奥·圣胡安那斜眼看我的眼神，要是我穿着那蓝色毛衣下楼，那就更糟了。他总会说："你真是好看，好看，越来越漂亮了。"马里奥，这可不是什么好事，他就一直跟我说着，让我不得安生。另外，你瞧他那下巴，那粗粗的声音，那驼背……真的。我说啊，帕科·阿尔瓦雷斯总是那么不一样，我不是说他比别人更秀气，但是，天知道！他没那么烦人，更加稳重。另外，还有他的那双眼睛。我发誓，我从没见过那样的眼睛，那罕见的绿色，真的，就像是猫的眼睛，就像是一汪池水。我还看得很清楚，他还有个小优点：他可能比较粗鲁，但他总是力图摆脱自己那低下的出身，用一种有教养的方式去待人接物。现在呢，他变成了一位绅士，一位真正的绅士。我还记得，在我们小的时候，我们在人行道上上下下地玩耍，他总是会拉着我的手。他似乎是不经心地做出这个小动作，但你知道，对于一个女人来说，有一个男人担心她的安危，总是一件让人感到高兴的事儿。马里奥，我有件事情没有告诉你。大概是两个星期前的一天，应该是上个月二号，帕科开着他的"海鲨"，载我到市中心，就开着那辆豪车从这儿到那儿。你肯定没见过这么好的车！当时，我正等着公交车，队伍一动不动。突然间，吱——，一个急刹车，就像拍电影似的。要怎么说呢？我已经好久没见过帕科了，你可能不相信，但我的脸都红了。你看，真是气人呀！感觉到自己脸红却没法控制住是最让我恼怒的事情之一了。他呢，似乎没看见我那红透了的脸，他那声音，那举止，可镇定了。马里奥，他看上去像是另一个人。他问我："你是要去市中心吗？"我说："是的。"不然，我还能回答什么呢？我说着，站在原地一动不动，似乎双脚被钉在地上。克雷森特当然不会错过这个机会，他坐在三轮摩托车上看着我们，想要看什么八卦。但帕科毫不动摇，说："我载你去。"我听了他的话，上了车，甚至没想自己在做什么。马里奥，那是多好的一辆车呀！就像做梦一样！我真是高兴得疯了，坐在车上真的一丝颠簸都没有。另外，帕科开得一手好车，似乎一出生就会开车了。我就像个傻瓜一样，心脏跳得怦怦响——没别的原因，只是因为我和一个男人在密闭的车厢里，而这个男人不是你而已。没错，帕科和之前很不一样，怎么说呢，马里奥，他说话不多，但恰如其分，语调平和，脸色平静，和上层人一样。我跟你说，你们男人运气真好，年岁的流逝只会让你们更有魅力。那些二十岁时不好看的小伙子，在二十年后也会变得好看。帕科就是一个例子。他说话毫无错漏，非常有男人味。年轻时，他看上去就像个长不大的小孩子，我也不知道，就是感觉太柔弱了。现在，在远处就能看出他是有故事的人。"岁月没有在你身上留下痕迹，小妹妹，你还和我们一起在阿塞拉大道上散步时一模一样。"你瞧，我说，"这真是傻话"，不然，我还能说什么呢？我们就从二十五年前说起，说起银婚，说起我们还是小孩子时的事情。为了转移话题，我只好说："这辆车子真棒！"他说我让车子生辉不少。你听听，这一句随随便便的恭维话，却在我意料之外。之后，我又因为这感到抱歉，我已经结婚了。但你知道，被人称赞总是件让人开心的事。当我们都不说话的时候，他会用眼角的余光偷偷看我，就是有点这样的，我不是说他要吸引我还是怎么的，但他绕了好大一圈才把我载到主广场，而我一句话都没说，就像没有觉察到他的小动作似的。我当然知道，他结婚了，也生了一堆孩子，当然，我也是有夫之妇，但我就一直装傻。道别时，他看着我的双眼，握着我的手，握了好一会儿才松开，我都以为自己要爆炸了。因为现在的帕科就像是另一个人，马里奥，是一个掌控一切、让人安心的人。这变化太大了！简直让人无法相信。战争结束后，他似乎在马德里待了一段时间，广交朋友，你知道吗？这是他亲口和我说的。

现在，他对新工业园之类的东西感兴趣，好像在做什么代表还是什么地皮生意。当然，他一直勤勤恳恳，在战争中也表现得很好：他的兄弟在战争中死了，他自己的胸前也中了弹，身上伤痕累累。谁能否认他那累累的功绩呢？他当时还是个愣头青，现在却完全不一样了！要是当时我和他结了婚，那我现在还不是要什么就有什么？马里奥，你可能会觉得好笑，但今天的人呀，都是很会花钱的。而我最生气的是，你这个傻瓜一毛不拔，我也不是要买一台海鲨，但是一台西雅特600……亲爱的，现在，就连看门的都有西雅特600了。不是我夸大其词，但你看，周末的街上就只有我们和寥寥可数的几个饿鬼。马里奥，我说这不是为了别的，只是帕科的事让我开始反思。我们这么糟蹋上帝给我们的才智甚至是一项罪过，没错，你在《邮电报》上写的那些东西不能改变任何事情，不能改变任何人，就只是浪费时间而已。你看看帕科。我承认，那次的见面让我有点诧异。这是自然的，过了那么长时间，我身边一直只有你这么一个男人，而对一个女人来说，知道有人喜欢自己总是件让人高兴的事情。马里奥，你知道他看我的眼神是怎么样的吗？我发誓，下车后，我都不知道要怎么办了。他没有立刻开走，肯定是在打量我。我不知道自己当时怎么能穿成那个样子出门，要是早知道会遇见他，我就打扮得整齐一些了。幸好，你们男人是不会注意这些东西的。当他握住我的手时，我一直在想："他千万不要看我的纽扣，别发现我把大衣给穿反了。"但他一点都不紧张。我还记得，我们年轻的时候——现在当然是各种设施都完善了，但当时，他每次上台阶都会抓住我的手臂，我都会低声对特兰茜说："他把我看穿了。"特兰茜就笑个不停。帕科则一脸不开心地说："你在笑什么呢，小妹妹？可以告诉我吗？"之后，我跟你说，我的整个手臂都被他的汗水弄湿了。我不是想说我不喜欢帕科握我的手，但你不得不承认，那是他的细心之处。你却从来不会这样关心我，亲爱的，你总是越来越冷漠，我都不说亲吻了——在结婚前，我是不会让你或者任何人亲我的，但你可以再热情一点，傻瓜，你总是那么死气沉沉，老是说"我的爱人""我的宝贝"，就再也没其他花样了。你看看我们的新婚之夜！还说什么体贴，我都觉得好笑。你就只会让我难堪。你瞧瓦蕾，她那晚落红了，我觉得丢脸，只好跟她说"我也是"。不然的话，我要怎么跟她说你翻身背对我然后就道了"晚安"呢？你还想怎么样呢？你瞧瞧阿曼多和埃丝特。亲爱的，她也是个聪明人。好，然后他们就订了婚。但如果你想知道他们怎么在一起的话，就是他握住了她的手，没错，他没有表白，也没有做别的。但她没有松开手，于是她就接受他的心意了。你看，就这样，两人就这样订了婚。我是不认可这种方式的。另外，马里奥，对我来说，做一件事情就要做到最好。订婚就和结婚一样重要。我还记得我那可怜的妈妈说过:"做事是要有规矩的。"她说得再正确不过了。订婚是很重要的一件事情,马里奥,这可是人生中的关键一步。很多人甚至都不知道这一步是多么重要,就说一句"我喜欢你,你喜欢我",就在一起了。甚至还有人拿这件事情开玩笑,这才有了那些后果。现在,不管你说什么,一点点热情还是必需的。你看,阿曼多结婚十五年了,他也经历了很多,但是人们都不敢瞧他妻子一眼。我还记得在阿提奥酒吧那晚,他骂得可凶了。我想,可怜的埃丝特并没有多好看——这又是后话了。但就因为别人对埃丝特抛了个媚眼,他就和别人打起来了。这举动很有男子气概。当然,之后都没人敢招惹埃丝特了。在柯贝多酒吧那一次呢?那时他们才订了婚。我可是瞧见了,他也真是活该,弄出了好大的动静!仅仅是因为那人经过时朝他喷了口烟,他就打了那人一拳,把告示牌都砸烂了。你看,这就是我喜欢阿曼多的一点,你可能会说这太粗鲁了,但这没有坏处,就和旧时一样,是有原则的表现。你懂我的意思吧?我们女人就喜欢刚毅一点的男人,亲爱的,你们要保护你们的女人,如果需要的话,还要为了我们女人互相厮杀。不是说要保卫祖国吗?那是一样的道理。马里奥,我告诉你,妻子或未婚妻都是神圣不可侵犯的。而你却完全不在意,说什么"我信任你""你知道你该做什么",好不自在！如果我忘了呢？如果有一天我真的不想做那些我该做的事情呢？这话可说得漂亮。你们男人，只要结了婚，保证了女人对你们的忠诚，你们就撒手不管了。你们都是这样。但是，马里奥，你记住，有时候，人是要努力去赢得这份应得的忠诚的，必要的话还要用上拳头。阿曼多就是个例子：就因为他什么事都做得出来，没有人敢招惹他的妻子。还有很多像阿曼多那样的人，我不知道，比方说，帕科。我好久没见过他了，但可以肯定，他也是这样的。从他在战争中的表现已经可以看出来了，他的身体伤痕累累。我知道，我很烦人，但我不介意再跟你重复一次，傻瓜，你必须把心思放在那些真正重要的事情和人上，而不是把时间花在写一些不会给你任何报酬也没有人想读的蠢话上。你也听到爸爸说的话了。在别的问题上，爸爸也许说得没有道理，但在写作这个问题上，他可是很有发言权的。你很清楚这一点，却装作听不懂，这真让我恼火。

十一

我的爱卿，你多么美丽，多么美丽！你的双眼有如鸽眼。原谅我又提起这事，马里奥，可能我真的太烦人了，但这不是一件无关紧要的事情。尽管你总说这是毫无价值的蠢事，但对我来说，表白爱意是最重要的，是必不可少的。不是的，这并不是毫无价值的，你看，你好好想想，订婚是一个男人和一个女人人生中最重要的一步，这不是说说而已的。自然，这应该是庄严的，还要说一些仪式性的话。你想想我那可怜的妈妈说的话——噢，愿她安息。所以，不管阿曼多为保护埃丝特做了什么，喊得多大声，我都不喜欢他的表白方式：他就和她约会了几天，握她的手握了一会儿，然后就算订婚了。如果你愿意的话，你可以把这当作一个沉默的承诺。但如果你想知道我的意见，我肯定把全部想法都告诉你，我还是坚持我的想法，埃丝特和阿曼多基本上没有订婚就结婚了，突然间就结婚了，没错，在我看来，这是不道德的。这就像是一个男人把手放在女人身上，然后就把她当作自己的妻子了。这是一样的道理。不管怎么样，婚姻是神圣的，而订婚就是通往神圣婚姻的大门。这不是没有价值的，这也是需要仪式的。我知道，表明心意的套话有很多，成千上万。你还用得着跟我说吗？从"我爱你"，到"我希望你能成为我孩子的母亲"，要多肉麻就有多肉麻。尽管这仅仅是一句套话，但对我来说，这就够了。所以我才这么坚持，马里奥，亲爱的，请你理解，我希望把每件事做好，但你总是那么迟钝。从我认识你开始，到现在，你都是这样。但只要喝上两杯，你就开始放肆起来，扫大家的兴。如果不喝上两杯，你竟可以自己一个人待着，看上去可怜兮兮的，什么都不说，一声不吭地自生自灭。你看，我们在瓦蕾蒂娜家里的那个晚上，你的举动简直是让人忍无可忍。马里奥，我跟你说的是心里话，我为什么要骗你呢？你就一直把香槟瓶塞往路灯上扔，天知道用人们会说些什么。马里奥，只有下层人才会做这种没礼貌的事情。幸运的是，我们还有阶级之别。大傻蛋，你总是说，修养什么的都只是小事，但不是这样的。你甚至会在街上随随便便地跟人打招呼——我真的要气疯了，你就只活在自己的世界里。马里奥，亲爱的，你听听我那可怜的妈妈是怎么说的："每个时刻都有该做的事。"因为人们没有义务去研究你究竟是糊涂了、没有教养还是不友善。真要看看你因此而傻乎乎树的敌！你就是活该！亲爱的，除了这些，还有你的书，你那一定要跟潮流对着干的劲头，你是惹恼了所有人呀。

我跟你说，这是不可以的，我们是和有文化的人生活在一起的，而在这些有文化的人中，我们的举止也要像一个受过教育的人一样。你不对认识的人说"再见"，倒和一个陌生人说"再见"——我真希望你能告诉我你这么做的原因。我还记得，那次你在阿隆德药店旁把我气得不行。一个衣衫不整、没有礼貌的人说"抱歉"。你说："我认识您吗？"那个人还厚颜无耻地说："您别担心，从现在开始，我们就认识了。"我们当时在散步，我都不知道往哪儿躲了，你甚至还拍了拍那个清洁工还是什么人——天知道他是谁——的肩膀。你说，如果别人看见我们，他们会说些什么呢？可不能这么做事，马里奥，你好歹也有点自尊呀！更严重的是，你竟然还对一个穷鬼说："我们是好朋友，我随时为你效劳。"你想，你这是要引起别人注意的。你知道的，这让我多么困扰。我不是自傲，但每个人都有自己的阶层。傻蛋，你真是一点都不懂怎么去遵守礼节。所以，看着自己让你越来越守规矩，我真是感到很开心。"我想和你出去，单独出去。"看看你说的话。我却装傻："为什么呀？""就像未婚夫妻一样的。""但你看，我们没订婚呀！"而你呢，一句话都不说，就静悄悄地走了。马里奥，亲爱的，这些事情是需要一个严肃的态度。这不是我个人的观点，是人们的智慧。如果大家一直都这么做，那肯定是有它的道理的。你想，如果不这样的话，那就一片混乱了。你想,如果有一天,你突然离开,我又能怎么责怪你呢?你这么没有仪式感,把自己弄得像个无赖一样——我是从社会角度说。我就这么一天一天地忍耐着,你让我出了那么大的洋相,但你这个无赖,你一定要走出自己的舒适圈。我跟你说,我提醒你,我的选择可是多着呢,你看帕科……我的追求者可多呢,每个星期四和星期天,我都要推掉好多约会。但特兰茜那个疯女人总是说:"你别跟我说你喜欢上了这个七星仔①。"亲爱的,说实话,你当时外形确实不吸引人,而我却满脑子都是浪漫的想法——我就是一个浪漫的笨蛋而已。我想着:"这个小伙子需要我。"你看,在当时那个年纪,一想到自己被需要,我就觉得是一种回报了。妈妈可是洞若观火——我从未见过像她那样的人。她说:"孩子,不要将爱情和同情混为一谈。"你瞧,她真是一语中的。我承认,我在那个年纪是瞎了眼。但是,也许,如果当时那个阿曼多没有把手指放在太阳穴上,发出那样的咆哮——真是够丢脸的,事情可能就不一样了。你看,有时候,这样的小事、傻事就能影响一个人的未来。事实是,那个时候,你让我觉得很可怜,我也不知道为什么,可能是因为那套丑得吓人的棕色西装,可能是那双鞋跟被磨平的皮鞋,让你看上去是

---

① 指怀孕七个月就出生的早产儿,此处指马里奥。

那么悲伤。但世事难料，突然有一天，我发现，我喜欢上你了。特兰茜一直说："算了吧，你究竟在想什么呀？"亲爱的，那时候，所有人都反对我和你在一起，你肯定无法想象我所受的折磨，幸好，妈妈已经不能拒绝了，这还得多亏了加利那件事，也许是那件事的反作用吧。尽管我这么说是不合适的，但在我认识的所有人里，妈妈是最冷静的，她总是微笑着，总是那么优雅，低声说话，也能让人平静下来。马里奥，你真要看看她去世时的样子，真的，还是那么不失风度。我想过很多次，我敢肯定，妈妈宁愿饿死，也绝对不愿落得像你父亲那样的境地。她是个爱干净的人。我敢肯定，她宁愿死，也不愿在床上大小便。俗话说，"从摇篮到坟墓"，这是真理。人们是怎么生活的，就会怎么死去：低调的人会低调地死去，堕落的人会堕落地死去。你的母亲就是很好的例子。她说："好好照顾他，孩子。马里奥是个很好的人。"你看，她总是很知足。我不否认，她有其他的优点，但她的那些孩子……你看，何塞·玛丽亚，好家伙！更不用说那完美无缺的夏萝了。还有家里的家具，不是胡桃木的就是桃花心木的，反正加起来都不值什么钱。马里奥，你妈妈真的很有趣，她是世界上最慷慨的人了。要是人人都能像她这样，那该有多开心呀！我还记得，那天，她让我看放在卫生间小窗旁的那个纱食橱。我发誓，真是太恶心了，我都要吐了。她说："最好的冰箱都比不上这里，孩子。只要把牛奶放这儿，即使在八月份，牛奶也不会变质。"之后我怀孕了，但每次去你家，我都不敢吃东西。我根本吃不下，这太恶心了。我想了很多次了，我想，你从来都没有什么大志，也许就是因为你在如此贫穷的环境中长大。亲爱的，你连表白都那么小气！你可把我折腾了一番！"你愿意做我的未婚妻吗？"瞧你是怎么说话的。"为什么呀？""没有原因。"我坚持道："那为什么两个人要订婚呢？"你呢，就像个没教养的小孩似的，说道："我喜欢和你在一起。"我当时好不容易忍住笑容，问道："如果你喜欢和我在一起，那应该是有什么原因吧？"你忘了吗？你终于被迫说出："因为我爱你。"这一幕似乎就在眼前，我们在天使喷泉那儿，就是从巴哈雷拉街进公园右手边的第二张长椅上。我说："这就不一样了。"亲爱的，但你立马就带我到一些奇奇怪怪的街道上散步，街上一个人都没有。一开始，我是有点害怕的。你瞧，谁也不知道会发生什么事，你又不怎么说话——我都不知道你怎么可以一直不说话。有一天，阿曼多对我说："马里奥是大部分人的敌人。"我被吓得吸了口气。但我不知道，如果你是大部分人的敌人，那你和那些工人呢？可是有成千上万的工人呢。还有那些乡下人呢？你对那些乡下人的执着总是让瓦蕾发笑，她说："亲爱的，我们肯定不会饿死了，我想要多少猪，就能有多少猪了。"马里奥，没有人明白你究竟在想什么。你要么是朋友，要么是敌人，只能二选一。但如果你是朋友，就跟和你一样的人在一起呀，傻蛋，这才符合你的身份。别管那些工人和乡巴佬了，他们懂得怎么照顾自己的。你听见帕科说的了，他们都好好的。也别管那些女佣了，现在的世道，每个人都好高骛远。我也跟瓦蕾说过好多次了，你们似乎总是做些毫无意义的事情。亲爱的，你嘴边常常挂着上帝，常常说要关心别人，但你告诉我，如果那些穷人都上大学，都不再是穷人了，我们要向谁做慈善呢？来呀，告诉我呀，你们不是有很多办法吗？你们都没有察觉这个问题，但只要你们稍微动动脑子，就能知道这是不对的。你们却偏不，偏要写下来，而且还要像你的书一样，用大写来强调，要写得大大的，要让全部人都看得一清二楚。如果《邮电报》被捣了，马里奥，那我会多开心呀！你们在那个破报社里做的都是坏事，是在迷惑那些不快乐的人，让他们存些异想天开的想法。你这头倔驴，你真是固执得无可救药，从来都不讲道理。亲爱的，最糟糕的是你的自负，你别否认了，你总是觉得自己是最重要的。你的自负正是你和索洛萨诺起冲突的原因。他向你伸出了援手，你却说："不，先生，我没有必要低声下气。"你这都是自负，都是自矜自傲。你瞧瞧伊希尼奥·奥亚尔顺，我觉得他过得还不错，对吧？在何塞丘点票记录的那段风波之后，菲托·索洛萨诺推荐你去当市政府议员，那就是他对你的示好了，是吧？爸爸在信里也说得很清楚了，过去的就让它过去，一笔勾销就好了。而你呢，你偏不，你还洋洋得意，说"他想把我拉下水"，说什么"这是沉默的代价"。这都是什么疯话！傻瓜，人家给你的是一个职位，是一份要职。你也听见安东尼奥是怎么说的了，"通过成为文化代表来进入市政府是最好不过的了"。你听清楚呀，倔驴，这话可不是我说的，是安东尼奥说的。很好，你呢，像没事发生一样的，说："那就是个虚衔。"亲爱的，你总是这样，没有比你更奇怪的人了，你们就是内心有那么多的情绪，那么多乱七八糟的想法。你说话总是像在打哑谜，说什么"虚衔"。你这个烦人的家伙，没有人明白你们。最糟糕的是，你的儿子也和你一副德行。你也听见他昨天是怎么说的了："妈妈，这都是一些愚蠢的陈规旧俗。"你看看这坏脾气。真是让人火大，我向你发誓，我在卫生间里哭了足足半个小时才出来。你还说，和马里奥相比，我更偏爱门楚。马里奥就是个游手好闲的年轻人，我不知道是因为大学还是什么别的原因，他也跟那些年轻人一样，成了半个左翼分子。而门楚呢，不管她有没有读书，至少她是听话的。她能通过中学第四年的结业考试，这已经是很不错的了，真的。马里奥，一个姑娘不用再学什么了，我们要给她时间，让她学会怎么做一个女人，这才是她的正业。另外，现在初中的课程难度就相当于我们那时的高中课程了。马里奥，你看，在丧期之后，门楚一定会展现出她的魅力的。她长得好看，也处事灵活，身边肯定会有很多追求者的。不然，我就会帮她选个好夫婿——我活了那么长时间，我的经验还是能帮上点忙的。她是个听话的姑娘，小时候，她连买个别针都会先问问我。我知道，你肯定会说，我扼杀了她的个性。你这个大傻蛋，真是让我恼火。如果你口中的个性指的是拒绝为父亲戴孝或者不尊重母亲，那我真的不想要一些有个性的孩子。你知道的，你一个已经够我受的了。归根结底，我的主意也没有那么坏。给我听好了，总之，孩子们都要听我的话，连那蛮横的马里奥也不例外。如果我的想法是毫无价值的，要是谁想要自作主张，那就请他到别的地方去自己争取。但只要他们还住在我的屋檐下，还需要依靠我，他们就要按我说的做。马里奥，你别笑，但是强权才能保障秩序。你想想共和国，我可没有胡诌。不管在哪里，不管怎么样，秩序还是要有的。我那可怜的妈妈肯定会说，要么是，要么不是，只能二选一。

十二

　　他必是妄自尊大，一无所知，患有辩论和舌战之癖的人；由此而生出嫉妒、争吵、谩骂、恶意的猜疑，以及心思败坏和丧失真理者的口角；他们以为虔敬是获利之源。马里奥，你肯定会说我说错了，但伊希尼奥·奥亚尔顺让你们生气的原因就是他那台雪铁龙2CV。我们就直说吧，他在这里待了十五年，已经融入这里的社会，而这是你和你的那些狐朋狗友都没有做到、之后也不会做到的事。我们都知道，原因很简单，因为你们就是一群孤僻的人，因为你们没有修养，也不懂怎么好好穿衣服。是的，我知道，你会说，你不在乎。你这就是吃不到的葡萄是酸的！你们就是一群幼稚鬼。你看你，那天晚上和瓦蕾可是玩得很开心呀，像个小丑似的！还有，你别忘了罗霍一家，他们可是这里最厉害的人了。只是因为他是学校的教授，所以他要低调些。但我这么跟你说吧，如果比森特不是教授，我们又为什么要去他家呢？不管有多少作家去拜访瓦蕾，都是没有用的。而瓦蕾总是一直笑话你们，你没听错。尽管她看上去不像，但她真是太幽默了，不管什么东西都能让她乐不可支，你根本没法想象。啊！她邀请我们去她家的那次，那晚餐！就像是做梦一般，餐桌上应有尽有，连龙虾和鱼子酱都有。噢，马里奥，那龙虾是多美味呀！另外，佣人们也非常周到，连加纳的婚礼都没这么周到。如果那天你没做得那么出格的话，那就是我人生中最美好的一个晚上了。你瞧那丰盛的晚宴！她却只说"你们周六来喝一杯吧"，让你以为就是随随便便的一次聚餐。但你差点儿就闹笑话了，亲爱的，你看看你，我已经和你说过我的预感了，你却不信。我发誓，就在我们到了那儿、走进门、看见索洛萨诺和伊希尼奥的时候，我就知道："今天，马里奥要么是待在角落里发呆，要么就会上演一出闹剧。"我可是了解你的。我看到了奥亚尔顺，我也不知道怎么会有这种感觉，但我觉得他是个正直的人。我可不是随便说说，你已经瞧见了，我和他聊了好一会儿，聊得很开心。我不是想说他长得好看，不。如果你真要深究的话，他长得不好看，他可不是阿多尼斯。但你瞧，尽管他并不帅气，但他身上的烟草味和那精美整齐的领结都让他变得更有魅力。伊希尼奥是那种外表具有欺骗性的人。一开始你可能不会察觉，但在与他相处的过程中，你慢慢会发现，他身上有些吸引人的东西。你要是问我那是什么，我也不知道。我也和你说了，不知道是因为他穿着体面还是他懂得搭配——尽管对你来说这是天方夜谭，但这两件事情是很不一样的。亲爱的，我就跟你直说吧，有些人即便穿上晚会的礼服也不会显得优雅，甚至让人恶心，就像是把灯芯绒的衣服换成出席婚礼的礼服一样，你明白我的意思的。就像伊希尼奥，他是个放荡不羁的人，是一个特别的人。但我发誓，他虽然看上去是那么普通，但只要穿上礼服，就显得如鱼得水。旁人一眼就能看出，他是个城里人，而不是什么暴发户。你还说他是个搬弄是非的人。哪里的话！恰恰相反，他对所有人都彬彬有礼。你瞧，他可是有资本让他骄傲的，但他并没有，还是那么单纯。你想，之前，你们在街上碰到，就说句"你好""再见"而已。但突然有一天，他会问你书写得怎么样，最近在做什么，今年是不是有什么新情况，等等，表现得很关心你。你却说，最好还是别和他说话，还说他是个搬弄是非的人，是个打小报告的人。你说吧，在《邮电报》那件事和菲托·索洛萨诺的那件事后，人们对你做出怎么样的事我都不会觉得奇怪——忽视你已经算是小菜一碟了。而他呢，就像我跟你说的，似乎还把你当作西班牙最好的作家。我不是说你的文章写得不好，你明白我的意思，我只是说，那些故事情节……而他呢，对你只有赞美之词。你却对他稍微多了那么些批评，好吧，不是稍微多了些，而是非常多。我可能不擅长别的事情，但没有人比我看人更准的了。还有，关于爸爸的领结他说的那些

129

话:"他可以把领带摘下来了,姑娘,因为西班牙实际上已经是个君主制国家了。"我当时还云里雾里的。嘿,我跟你说,这对他来说可不是什么奇怪的事。他说:"这就是事实,在猴年马月的时候已经是事实了,在你们这些年轻小姐还没出生的时候,就已经是这样的了。"这恭维话!你瞧,不管看不看得出来,我都是上年纪的人了,不管那天帕科怎么说——他说我还跟当年在阿塞拉大道上散步的那个小姑娘一样——这都是无法改变的事实。马里奥,我不知道我和你说过这事没,帕科载了我两次,前后相隔七天,我们在同一时间、同一个公交车站相遇。这也真是太巧了。你瞧,我当时可尴尬了。我在长长的队伍中等着公交车,看见一辆红色的海鲨开过来,吱——,一个急刹车,就像电影里的场景似的。他问道:"你是去市中心吗?"你想,我都好久没见过帕科了,而克雷森特还在他的三轮摩托车上探头探脑。自然,我心里像打翻了五味瓶,回答说:"是的。"不然我要说什么呢?我甚至没有思考答案的时间。他开了车门,我上了车。亲爱的,帕科是有多大的变化呀!不管我怎么形容,你都没法想象他的改变。他整个人都变了样,没错,就像是另一个人似的。他的眼睛还是我喜欢的那样,甚至更好看了,是一种泛绿的蓝色,像是猫的眼睛,像是一汪池水。而随着岁月的流逝,我不知道怎么跟你解释,他显得更加沉着了。我还记得,他之前还是个冒失的小伙子,现在却像是个有身份的人。他之前老嘻嘻哈哈的,现在都咬字准确了。他开着豪车,家财万贯。他跟我说他在哪儿工作,应该是和工业园有关,他还说了和房产有关的事情,确实让我很惊讶。但是,奥亚尔顺则恰恰相反,我一句话都不敢和他说。我也知道,我真是傻,他毕竟还是房屋管理委员会的人。你瞧,我也知道我当时发了很大的火,距离那事儿也过了这么一段时间了,但我现在总不能跟他说那事儿。另外,我也觉得那是毫无根据的,他们是有道理的。傻瓜,总有一天你会明白,在我们的人生中,朋友比头衔的用处更大。但你就在那儿,给他们摆了臭脸,一直批评他们,既不愿意在记录上签名,也不愿意当市政府议员。难道你还要他们送你一套房子吗?马里奥,你想,要是他们真的这么做,那他们才真的是疯了。在我看来,这不是你的错。如果上帝开恩,让那个尼古拉斯先生在合适的时候得到报应,那情况可能就不一样了。因为那个尼古拉斯先生、那个阿罗斯特吉和那个莫亚诺——我说,好歹他也把那恶心的大胡子给剃掉吧——还有你的所有朋友,包括范多神父——我原以为他是另一种人呢——他们都给你造成了很大伤害,真的。我了解尼古拉斯先生的那套说辞:"在现在这个世界,作家要么是批评家,要么就什么都不是。"这都是套话,纯粹的套话。他就是要让年轻人对自己顶礼膜拜，把他们当作炮灰。我不知道为什么现在的年轻人都这么浮躁。你看，我可不能忍受该死的尼古拉斯先生的这些话。你可能会说，他很聪明，但是，没有比他更坏的人了。更糟糕的是，这是从他外表看不出来的。在他自己一个人的时候，他就没说过什么人的好话，我的妈呀！那长舌头！你真要看看他是怎么说卡尼多的那些诗的！当然，你不用骗我，卡尼多并不是什么重要的人。你也许不同意我的意见，但我也可以毫不忌讳地说，不管你们怎么说，我爱死卡尼多的诗歌了！他的诗可能有点过时了，但是押韵押得极好，非常清楚明白，和现在的诗歌不一样。亲爱的，你也要看看现在的这些诗人，都像是在打什么哑谜似的。我就说一句话，我真的无法忍受那些诗歌。而尼古拉斯先生呢，到处说什么"卡尼多的那些诗就是经文，索洛萨诺的那些文章都是放屁"。我听得清清楚楚，他还说"菲托就是个没种的"。你看，他是多么有教养呀！他也不知道自己在说什么。我不是说索洛萨诺说话多有教养，只是他也说得并不差，就普普通通，没什么值得引起别人注意的。好，如果他想修改一下在文化之家的演讲稿，如果他想这么干的话，那也没问题。每个人都有自己想做的事，而且，他这么做没有伤害其他人。如果他会给改稿子的人付费的话，署名什么的都是小事。真要看看你们的反应，他又不是要杀了你们，而你们呢？不仅拒绝了他，还说与其要修改，还不如不出版，说什么一篇演讲稿就够了，说什么可以把其他稿子里的"饮水槽"改成"电话""喷泉"或"墓园"之类的字眼。你们也没必要反应这么大，我真没见过比你们心眼更坏的人了。尽管你们有自己的一套说法，但亲爱的，这是故意去妨碍别人，你们做得太过了。你们就整天惹是生非，去烦扰别人，之后，自然谁都不想看见你们。你看看昨天来家里的都是些什么人，只有那么六七个上层人，其余都是些小青年和衣衫褴褛的人。我们就落得如此境地。我跟你说实话，我真的不明白，为什么他们还没逼得你听话。真的，尤其在何塞·玛丽亚的事件之后，你应该更小心才是。你父亲的名声越大，你就越要小心。他也是个左翼分子——不知道是支持勒罗克斯还是阿尔卡拉-萨莫拉，反正就是左翼分子——，可千万别给我惹麻烦。而你家里都是一群什么人呀，真是打着灯笼也找不着这样的人。幸好，埃维罗的事已经移交马德里处理了，而你呢，不管表现怎么样，毕竟也参加过战争。但何塞·玛丽亚的事情真的非常严重，真的，他那样一个人，害得所有家人都被禁足。你瞧，我看见你父亲就觉得好笑。他可真烦人，一直说着都怪他不让何塞·玛丽亚去办公室。这还是小事。你看，在宣布共和国成立时，何塞·玛丽亚就在斗牛广场，在阿萨尼亚演讲时摇旗呐喊。这可是有证人的，不是胡编乱造的。马里奥，你拿埃维罗当挡箭牌，但这是不够的。你可以说，埃维罗是战死的，但还有何塞·玛丽亚呢！我不知道，你怎么敢一直说什么宽容、什么理解。我们可不能一直想着该隐和亚伯的那套故事。这些人——何塞·玛丽亚以及和他一样的人，都是一群该隐。另外，你在公众场合说，你两个兄弟的想法是一样的。每次你这么说，都像是一个笑话。真是天大的丑闻！何塞·玛丽亚是个大左翼，而埃维罗没他那么极端。傻瓜，你就一直在打哑谜，不把话说清楚，这可是要把人搞疯的。还有那件关于交战双方英雄的事也是一样。你说什么要有一个集体赎罪的仪式才能重新出发，说什么那些眼睛雪亮的年轻人想要一个不一样的西班牙，等等，还说金钱和政治斗争把我们国家给毁了。你是傻了吗？你怎么可以拿他们相比呢？亲爱的，他们甚至连弥撒都不去！你对金钱的态度是那么固执。一个人，要么是有钱，要么是没钱，但不能只想着钱。为了一句话，你们甚至可以将灵魂出卖给魔鬼。就像何塞·玛丽亚的那件事。在他被杀之前，夏萝说，他不是第一个为别人而死的正义者。真是没话找话！如果何塞·玛丽亚能说话，他会说些什么呢？他当时肯定已经怕得要死，在向耶稣基督祈祷——这是人在死前的自然反应。那些坏人就是为了自己的利益而说些漂亮话，有人就是以这种方式维生的。在我看来，这多无聊呀！亲爱的，你要看看文字给你惹了多少麻烦。瓦蕾也说，脑子里想得太多，就没法脚踏实地了。你们什么都不知道，却还想拯救世界。这才是最好笑的，你们还以为自己无所不知呢！马里奥，你听我说，我跟你说，每次博尔哈在睡着时哼出了第五交响曲，你总会说："这个是咱们家里的知识分子。"每次听到你说这话，我都很恼火。真的，因为我绝对不希望自己有一个知识分子儿子，这是多大的不幸呀！要是真是这样，我宁愿上帝把他带走。马里奥，你看，那些知识分子的脑子里总是充满了各种离奇的想法，是他们把世界弄得一团糟。他们大部分都疯疯癫癫，因为他们以为自己懂得很多，但实际上他们只知道怎么妨碍别人。你听仔细了，要是把穷人从他们家里揪出来，他们要么变成左翼，要么变成新教徒或变得比新教徒更糟。亲爱的，我愿意花上一辈子时间来说服你。我都不知道要用什么语气跟你说这事：我走在街上时，总有人拦住我，这样的人还不止一两个，而且总是那么些人，问我你是不是成左翼了。你想，那多尴尬呀！我要用什么样的语气去回答他们呢？每次看到你领圣餐，你不知道，我都背后发凉，因为不管我的内心怎么尝试去原谅你，有些东西是不能妥协的。亲爱的，很明显，像是上帝和《邮电报》，这可是没有折中的余地的。亲爱的，对上帝来说，要么是信，要么是不信，没有折中的法子。愿上帝宽恕我，但我觉得，这个若望二十三世——愿他荣耀——把教会带进了死胡同。上帝怜悯,我不是说他是个坏人,但在我看来,他还不够资格做教皇,也许是他年纪大了——世事可是难以预料的。马里奥,我不是一个古板的人,也不是求全责备,你知道我的。但这位先生做的事和说的话都很吓人,真的。如果按他的想法,新教徒都成了好人,那我们最后就真的不知道要怎么做事了。

十三

　　的确子女全是上主的赐予，胎儿也全是他的报酬。年轻少壮所生的子嗣，有如勇士手中的箭矢。装满自己箭囊的人，真有福气……这话说得多好听呀！但是，之后是我一个人每天为子女们东奔西走。我没有别的意思，马里奥，但终有一天你会发现，在子女的教育上，你一点都没有帮过我。你瞧，安东尼奥是个伟大的教育家，他说，如果父亲在孩子的教育中缺席，孩子是可以察觉到的，可能会成为心灵上的瘸子——瞧，这说法可真新鲜——你明白吗？就是会变成疯子或有毛病的人。当然，这也是很正常的：不好的时刻都留给母亲。我们都知道，你们男人都一模一样，一个个都是自私鬼。但如果有人在这方面胜人一筹的话，那就只能是你了，马里奥。亲爱的，请原谅我这么直接地说出来了。真是的！让姑娘们上学的想法就在你脑里扎了根，于是，不管遇到什么困难，你都让她们去上学。可怜的门楚！你不要装傻，你其实心知肚明，那些读过书的姑娘长久下去都会变成男人婆的。相反，对待儿子们，你就用另一种方法了：如果他们不想学习，那就去工作。很好。但是，马里奥，你疯了吗？你想象得到一个姓索蒂略的人穿着工装裤的样子吗？亲爱的，我明白你，但这也让我很恼火。事实是，你的某些想法真的是值得千刀万剐的。志业是很值得尊敬的，没错，但有一些志业是属于穷人的，有一些志业是属于上层人的。我想，每个人都有属于自己的阶层。要是几年后，世界大变样，穷人都成了工程师，有钱有势的人都要去修电灯，你看，那该是多么滑稽！但是，对于姑娘们来说，志业一点都不重要。我是说，这对她们一点用处都没有。如果她们想要当母亲——那是她们最崇高的志业了，那就要忍耐，要读中学，至少读到高中，只因为一个单纯的原因：女孩子不能愚昧无知。马里奥，这深深地刺痛了我。你知道的，我没上过高中。但是，问题是你让我在孩子们面前失去了权威，亲爱的，这才是我无法原谅你的一点。在这一点上，我永远都不会原谅你。因为，在我看来，教唆孩子们对抗自己的母亲是世上最可恶的事情了。这是恶魔的行为，没错，这就是你每天在做的事情，这么多年了，一直都在做。之后，当我让他们进门后清理鞋子、让他们学会用刀叉吃鱼时，你没有站在我这边，反而说些有的没的，说什么他们应该做的就是读书，说什么小阿尔瓦罗很奇怪，说他自己一个人跑到山里点篝火是反常的行为，还说他对死亡和星星的着迷也是反常的举动。你这都是傻话。其实，阿尔瓦罗这么做，是因为他想要成为童仔军①。哎，那个词是怎么说来着——你瞧，我对语言真的是一窍不通。但是，为什么要去看医生呢？马里奥，阿尔瓦罗只是个普通的孩子。你随便去问任何一个人，他们都是这么认为的。你看，我反而更担心别的事情。你瞧博尔哈，他说的那些胡话！你知道他昨天跟我说了什么吗？他还是认真的，而不是开玩笑，你知道吗？"我希望爸爸每天都死一次，这样我就不用上学了。"你听见了？我气得狠狠打他，真的。我明白，他才六岁，但我在他那个年纪，已经懂得尊重父亲。你瞧，如果他们告诉我爸爸出了什么意外，我肯定伤心欲绝。还有，我刚学会认字时，我做的第一件事就是在《阿贝赛报》上找他署名的文章，每天都找，怎么样？这几乎就成了我的一个习惯。当然，我很少能找到，但每次当我找到他的名字，妈妈都会说："孩子，爸爸是一位伟大的作家。"我呢，当然是满心骄傲。但那是自豪，而不是自负，你别想歪了。我一到学校，就把报纸放在我的朋友们面前。她们总会生气，因为她们的爸爸没能给报纸写文章。而我呢，你想，当然是非常高兴了。马里奥，我们首先要给孩子们灌输的就是他们对父母的尊重和敬仰。要做到这件事，是需要权威的。你

---

① 指童子军，此处为卡门口误。

以为，对他们仁慈是帮了他们，但长此以往，反而是对他们毫无益处的。你看，博尔哈就是一个很好的例子。你说他没有长大，说他一哭就全身僵硬——他之后会放松下来的——，你还和他一起犯傻，你是多宠他呀！连当时刚到我们家的多洛也说："这孩子的父亲爱惨他了。"作为父母，我们一定要对孩子一视同仁，不能有区别地对待他们。你看，我就是一碗水端平。阿兰的情况不一样，这孩子好像怎么都长不高。她是我们最小的孩子，但她比同龄的孩子要矮得多。马里奥，她长得那么像她的夏萝姑姑，这真的让我觉得非常可怕。我跟你说实话，你的妹妹就像是个陶制大肚水罐，没有一点吸引人的地方。我知道，她人很好，但你告诉我，如果一个姑娘人也不好，长得也不漂亮，那她还有什么可取之处呢？"长得丑的圣女没有任何价值，所以她们也就没有那么神圣了。"妈妈之前总是这么开玩笑，但这句话说得没错。马里奥，你看，没有比妈妈更有智慧的人了。我还记得小时候，来我们家的客人总是非常惊讶，她的声音像是歌唱家似的。这总让我想起瓦蕾，你看，她们很像。尽管妈妈丰满一些，时代不一样了。只要想想她因为胡莉娅的事情多么难受，我就忍不住流泪。如果世界上有人最不应该遭这种罪的话，那肯定就是妈妈了。真的，她是那么正直，那么有分寸，却要那样子担惊受怕，甚至没有再吃甜食。像妈妈这样的真正的女士是越来越少了。我也知道，在之前，请用人是一件轻而易举的事情。那还用说吗，二十个杜罗——可能还用不着这么多——就能搞定了，用人们什么活儿都干，家里的一切就都服服帖帖的了。这又是《邮电报》一项让你们引以为傲的"战绩"了。这该死的《邮电报》只知道鼓动穷人，你已经看到结果了：每月要花一千五百比塞塔才能雇一个女佣。马里奥，我真不知道，这样下去还怎么得了。这些大块头女人正在破坏家庭生活，原本就已经没有多少家庭生活了，但就连剩下的那么一点都……我的上帝！你说，现在，她们和那些闺阁小姐有什么区别呢？都去酒吧，穿裤子，在电影院也是像夫人一样，坐在一样的椅子上。亲爱的，有时候，我真的以为，这就是世界末日的征兆。一想到这点，我就不禁打了个寒战。真的，马里奥，现在的世界一片混乱，连我们这些夫人也要干家务活儿了。我就是要抱怨，笨蛋，你还嫌这不够糟糕，还要给我添乱。但你们男人都没察觉自己是在添乱。我觉得你们真的太搞笑了，说什么"要简单化"，然后某一天，你们突然拿起扫帚或者带孩子去散步，就以为自己做了什么了不起的事情了。大英雄呀，你看，我还记得，当你的抑郁症还是什么发作的时候，当他们对你的档案做修改或是像索洛萨诺那样的麻烦事发生时，你就一直哭，我的妈呀，那抽泣的声音，真把我吓坏了。我还担心地问你："你哪里痛吗？发烧了吗？"你却说："我只觉得恶心和害怕。"你还说："我也不知道为什么，这才是最糟糕的。"你怎么看？相反，我却是那个无缘无故地抱怨的人，你却丝毫不关心我讨厌什么。你们这群自私鬼，你们男人都是这样，而那个莫亚诺还要助长你的气焰。你看，你做的那些蠢事，比如把睡衣塞进裤子里头，你还说"对"，他还笑，真是两个神经病。在我看来，你就只是想我不要因为档案的事儿责备你，对你来说，最重要的是引起别人的关注。亲爱的，更糟糕的是，在你批评宗教裁判时，他们已经把你叫去了，安东尼奥本人在办公室里跟你说了些什么。马里奥，因为我们绝对不能跟上帝对着干。而你呢，似乎不批评什么人或什么事就不舒服似的，你的这个癖好真是让我恼火。傻瓜，所以宗教裁判也是不对的吗？你凭良心说，你真的觉得，面对现在的情况，一点点宗教裁判不会对我们有好处吗？马里奥，你看清楚了，世界需要权威和铁腕。有些男人和你一样，以为只要身为男人，就可以不管学校的规则了。大错特错，我们只要闭上眼睛、闭嘴服从就好了，一辈子都这样就好了。你看，你们现在说的那些"对话"惹了多少麻烦！我的圣母玛利亚！你们从来不谈别的事儿，好像你们没有别的更加紧迫的问题。你们就说着什么之前是不能提问，而现在是问了也没有人回答，还说现在和以前是一样的，说什么所谓的对话就是一纸空谈。像那个孩子——阿罗斯特吉，他还是去玩呼啦圈吧，别再瞎说什么言论自由了。你说，你们要言论自由干什么？你能告诉我，如果我们人人都可以发表意见，每个人都随心所欲地说话，那世界会变成什么样呢？不，马里奥，你们的要求是不可能实现的，你们就只会吵吵嚷嚷，没错，你们就是一群疯子。不管你怎么反复思考，宗教裁判是绝对没有错的，因为它强迫我们去想好事，或者说，去想基督教教义。你也知道，在西班牙，所有人都是天主教徒，都是坚定不移的天主教徒，非常虔诚。我们不像那些外国佬，他们既不下跪，也不领圣餐，什么也不做。我不是没话找话，但如果我是神父，要是可以的话，我会向政府请求，将他们全部驱逐出西班牙。你看，他们来这儿什么也没干，就只是露出那粗大的小腿肚子，做出败坏道德的丑事。不管你怎么说，什么沙滩呀，旅游呀，都是共济会和左翼分子的诡计。马里奥，那都是为了弱化我们的道德观念，然后"砰"地一下把我们打倒。你呢，却批评宗教裁判和其他好的行为。你真是让我觉得好笑，说什么宗教裁判的手段是不符合基督教教义的，你这是在助纣为虐。我说这话不是出于恶意，我也不是坏人，只是单纯地想告诉你，马里奥，你说的这一点——因为不想背叛良心而杀人是不符合基督教教义的——是值得商榷的。我们设想一下，如果不提前把毒草除去，我们又怎么能收获健康的谷粒呢？来呀，你回答我呀。亲爱的，动动嘴皮子是很简单，但实践是很难的。你记住了，我们要将毒草连根拔起，将它消灭，否则，我们的处境就艰难了。爱心，爱心，别再说什么爱了，一个在新婚之夜翻身背对妻子、直接道"晚安"的男人能懂什么爱呢？亲爱的，我永远不会忘记这样的耻辱。亲爱的，原谅我直话直说，现在，你们觉得用爱浇灌毒草就能保护谷子，但我们要爱的是谷子呀！傻瓜，因为爱谷子，所以，尽管我们会心痛，但也要把毒草拔走，把毒草烧毁。相信我，我们正需要一点点宗教清洗。我翻来覆去地想过很多次了，我知道这也是傻话，但如果那个所谓的原子弹有识别功能，可以只杀死那些没有原则的人，那世界就风平浪静、无比美好了。但我知道，你对我的话就是左耳进右耳出，我很了解你，你从来都没听过我的话。马里奥，亲爱的，你从来没有听过我的一句话。就连在我提醒你说日子不合适时，你还说什么"不要把数学和这事儿混为一谈"，"我们要诚实面对上帝"。我当然就一动不动了，不然，你还想怎样？你甚至还说，上帝已经待我们很好了，说我们原本是不会有这么多孩子的，说什么我就像兔子一样能生双胞胎。那我能说什么呢？傻瓜，你就是这么固执己见，一心只有你自己。你看，甚至在安东尼奥让你注意自己的行为时，你也听不进他的话，这并不是说你有这样或那样的理由，不，你就是头倔驴。亲爱的，档案的那个麻烦就是你自找的。他们没有将你辞退，这已经是奇迹了。你别以为我在说谎，到现在，我的膝盖还因为那次帮你祈祷而痛着呢，我跪得膝盖都变形了。你别和我说什么安东尼奥，不管你喜不喜欢，安东尼奥也只能那么做了。马里奥，他之前已经让你注意自己的行为了，你别否认。我们实话实说，如果有学生去投诉——我也不觉得奇怪——他也只能将事情汇报到马德里。我也和你说过很多遍了，最根本的原因是，你们以为社会就是个马戏团，每个人都能随心所欲。你们大错特错了，社会和家里是一样的，一模一样，只是家长换成了政府和警察而已。但是，总有一个人说什么能做，什么不能做，而其他人只要闭嘴照做就好了。只有这样，社会才能运转起来。你也听到爸爸的话了，所谓的共和国就是一个没有人能明白的大麻烦。为什么？亲爱的，动动你的脑子，因为没有政府呀！你想想，要是有一天，我们对马里奥、门楚、阿尔瓦罗、博尔哈和阿兰说，他们可以爱吃什么就吃什么，爱说什么就说什么，几点睡觉都行，让他们成为家里的主人，让他们像爸爸妈妈一样可以发号施令，你能想象家里会有多混乱吗？马里奥，这是常识，普通人都能想明白这事儿。你看，那天，伊希尼奥·奥亚尔顺也说了："要让一个国家运行，就需要军队一般的纪律。"我知道，你并不欣赏奥亚尔顺，但你看，安东尼奥他甚至亲自来到我们家,说:"卡门,即便是我自己遭这罪,我也不会像现在这么难受。"你以为他很享受,但其实那几天他也很难过。这是瓦蕾告诉我的。你看,我们是不是要为这件事感谢他?当然,你总是对的,你们总是头脑发热就把话说出来了,甚至不知道自己在说什么。这可是对神灵的亵渎呀!我们还要谢谢比森特。你对瓦蕾说什么她都会照做的,你了解她的。如果他们给你安排了另一个档案员的话,你就完蛋了。但瓦蕾真是个大好人,我爱死她了!她是一个完美的女人,真的,她甚至还懂代数。你看,她每周都要到马德里去做美容,所以她皮肤才这么好,完美无瑕!我真的爱死她了。这当然看得出来呀!只有做了美容,人们才知道皮肤里竟然藏着那么多脏东西呢!

十四

如果兄弟住在一起，其中一个没有留下儿子就死了；死者的妻子不可出嫁外人，丈夫的兄弟应走近她，以她为妻，对她履行兄弟的义务。我就说嘛！自从埃维罗被杀，恩卡娜就对你穷追不舍。马里奥，没有人可以改变我的看法。你的嫂子爱干什么，我管不着，但她的某些观念非常奇怪，天知道她在想些什么！亲爱的，她那么缠人，真是天理难容。我这么和你说吧，说实话，在我们还是男女朋友的时候，每次去电影院，我都听见她和你在黑暗中窃窃私语。这真的让我火冒三丈。而你呢，还说什么让我原谅她，说她是你的嫂子，说她遭遇了很多不幸。可真体贴呀！你看，在这之后，哪里都能看见她。那段时光真是难熬呀！另外，你还在马德里给她钱。马里奥，姜还是老的辣，所有人都知道这件事。我不是叫她去工作——这是不得已时才采取的最后手段，但我想，她还是有父母的吧？你看看胡莉娅，她和爸爸住在一起，就从来没发生过像恩卡娜这样的事儿。那不是因为她开了个家庭旅馆，她只是做了件很合时宜的事——把房间出租给美国学生。你看，现在可时兴这么干了，我认识的很多很好的家庭都是这么做的。你不要和我说什么恩卡娜的父亲瘫痪了，说什么因为这样更要对她多加照顾。马里奥，这是毫无道理可言的。你父亲生病的时候，就他吃喝拉撒都要在床上完成的时候，你还记得吗？那情况真是让人恶心。当时，恩卡娜还照顾你父亲了，而现在呢，轮到她的家人需要照顾的时候，她倒抱怨起来了。不管你怎么想，这都是自相矛盾的。你别和我说什么她的母亲是个怪人，说什么她不喜欢恩卡娜插手。这都是些老女人的蠢话！你都用不着去问别人，大家都知道恩卡娜出现在你家的原因。真是厚脸皮！但你们没人敢抱怨一句，全都说她人好。但是，不，因为在她自己家里没有人看见她做的事，所以她不愿意在那儿干活。你瞧，她照顾你父亲，是想让你看见，是想教训我。没错，马里奥，是想教训我。她真傻，你看，她几乎不让我插手，也不让你母亲插手。但显然，她一个人的力气比我和你母亲的力气加起来都要大。就像现在，她每次来都要指指点点，不是说餐具的清洁就是说小孩的衣服，真是烦人，还说什么这些杂物都不能扔洗衣机，而是要手洗，说什么洗衣机不如手洗的好。亲爱的，你的这个嫂子就一心想教训别人，而如果你没有一天五次夸她做事做得好，你就是不对的。烦人的恩卡娜，真是没完没了。亲爱的，你嫂子的问题在于，她就是个男人婆，一点女人味都没有。没错,你看看埃维罗,他个子那么小,还那么瘦,在那方面活计也比较弱。我也不是故意使坏,愿上帝宽恕我,但我觉得,恩卡娜是故意使坏的。你瞧,对恩卡娜来说,埃维罗实在是不够男子气。你真要看看她是怎么摇你父亲的!马里奥,你父亲就像个孩子似的,她把他抱过来抱过去。你父亲大小便失禁,哎,那气味,亲爱的,连清洁剂都去不掉那气味。那房子脏得像个猪圈似的,我从没见过那么脏的地方,真不知道里面的人是失去了嗅觉还是怎么了。你还说我去那儿的次数不多,但我为什么要到那儿去呢?有恩卡娜在那里就够了,就绰绰有余了。马里奥,家里那五个小家伙就够我忙活的了。还有,那时我还怀着阿尔瓦罗,连上厕所里的纱食橱那件事儿,我不知道你母亲怎么会让我去帮忙。我向你发誓,我真的在那儿待不住,连块面包都吃不下。但回到正题,马里奥,那可不是什么香饽饽。当然,这种病人是没法控制自己的,总会让我恶心。我也没有办法,我也想同情他们,但我做不到,不管我怎么努力,我都做不到。还有,你父亲又是那么烦人,事实上,也许人们看不出他是个放高利贷的,但他的脑子是真的不清醒呀!亲爱的,真的,烦死人了,每天晚上都说一样的话:"让这位夫人走吧,是时候吃晚饭了。"他说让你母亲走。我可从未遇过这样的情况。他说:"孩子,你听懂了吗?""听懂什么?"我顺着他的话问道。你父亲却说:"她什么都不知道,孩子,这可真有趣,她就只说这件事儿。"每天都是一样的陈词滥调,说什么"我一个词儿都不懂","你们听",然后自己笑得喘不过气来,说"她什么都不知道"。我想,要是你们把他送进疯人院,他的状况会好很多。他会突然间变得很严肃,又像是很悲伤,说:"我不记得了。孩子,我忘了,但那是一件很有趣的事儿。"你看,他就是个可怜的疯老头,理应把他关起来的。马里奥,经历了你两个兄弟的事情,不管他再怎么强壮,也是很难撑下去的。我不否认这一点。但是,在你父亲去世前的那一年里,他很难受。谁知道呢,很多时候,这都是年轻时放纵的后遗症,你懂吗?关于这些奇怪的疾病,你可以去问问路易斯。如果这还不够的话,马里奥,一年,整整一年,他就这样半死不活的,真是烦人!你想,我去那儿干什么呢?他已经得到很好的照顾了,我去只能给他们添乱。他和妈妈是多么不一样呀!你还记得吗,马里奥?没错,在诊所里,很难得到像在家里一样的照顾。但在诊所里,从来不会出一点差错:每天都有干净的床单,还有鲜花。面对这种情况,似乎什么都没用了,但你看,起码在那样的环境里,人的心情会好一点。如果妈妈——噢,愿她安息——如果妈妈的病到了你父亲的那个地步,她肯定就绝食了,我敢打赌,她肯定宁愿死了也不要那样子活下去。没错,这种气度是与生俱来的，是没法伪装的，是出生时就有的。如果留心的话，教育和举止都可以培养这种气度，但归根结底，这终究还是在出生时就深入骨髓的东西。我们眼下就有个现成的例子——帕科·阿尔瓦雷斯。他出身下层，以前还是个说话颠三倒四的小伙子，现在却成了另一个人，沉着镇定，彬彬有礼。我不知道他是使了什么办法，但我说，你们男人运气真好，那些二十岁时不好看的小伙子，在二十年后也会变得好看。还有那双眼睛，不得不说，帕科的眼睛一直都很好看，是一种泛绿的蓝色，像是猫的眼睛，像是一汪池水。但是，现在他胖了，也变得好看了，我不知道怎么说，眼神也变得更加意味深长了。另外，他说话不缓不疾，恰如其分，语调平和，加上那黄烟草的气味——我爱死那烟味了，这一切都让他变成了能让女人感到紧张不安的男人。他自己肯定也没想到会这样。马里奥，我真希望你也能改成抽这种卷烟。这听上去像是傻话，但至少你也用个滤嘴呀。我一直都不喜欢你的烟味，不是你香烟的问题，但现在已经没人抽你那种烟了。你每次开会都会抽烟，真是让人生气！没错，还有那股味道——像是稻草的气味，我也不知道，这脏东西的味道有什么好的呢？难道你以为这样子就能变得优雅吗？点香烟就是乡巴佬的行为，连门房的儿子都不做这事。之后，你还会把衣服给烫出一个洞，真是恶心。你当然说，衣服怎么怎么了，这又是另一件事了。亲爱的，你从来都不知道，你总是那么不修边幅，给我留了多少难题。我也搞不懂，为什么你那西装只穿了两天，就成了那个鬼样子。说真的，我也不知道自己当初是怎么爱上你的，那套棕色带条纹的西装真是太难看了。我当时还期望可以改变你，但是没错，我现在知道了，在那个年纪，就已经能看出一个人的本性了。浪漫？想都别想。马里奥，蠢蛋，我在这方面真是没沾过一点好运，你就是让我遭罪的。这可不是用一句"差不多"就能打发的。我还记得那个老头子埃瓦里斯托，他的衣服都熨得服服帖帖，整齐得像一把刷子。他一点也不害臊，还跟我们说："我只好站到椅子上穿裤子和脱裤子，没有别的办法了。"他就是这么小心。到了晚上，他就把衣服叠得整整齐齐，放在床垫下面，裤子就能有一条完美的折痕了，那可是用熨斗也熨不出来的！当然，对你来说，尼古拉斯先生或者那个大胡子的话更有分量，我知道，你老婆说的话啥用处都没有。但尼古拉斯先生没资格跟我说什么根据裤子上的折痕可以判断一个人是不是无赖。马里奥，你不应该笑，而是应该制止他。马里奥，照这样下去，我们要落到什么地步呀？像另一件事，说什么"自由就像是金钱手里的妓女"。这话可真得体！你们还在我面前说得那么大声。你们可都看见了我，还和我打了招呼。你们这群混蛋真大胆！马里奥，这是不合规矩的。如果你们要在家里谈论这一类女人——我并不是说这是什么好事——,但如果你们真的要谈论,就应该当心些。如果有人不听话,就请他回自己的家里说去吧。但如果他要在别人的家里说这些事情,那起码要为这个家里的女士考虑一下。这个天杀的尼古拉斯先生的名声可真是好呀!马里奥,我跟你说实话,你听我说就好。在我看来,尽管加夫列尔和埃瓦里斯托做出了那么无耻的行为,但他们都比这群所谓的知识分子要好。归根结底,他们俩只关心自己的事,这是合乎人性的。上帝在男人和女人中安排了这种本能,当然,这也是弱点,我不是说这种本能是好事,但本能是需要引导的。在我看来,所有这些事情——不管多么出格——都比你们的行为更值得原谅,因为那些跟加夫列尔他们俩在一起的女人肯定也是像他们一样鲜廉寡耻,这是肯定的。他们把我带到他们的工作室,里面都是裸女的画像。马里奥,你知道我的,我从来都没想过这些事情,你知道的。理由只有一个:因为我不可以这么做,因为我要举止得体。我可以大声地说,我结婚时仍是贞洁之身,我在婚姻中一直都是忠诚的。亲爱的,你为此又做了多大的努力呢?世界上没有比你更冷漠无情的人了。在食物方面也是的,毫无努力的意愿,你说"随便吧",看都不看一眼食物,你吃饭就只是为了不要饿肚子而已。想起瓦蕾,我就忍不住笑出来。她每次和我说什么新鲜事,我都会表示赞同，不然她可就一直说个不停了。瞧，尽管这是事实，但我不能跟她说，我的丈夫是个墨守成规的人。马里奥，你可以立马就从无动于衷变得兴致勃勃，让我一个人意犹未尽。我的意思不是说这很重要，但说到底，人们都是喜欢那个的。没错，我不否认，这也许就是轻浮……轻浮吧？你记得那句话吗？"世界上的东西，要么是轻浮，要么是暴力。"我都能背出来了。亲爱的，这句话你说过多少次了！你不读报纸，说什么"我不能读报，一读报我就想吐"。我说："那你吃点消化药吧。"你却说："不是这个问题。"我很清楚，你说什么"所有东西都让我恶心，让我害怕"。你看，这可真有趣！而我却不能因为你家那纱食橱而感到恶心？这件事就像禁忌一样，连提都不能提。你们男人就是这样！你的病真是让我笑出了声！精神紧张，精神紧张……当医生们不知道说什么时，就把所有问题都归结到精神的紧张上。但你告诉我，你身上又不痛，你又没发烧，那你还有什么好抱怨的呢？很好，于是你就哭，好像谁要把你杀了似的。我的妈呀！真是大惊小怪。你睡不着，说什么每次想要睡觉，床垫都好像陷下去了，要把你困住。这可真是件新鲜事！你看，从小，从我长那么高开始，我就有这经历了，比如梦见别人在追你你却不能跑，梦见自己拼命挥动手臂在飞之类的。马里奥，亲爱的，这都是什么乱七八糟的病呀！你们男人就是爱抱怨，但错的是我们女人。我们就是一群笨蛋，每天都围着你们团团转，看你们是不是吃得饱，穿得暖。我说，如果你们担心一下我们是不是会和别人厮混，那你们就能把这精神紧张的事情抛诸脑后了。问题是，如果你们没有缺衣少食，那你们就要编造些什么理由，好让自己看上去比较重要。自大狂，你们就是一群自大狂，这就是你们的本质。我真想让你感受下我的头痛，亲爱的，那才是遭罪，其余的都不算什么。头痛一发作，我的头就好像要裂开了，真的。而你呢，却说"睡吧，吃两片止痛片，明天就好了"。说得可轻巧，是吧？亲爱的，你又不是医生，怎么能那么肯定呢？但是，对你来说，医生给我开的处方不算什么。你却要吃那么多的药丸，还是最贵的药，我都不敢想我们因为你那该死的精神紧张花了多少钱在买药上了。我打赌，要是你把花在买药上的每一分钱给我，明天我们就能买一台西雅特600了，真的。但对你来说，似乎只有贵的药才有效。傻蛋，你们男人就是这么傻！马里奥，我真想让你尝尝头痛的滋味，只要一次也好，好让你知道什么是真正的痛苦。

十五

巡行城市的守卫遇见了我；打伤了我……亲爱的，首先，我想提醒你一件事。尽管你会生气，我也知道你不喜欢我说这些话，但是，我还是要和你说。这是我们两人的悄悄话。你看，我绝对不相信警卫会打你。但当时，我不敢跟你说，我是非常同意拉蒙·菲尔盖拉的话的。一个警卫怎么会因为你骑自行车穿过公园而打你呢？你别激动，请你好好想想，你不觉得这很滑稽吗？你跟我说实话，是不是你摔倒了。那个警卫也是这么说的，而警卫是不会撒谎的。我们好好想想，凌晨三点的警卫就代表了统治部。他让你停下，你吓了一跳，于是摔倒了。这都是很正常的，所以，你脸上的瘀青是这么来的。问题是你一直都那么喜欢骑自行车——这让我发了多大的火——还跟孩子们炫耀，说什么"托莱多之鹰"的傻话，之后却不承认自己摔倒了，还编造出警卫在你反抗的时候打你、拔枪之类的话。你看，这都是天方夜谭。你可以说，你改完作业回来，已经很累了——我理解你，改作业要一直重复一样的工作，是件烦人的差事。但是，你为什么要因此牺牲那个可怜的警卫呢？说到底，他也不过是在履行自己的职责而已呀！马里奥，你看，凌晨三点站在街角也不是什么好玩的事儿。他要在那儿站一整宿，那天晚上还那么冷呢！还有，亲爱的，你已经过了骑自行车的年纪，你已经不是一个小孩子了。尽管你坚持要抓住童年时光，但岁月已经一去不复返了。你看，这就是人生，没有人可以违背这一条法则。你想想妈妈——噢，愿她安息——她说："除了死，其余的问题都有解决办法。"连一个女人都能说出这么深刻的话！如果你想听实话的话，我跟你说，我真的不懂你为什么那么努力地要保持身材，为什么要像个傻子一样、毫无目的地骑自行车五十公里？这天杀的爱好！你说，要是能把这些努力用在别的地方，你怎么会胖呢？如果你是运动员，那你确实是要减一下肥。亲爱的，你那么高那么瘦，身上的肉加起来都不值两个里亚尔。我还记得你在沙滩上的样子，皮肤那么白，我真是怎么想都想不明白，你身上什么都没有，那有什么好保持的呢？我不知道你是不是写得一手好文章，对你写的文章，我没有发言权。但是，我可以确定的是，你就没有一点运动员的样子。这是再明显不过的了，你就不像是运动员，你和运动员完全是截然相反的。你看，每个人都有自己的位置。你自己也承认，拉蒙·菲尔盖拉在他的办公室里郑重其事地接见了你，如果是这样的话，你又为什么要发那么大的火，臭骂那个警卫呢？你可是从来都不撒谎的呀！想到你因为那傻气的虚荣心而不愿意承认自己从自行车上摔下来的事实，我就心痛不已。你就这样撒谎，你看看自己是多么冷血，这是我觉得无法理解的一点：你就为了那所谓的自尊而让那可怜人受罪，这从来就不是你的做事风格呀！而你呢，似乎还对此扬扬自得。亲爱的，如果你一开始就直接对菲尔盖拉说："您说得对，我糊涂了。"那事情肯定完全不一样了，我敢肯定，就没有后来的何塞丘·普拉多斯那事儿，也没有奥亚尔顺那事儿了，当然，他们也不会拒绝我们的房屋申请。但问题是，你总是想要用硬来的方式达到你的目的，你是把有教养和卑躬屈膝混为一谈了！但你看，所谓的卑躬屈膝也没有给你惹多大的麻烦，是吧？从我认识你开始，你的嘴里就一直念叨着"卑躬屈膝"和"结构"这两个词。不管你怎么解释，这就是你的怪癖，就像每个人都有自己的怪癖，是一样的道理。对你来说，对政府和警察表达善意就是投降，对吧？亲爱的，听着你说的这些话，我觉得真的太奇怪了。而这才是我最无法接受的：仅仅是因为我有常识，就要被你批评。我的妈呀！真是烦人。但是，你听我说，我跟你说，即便那个警卫真的打了你——我对此还是持保留意见，但即便他真的打了你，一块瘀青换来了一套带六个房间、电梯、中央热水、租金却只要七百的公寓，难道不值得吗？亲爱的，我们就别再天马行空了，我们用脑子好好想想，你因为违逆潮流而感到扬扬得意，但我们可是生活在一个实际的时代。只有一个傻字可以形容你的行为。你只要表现得更宽容些就可以了，你也用不着卑躬屈膝，只要像对市长那样对待奥亚尔顺和何塞丘·普拉多斯而已。你究竟是怎么想才让他们点票的呢？你以为他们在我们公寓的问题上没有投反对票吗？马里奥，你看清楚了，种瓜得瓜，种豆得豆。妈妈已经说过了——噢，愿她安息——她说："一个好的朋友比一个好的学位更有用。"我再举些例子吧。亲爱的，你看，我不怕再跟你重复一遍，你想要做个好人，但到头来你只成了一个傻瓜。你没听错。你说："只要是得理的，就走遍天下都不怕。"你瞧，你的这套理论对我们一点好处都没有。不管你再怎么翻来覆去地思考，在生活中，没有人可以对全部人好：只要你帮了某些人，就一定会让另一些人生气。这也是没办法的事儿。但是，如果事情是这样，那是因为它一直以来都是这样的。你为什么不站在那些可以报答你的人的那一边呢？你偏不，好些个衣衫褴褛的乡巴佬，仿佛他们会对你感恩戴德似的。亲爱的，你这是聪明反被聪明误。每次想到因为那个警卫、那份选举记录或者一件类似的事，我们被迫待在这个破房子里，我就火冒三丈。你看，这样的生活还有什么意思！还有，你向那个可怜的警卫发了多大的火呀！我说，你就是不依不饶。你们还因为一个警卫用警棍打了个跳入足球场的人而签了份什么东西，你真该看看，那时候，索洛萨诺的脸色有多么难看！我敢肯定，他一点都不喜欢这件事。连我自己也觉得这件事情难以置信。当我接到警局的电话时，他们问什么我就回答什么，就这样而已。我已经跟别人说过很多遍，"我的丈夫不看足球"。而你回到家里却对我说出那样的话，那是什么态度？你看，在经历了那么多事情之后，你还对我说："你说，是谁让你说的？"亲爱的，你可不能这样。你去问问别人，看是谁有理？我很快就明白，你这么做还是因为他们——那个尼古拉斯先生和你的那群朋友。你看，我又不是傻子，这个人肯定有他的缺点，但他那司马昭之心，可是路人皆知了。如果他们在恰当的时候把他干掉，而不是那么温和地对他，那我们就没这么多糟心事了。至少他们还是处理了一些人的，你别和我说何塞·玛丽亚的事，因为你的弟弟是受到正义的裁决的。你看，我跟这件事毫无瓜葛。尽管你父亲老是那么烦人地说，那是因为何塞没去办公室，但我也知道，没去办公室还是小事，问题是有证人看见他出现在斗牛广场阿萨尼亚的集会上，他在共和国日出现在阿塞拉大道，肩上披着三色旗，像疯子一样大喊大叫。他和埃维罗的情况不一样。何塞·玛丽亚以为他的魅力可以救他一命，但没有。也许这对女人来说行得通，但对男人却是一点好处都没有的。另外，这一切跟那些警卫又有什么关系呢？亲爱的，你们都对警卫怀有敌意，这是非常荒唐的。连瓦蕾也知道这一点。每次看到国民警卫军，她都会握紧我的手臂，笑着说："如果马里奥也在的话……"你看，归根结底，你们就是不喜欢政府和警察而已。你们以为，只要毕业了，就可以拥有一切权利。马里奥，不，如果这样想的话，我们会有麻烦的。自从出生以来，每个人都需要听话，都要守规矩。一开始，我们是听父母的话，之后，是听政府和警察的话。父母和政府是一样的。有时，他们会打我们，但我们不应该发火，而应该谦卑地接受。因为你要相信，他们打你不是为了好玩，而是为了你好，让你不要误入歧途。你常说，你希望一切都干干净净的。你还说，仅仅是为了纠正走错的那一步，我们就值得继续活下去。马里奥，我们不要自欺欺人，你这就是单纯的自负。你能告诉我，你在这一生中究竟纠正了什么错误？你活着又是为了什么？你说呀！你甚至没能给你的妻子买一台西雅特600！爱和理解，你别逗我了，我很清楚，你也很清楚，你就是一个专唱反调的人。你一直都是这样，你的才能都白白浪费了。之后，你在斑马线前让车辆先走，或者向那些马德里懒鬼买下所有的木头玩偶，或者在商店里让排在我们后面的人先买东西。我告诉你，要是世界上还有什么可以让我生气的话，那就只有这件事了。马里奥，要是他们想早点买东西，那就早点来呀！不然，排队有什么用？没有人能明白你在想什么，马里奥，这是大实话。你自己瞧瞧，连你都不明白你自己，你看埃尔南多的那只羊羔，你把它从楼梯上扔了下去，差点就把它给摔死了。之后的一整个下午，你就啥事都不干，说什么"慈善和贪污之间的界限很模糊"。那可真是个大问题呀！我也希望我只有像你这样的烦恼。亲爱的，真的没法和你沟通。你可以给想读你文章的人写些小文章，这是一回事；但你牵着我的手，对我说这样的话，这又是另一回事了。我发誓，我当时真的要疯了。在我想跟你谈谈钱或者西雅特600或者其他重要的事情时，你只来一句"闭嘴"，似乎那和你一点关系都没有。真的，最让我生气的就是你的这个做法——只谈你喜欢的话题，在你不感兴趣的时候就住嘴。马里奥，你的规则就是，对下命令的人保持强硬，对那些衣衫褴褛的人让步。你看，这说得多漂亮。照我看来，你要做的是，要么寸步不让，要么对所有人都妥协；你要么一直生气，要么就一点火都不要发。但你总是想做得理的那一方，有时跟别人对着干，有时又什么都不管。我告诉你，我觉得这非常不好。瓦蕾会笑你，所有人都只是笑笑而已，因为他们都不用忍受你的脾气。亲爱的，我真想和他们交换身份。要是他们在我这个位置，他们肯定熬不过两个星期。你听好了，瓦蕾说你讨厌领带，讨厌那些老家伙——她说得很有道理。不然的话，你究竟为什么要跟那些四十岁以下的人过不去呢？说什么如果他们说话，他们可能就会相互理解？你可以告诉我，是谁不让他们说话了吗？亲爱的，他们才是吵得最凶的人呀。现在，街上那些大喊大叫和汽车都让人没法好好走路了，社会上已经没有对人的尊重和关心了，什么都没有了。你这对着干的精神就是你的本质，只会做不合时宜的事情。你看，在你父母去世时，你眼角都没湿一下。之后呢，因为一时任性，就整天哭哭啼啼的。我的妈呀！你就像个爱哭的孩子。还说什么是精神紧张，真是好笑。说什么你担心没有找到那条正直的路，说什么羡慕我——羡慕我？你听，这是什么话——因为像我这样的人对一切都很有把握。亲爱的，不然的话，你觉得要怎么样？如果一个人没有违背自己的良心，那就随别人生气去吧。这就是你要做的，傻瓜。如果你真的这么羡慕我，你就向我学习，别管阿罗斯特吉和莫亚诺那群狐朋狗友了。他们可不是什么好的榜样。有时，我甚至想，只有在你生病的时候，你才是正常的。你看，这听上去就像是笑话。一直以来，折磨你的总是两件事——服从和闭嘴，就像你一直维护的那些年轻人一样。你看，尽管你总说什么"无辜的受害者"之类的蠢话，但他们就是一群废物，一群垃圾。马里奥，我已经说过很多次了，我再说一次，你可以告诉我，我所有的朋友都有轿车，我却没有。难道我不是无辜的吗？妈妈呢？妈妈——噢，愿她安息——她又犯了什么错呢？她没有错，但她还是经历了战争。尽管没有大肆宣扬，但我们都知道，在战争中，她比别人遭了更多的罪——胡莉娅的事可比死亡好不了多少。马里奥，你听清楚了，你总是提到你的父母，还有你的兄弟姐妹，但你就是一个自私鬼，一个大大的自私鬼，你从来都没想过我的家人。亲爱的，你别想了，服从和闭嘴总会让你焦躁不安。归根结底，有其父必有其子。你看夏萝，你想，为什么你的妹妹不再当修女了呢？原因是一样的，亲爱的，一模一样：因为她不懂得听话和闭嘴，因为她傲慢无礼，因为她和你一样，都不愿意守规矩。所以她到现在都不知道自己活着是要干什么，也变得越来越奇怪。我向你保证，我每个星期天还把孩子送到她那儿，那是出于好心。马里奥，她家呀，比坟墓好不到哪儿去！你也听见小阿尔瓦罗说的话了："我宁愿不吃饭，也不愿意到夏萝姑姑家吃饭。"这是最自然不过的了。我说得很清楚了，你妹妹就是个绿茶婊。你看，她还跟孩子们说他们的爷爷奶奶和叔叔大伯。这是什么奇怪的念头！给孩子们说死人的事儿？我跟孩子说死人的事儿，只是因为我应该要这么做。夏萝并不是个例外，当然不是，她就是你的翻版，她在哪里都不开心，就跟何塞·玛丽亚一样，你们全家都是一副德行。你说你的妹妹干活很利索，我很了解你，你这是故意让我生气。但那是因为没有用人伺候她呀。我向你发誓，后来，我真的忍受不了她了。唉，她是那么无聊，似乎随时都要晕过去。还有她那张脸，洗得那么干净。这又是另一个问题了。要是她才十七岁，那我可以理解。但她都这把年纪了，这就令人无法接受了。马里奥，但她起码也要尊重一下其他人吧，看见她那像土一样、干巴巴的皮肤可让人高兴不起来。马里奥，如果你说那话是为了要气我的话，我提醒你，你对我说什么都行，但你说的话不会贬低我的价值。但是，你要知道，我不是一位毫无用处的女士，也不是逃避现实的人。在饥荒那年，只要有需要，我就撸起袖子，和爱德华多叔叔一起去到最脏最乱的乡下，为我的父母找鹰嘴豆和兵豆。你别以为当时的汽车和现在的一样，亲爱的，当时的车子还在用煤气，不然，你以为是怎么样的？但我对此毫不在意。如果再出现需要我这么做的情况，我还是会照做的。我可以大声地说，我可能不擅长其他事情，但是，没有人比我更能吃苦了。

十六

你倒不如去快乐地吃你的饭,开怀畅饮你的酒,因为天主早已嘉纳你所作的工作。你的衣服常要洁白,你头上不要缺少香液。在天主赐你在太阳下的一生虚幻岁月中,同你的爱妻共享人生之乐……但问题是,我开始努力回想,快活,那所谓的快活,马里奥,我从未看见你快活过,甚至在我们的蜜月旅行中也没有。瓦蕾说,新婚之夜是一场折磨,我自然是同意的,因为我总不能告诉她你在那晚翻身背对我吧。而在白天,身边的每个人都玩得那么高兴,我们却冷冷清清的。我还记得,在马德里,我说:"我们在这间咖啡馆坐一下吧?"你说:"随你。""我们去剧院吧?""随你。"大傻蛋,你是没有别的话可以说了吗?马里奥,女人是没有能力保护自己的,她需要别人去引导她。傻瓜,所以我才不愿意和比我矮的男人结婚。你看,虽然你觉得这是件傻事,但权威甚至需要通过身高来体现。但你就这么一直不理不睬的,既不看街上的橱窗,也不理街上的热闹,看电影也觉得没意思,连斗牛也不喜欢。说真心话,马里奥,你觉得这算得上是蜜月旅行吗？但远远不止这些！你还成天板着脸，似乎在想着什么别的东西。亲爱的，你那样子就和你刚从战场上回来时一样，我永远不会忘记你那时的神情。所有人都在欢呼雀跃，而你呢，偏不。你还是这场战争的赢家呢！要是你当时输了的话，真不知道你会是什么样子！马里奥，亲爱的，没有人能明白你。没有人能看出你不是个正常人，这让我多难受呀！我不是说你一辈子都不能说一句反对的话——要是你真的这样那该多好！但我想，人是要控制住自己的，是要享受生活的。你看，妈妈老是说："孩子，要享受当下。"你也听得清清楚楚，但你像是没听见似的。马里奥，这句话听上去很傻，但如果你细想，是有它的道理的，是有一定分量的，比你想的要深奥得多。而你呢，偏不听，第一反应就是挑错处。我不是说世界一片太平，既没有不公和贪污，也没有你说的其他事情。不，但世界一直都是这样，不是吗？马里奥，就像世上一直都有富人和穷人，你看清了，这就是生命的法则。亲爱的，我听见你的话就觉得好笑，你说什么"我们的责任就是要消灭这些事情"，就这样。但是，我可以问一下，是谁让你承担这项义务吗？你的义务是教书，马里奥，所以你才成了教授。法官们负责控诉不公，慈善机构负责救助弱小。你们却这么自大，真是让人忍无可忍。那该死的尼古拉斯先生，我都不明白人们怎么会读他的那份《邮电报》。亲爱的，里面就只报道惨剧，只说傻话，说什么几千个孩子无法读书，说什么监狱太冷，说什么雇工要饿死了，说什么那些乡巴佬的生活环境惨无人道。你们究竟想要做什么呢？你们可以一次就把话说清楚吗？因为如果你们给那些乡巴佬装上电梯和暖气，那他们就不再是乡巴佬了呀！不是吗？我也许什么都不懂，但在我看来，这和穷人的问题是一样的。我说，总得有穷人呀，因为生活就是这样子的。那如果生活就是这样子，我们就不要老摆着一张臭脸呀！你的主意可真多！说起好笑，我还记得你喝了两杯之后的样子。在瓦蕾蒂娜家吃晚饭的那晚，你一直把香槟瓶塞往路灯上扔，真是把我给气得呀！我一早就提醒过你了，对吧？我发誓，在我一进门看见菲托·索洛萨诺和奥亚尔顺时，我就对自己说："今天，马里奥要么是待在角落里发呆，要么就是上演一出闹剧。"我很了解你，亲爱的，我在你身边二十多年了！你跟恩卡娜在马德里的那事儿也是一样。你获得了教职，肯定喝了酒，我说得没错吧？我可以打赌，你们那天的庆祝派对绝对不是以啤酒和煎虾结束的。我真想知道你们之后去了哪儿。马里奥，我敢肯定，你当时肯定比现在笑得更欢。你看，这也是很让我恼火的一点：你对外人是一张脸，对你的妻子又是另一张脸。你说，我猜得对不对，你是从那个尼古拉斯先生那儿学来的吧？明眼人都看得出来，他满肚子的坏水。他可骗不了我。他就在背地里偷笑，但可是够明显的了。难道这还不够明显吗？对我来说，他的那些小故事一点都不好笑。你瞧，那天晚上，你们在聊战争中囚犯的事儿。他说什么有人让囚犯排好队，那列队的人说："我的队伍里应该有三百六十七个人，你数一下。如果只有三百六十六个人，你就走到街上，抓住第一个经过的人。如果有三百六十八个人，那就抓住队伍的最后一个人，把他杀了。"你相信他说的话吗？我一个字都不信。当然，他排在队伍的最后，不然的话，这笑话就不好笑了。但是，你相信他的话吗？这顶多只能算是一个笑话，他是开玩笑的，好打发时间。你看，我也知道，和超过三百个左翼分子关在一起，什么都不能说，什么都不能做，那么无聊，这确实不是什么值得高兴的事情。你相信我，我真的没法和他打交道，跟他相处真是超出我的能力范围了。我不否认，也许他是个玩弄文字的高手，你也可以说，他写得一手非常棒的文章，但他就是一个惹是生非的人，是一个坏人。他胡编乱造，好将这些东西刊登在报纸上，挑起矛盾。现在，我可以告诉你，马里奥，那天，《邮电报》上刊登他的离职启事，上面让他弟弟本杰明担任副社长，我是多么高兴呀！你还记得吗？上面的人对他说："如果你哥哥尼古拉斯出格了，你就滚蛋。"我觉得这真是再好不过了。你看，这是正当防卫。尼古拉斯先生自然没事,他已经生活无忧了。但为了他弟弟,他以后一定会更加小心些。但事情也没那么严重,他就继续他那些狡猾的伎俩,像之前一样。一开始,他确实更谨慎一些,但之后还不是一样?他竟然还能那么自负,真是奇怪。爸爸也说过,他出身非常低下,他的母亲是帮别人洗衣服的还是什么别的。但最让我奇怪的是,上层人竟然还理睬他。不管他多聪明,但他的母亲是替人洗衣服的,马里奥,你告诉我,这样一个人,他又能在智力上或精神上有什么可取之处呢?爸爸总是说,每次看见这些迅速上位的人,他总要说:"至少需要四代人才能培养出一个头脑机智的人。"马里奥,你别说了。不管爸爸是不是和你合得来,他可不是个普通人。你也知道,他在《阿贝赛报》工作了很长时间,不是一天两天。你自己也看见了当你参加竞聘答辩时,他给你写的那份教学报告,写得可真好!之后,你倒没怎么想起他,他可是很伤心的。但他人又那么好,从不抱怨一句。可怜的爸爸!你不知道他为了给你写这份东西,花了多少时间。亲爱的,他甚至还两次跑去找卢卡斯·萨缅托院长。对我来说,那场景还历历在目。他一直在问:"能帮上忙吗?"你看,爸爸是没有义务去做这些事情的,你却没有留意到,似乎还云里雾里的。你看,你之前就递交了申请,却唯独缺了这份必要的报告!真的,这真是无法想象。你还以为,那只是一份研究的工作，为了这份工作而花六个月的时间准备文件是不值得的。亲爱的，你真是奇怪。那天，你在阿隆德药店旁跟那个穷鬼说"再见"的时候，我真想打你。你让我多难堪呀！可怜的爸爸可是将你从困境中解救出来了，但我记得一清二楚，事情一过，你又翻脸不认人了。可怜的爸爸！我记得，他一整个星期都没睡觉，我还记得他说："我不是个历史学家，但我会尽力的，会尽力的。"我跟你发誓，在整整一个星期里，他一直埋头替你写那份报告，头都没抬一下。爸爸当然是伟大的，很好，但这并不是我个人的观点，而是因为他给你写的那份报告，写得多好呀！马里奥，你起码也要给他基本的关心呀！你不要说我没提醒过你，你起码也在文化之家帮他出版一篇文章吧？要是那样，他该有多高兴呀！你看，可怜的爸爸，要不是为了他的女儿，他哪里用得着受这样的委屈！但你从来都不关心他，这是实话，马里奥，你就只写了一封感谢信，就再没别的了。我的意思不是说爸爸的那份报告多么了不起，没错，那并不是件难事，他也写得很好。你说是不是？尽管那不是我写的，但我读了，读了整整三遍！你可能不相信，可我真的很喜欢这种回顾的方法——叫什么来着？就是那种像螃蟹一样从后往前研究历史的方法。因为战争和别的事情不是随随便便就发生的，像爸爸所说，是有一定原因的——我的柜子上还放着一本他的书呢。你看，他毫不费力就能写出类似这样的话："从结果追溯到原因。"你看，我非常确定，你的申请之所以能通过，都是因为爸爸。在这件事情上，幸好你犯了"糊涂"，没准备那份报告。因为你看，你是很细心，在各个方面都很好，但你从来不能像爸爸那样写出那么好的文章，因为爸爸真的是太棒了！马里奥，关于他有多好，我可以一直说到天亮，但这都不足以说完他的所有好处。如果他年纪没那么大，他昨天肯定就来了。他年纪大了，不中用了。真的，胡莉娅说，他从不走出家门。你想，在马德里那么车水马龙的地方，他那样子也是很正常的。马里奥，你瞧他发来的那封电报，他那么悲伤，却还能写出那么优美的文字。读了那封电报，我都哭了。你看，我一直都在假装坚强，但读了他的电报，我再也控制不住了。唉，他该是多么伤心呀！至于康斯坦丁诺嘛，他还是待在家里吧，你看，他甚至都不认识你。另外，我可是一点都不想马里奥跟他有接触。你可能会说我多疑，但我怎么都不觉得这个外甥是个普通的小伙子，我也没办法，你看，我觉得从他的脸上就能看出他不是个好人。马里奥，如果你知道我是怎么发现他们俩的……唉，真丢人啊！那是桑坦德被占领的那一天，我一辈子都不会忘记那个场景：他们抱在一起，在地毯上翻滚。真是吓人！我想都不敢想！他还臭不要脸地说："我们闹着玩呢，宝贝。"真是恬不知耻！我真的差点就心脏病发了！我原本还打赌，加利喜欢的肯定是我。但胡莉娅给了他机会，他也不是傻子，立马就知道要怎么做了。真是把我给气得！因为害羞，我什么都没说。直到胡莉娅的肚子大了起来，妈妈才知道这件事情，才把她带去布尔戈斯，之后又去了马德里。但你想，对妈妈——噢，愿她安息——对她来说，那是多大的打击呀！简直就是致命的！因为她自己的行事是那么正派，还认识那么多人，而胡莉娅的事情就成了别人茶余饭后的谈资。亲爱的，你就一直云里雾里的，我跟你说吧，连街上的老鼠都知道这件事了。不管怎么竭力隐藏，都藏不住这件事情。可怜的妈妈！她是遭了多大的罪呀！从她给罗马写信这一点就能看出来了——她想解除加利之前的那桩婚姻，你明白吗？但他似乎已经和别的女人生了两个孩子，这才是最麻烦的。大家都这么说，有孩子的话就很难离婚。好笑的是，那时，爸爸却说："这混蛋还让我行了罗马式敬礼。"你想，他是那么坚定地拥护君主制，他该是多么生气呀！好吧，生气还是小事，是可以理解的。如果当时加利就在他身旁，我敢肯定，他会把加利给掐死。我跟你说实话吧，我一直都很希望婚后能将这些事情向你全盘托出。你还记得我们订婚后，你向我问起胡莉娅的事情——那是在马德里的美术俱乐部吧？你还记得吗？我就跟你说，就因为这样，战争一结束，她就带着孩子去了马德里，再也没有回来。当妈妈——噢，愿她安息——当妈妈去世的时候，爸爸把她带到妈妈面前，妈妈原谅了她。你看，当时，她俩至少七年没有说过话了。在那段时间里，妈妈过得更糟。你瞧，她原本是一个那么嗜甜的人，发生了这件事之后，她都不再吃甜食了，真的一口都不吃了。那是多大的牺牲呀！在我们结婚前，我就想过，你听到这件事后会有什么样的反应。你不知道，我多少次想和你说，却又把话咽了回去。在火车上，我就跟你说了这件事，你记得吗？你都不知道我当时是鼓了多大的勇气。而你呢，却那么固执，亲爱的，你就那么漠不关心，说："上帝慈悲，战争打乱了很多事情。"战争和羞耻心之间又有什么关系呢？我当时真是气得想把你杀了。如果说我可以从胡莉娅这件事情上得到什么安慰的话——好吧，不是安慰，你明白我在说什么——那就是将这件事情告诉你。我当时心想："他肯定会很惊讶。"而你听了之后呢，一点反应都没有。就像我跟你说把马克西米诺·孔德的故事写进小说时一样，你甚至没看我一眼，就说："他已经够惨的了。"听听你说的这话。最让我生气的是，这对你来说一点都不重要，你也没有说一句感谢的话。我跟你说，无论是埃瓦里斯托还是帕科，或者我那个意大利外甥，或者加利，或者是随便哪个人，你看，只要我想，我都可以跟他们说这件事。但你看，我并没有这么做，因为我尊重内心的原则，尽管现在这些原则似乎已经沦为笑话了——真不知道这样下去我们会落到什么境地。现在，要遇到一个心地善良正直的人还真是要看运气。你告诉我，马里奥，如果我和加利·康斯坦丁诺发生了关系，你还愿意跟我结婚吗？不，对吧？傻瓜，那你又为什么要对我的姐姐这么宽容呢？亲爱的，我们做事要不偏不倚。说白了，胡莉娅就是不要脸，和战争有什么屁关系？你们为了批评战争，甚至可以把黑的说成白的。既然我们在说婚姻，好，你可以原谅加利，之后呢，你却在新婚之夜翻身背对妻子，说句"晚安"就睡了。我跟你说，我真的永远都无法忘记那样的耻辱。你看，我那么信任瓦蕾，却甚至不敢和她提起这事儿。

十七

　　愚昧太太，浮燥愚蠢，一无所知。她坐在自家门前，坐在城内高处的座位上，向一往直前的人喊说……但他没有直接把我带去市中心，我说，第二次的时候。我说："我太喜欢你的车了，一点声响都没有。"他呢，转动方向盘，像火箭一般驶向皮拉尔大道。我对他说："回去，帕科，你疯了吗？人们会怎么说我俩呢？"他笑了，你知道他怎么说吗？他说："让他们爱说啥就说啥吧。"他根本就不在乎别人的流言蜚语。马里奥，帕科的变化多大呀！不管我怎么形容，你都没法想象他的变化。那双眼睛——那一直是我喜欢的类型，泛着奇怪的绿色，像是猫的眼睛，像是一汪池水。但是，我也不知道为什么，他变得更加沉稳，身上有了之前没有的绅士风度。我还记得，年轻时的他真是个冒失鬼。但现在你看，他说话不缓不急，偶有停顿，发音清晰——之前他说话可是颠三倒四的。亲爱的，你看他，开着海鲨，腰缠万贯。我不记得他说的是在哪儿工作了，但肯定是什么代表，和新工业园有关。马里奥，他开得那一手好车呀！看着都让人觉得高兴。他手上没有一个多余的动作，似乎一出生就会开车了。没错，你可能不相信，他一直在用眼角的余光看我。当我们经过梅雷德罗街时，他说："你还和之前一模一样，小妹妹。"我说："这真是傻话！你想想，都过去多少年了。"他很体贴地说："岁月并没有在你身上留下痕迹。"马里奥，你看，这是恭维话，但让人听着很舒服。无论多么成熟的女人，她总是有感情的。而你呢，似乎要费好大劲才能跟我说句好听的话。之后，他停了车，竟然问我会不会开车。我只好说，一点点，几乎不会。你想，他总是看见我在等公交车的队伍中，和乱七八糟的人挤在一起，那是多尴尬呀！我跟你保证，那是我一生中最丢脸的时刻了！但我又能和他说什么呢？我只得说实话，说我们没有车。真想让你看看他的反应呀！他一边大声说："不！不！不可能！"一边用手拍着脑袋，似乎不相信我说的话。马里奥，你看，在这个时代，一个夫人还要等公交车，这是一件很难以置信的事情。所有人都是这么认为的，只有你不以为然。亲爱的，你看清楚了，在今天，轿车已经是生活必需品了。你看看尼古拉斯先生，他也有一台1500。如果你真那么听他的话，为什么你不方方面面都向他学习呢？真的，这让我多生气呀！你就只拣他那些不好的东西去学，对他的优点视而不见。你就是这么对着干，有时我想，傻蛋，这一辈子你就没让我开心过。你想想我的那套婚纱。当然，通过那件事情我就应该想到你是什么样的人了。一开始，我以为你是因为你的兄弟姐妹，或是因为你父亲的病，或是什么别的原因，才这么做的。上帝慈悲，我知道，这不是要炫耀什么，但归根结底，不管婚礼上有没有白色礼服，人的本质是不会改变的。但是，在胡莉娅那件事情之后，人们说了那么多的闲言碎语。你真该听听他们的那些话！而你呢，还在问："说了什么？"难道你以为他们会把那些话告诉你吗？马里奥，我告诉你，白色是贞洁的象征。在今天，让新娘穿得随随便便地举行婚礼就像是在街头吆喝"我二婚了"，或者"我跟哪个随便的女人结婚了"。我真是想都不敢想。马里奥，但我主要还是为了妈妈。你看，归根结底，我对这事儿一点都不在意。但在发生了那么多事情之后，妈妈肯定希望别人想"这家还是有个贞洁的女孩的"。马里奥，就是这样的，因为我们都是人，因为不管怎么样，对于一个女人来说，贞洁是她最美的衣裳。再怎么强调这句话都不过分。不管你喜不喜欢，对于下层人来说，这就是一个榜样。这可不是我说的，但现在，下层人的生活是越来越不检点了。你看，要是你在结婚那天穿得随随便便，穿得和平时一样，天知道他们会怎么想。而且他们的想法都是毫无依据的，这才是最让我生气的一点。亲爱的，我不知道你是不是有什么秘密，但是我告诉你，我是可以昂首挺胸走进教堂的。我跟你说实话，"梵二会议"上的那群人都忙着讨论避孕药之类的事儿，现在是做这件事的时候吗？有些女人已经生了很多个孩子了，我想，这对她们来说是不公平的。要么是所有人都吃那个药片，要么就彻底把它禁止。现在，像那些外国佬一样只生一男一女倒是件体面事儿了。与其讨论这个问题，还不如把婚纱定为婚礼的制服，规定不配穿婚纱的女人不可以结婚。既然她们之前已经是肮脏的了，那还有什么能让她们觉得恶心呢？你没听错，极端一点总是没坏处的，不然的话，真会有那么一天，人们无法分辨正直的女人和堕落的女人。你也听到瓦蕾说了，在现在的马德里，所有女人都像我们一样精心打扮，她说的话没有丝毫夸张的成分。如果我是政府，我肯定就颁布法令管管这事儿了。但现在，它却忙着保护那些乡下人、新教徒和什么别的人，把我们这些好女人丢到一边自生自灭。我真搞不懂政府在想什么！亲爱的，你应该早点跟我说这事儿的。但是没有，你在还差三个月就举办婚礼的时候才和我说，事情已经无法转圜了。"婚礼是神圣的仪式，不是一场派对。"上帝慈悲！你呢，就一直那么随便，一直随心所欲。我真想让你看看妈妈当时的神情，可怜的她哭得像个小孩子似的。在胡莉娅那件事之后，这件事就是压垮她的最后一根稻草。但是，你对慈善又有什么了解呢？马里奥，我真不想提起你的那次演讲。你还说什么"她就发发脾气，你别

179

担心，很快就没事了"。你看见自己是多么自私了吗？真是恬不知耻，比恬不知耻更甚，简直鲜廉寡耻！马里奥，亲爱的，抱歉，我也不知道自己怎么了，但一想到我原本想穿的那件婚纱，我就头脑发热。那件婚纱是公主裙，高腰身，我穿上肯定会很惊艳的。你看，你们男人根本不知道这对一个女人来说意味着什么。但你还是一样，冥顽不灵。如果你不是在求婚之后、在我无法反悔的时候，而是在我们刚订婚时就跟我说，那我可能就……总之，我才是那个傻瓜。你看，特兰茜一开始就把你看透了。没错，她是有点那个，我不否认，她甚至还让埃瓦里斯托给她画半裸的画像。我也跟她说："你不应该那么做的。"但她对我的话置若罔闻，甚至还跟埃瓦里斯托结了婚，才有了后来的那些事。好，她在第一眼看到你的时候就把你看透了，而不是随便说说而已。她也看透了帕科是另一种人。她可能不擅长别的事情，但她看男人还是看得很准的。你看现在的帕科，完全就是一个有经历的人了。不是因为他有车，而是他整个人散发出来的感觉，我也不知道怎么跟你解释。我说，你们男人真是幸运，那些二十岁时不好看的小伙子，在二十年后也会变得好看。多好的事儿呀！真希望我们女人也能这样。但是，马里奥，你欺骗了我，谁知道你竟然是这样的人呢？你在八月的正午烈日下看报纸。而我呢，在阳台那儿看着你。这还不是一天两天的事儿。

我一直对自己说："这个小伙子需要我，不然的话，他会自杀的。"我一直都是一个浪漫的人，也是一个傻瓜，对什么事情都深信不疑，你知道的。但你看，这给我带来了什么好处吗？马里奥，我不是无缘无故地抱怨，你知道的。我们结婚二十四年了，却连一套像样的餐具都没有。每次我们请客，人家估计都厌烦了，都是坐在长沙发上吃冷餐。有什么办法呢，一直都是这样子，因为这样，他们就只需要使用吃甜点的叉子和小刀了。马里奥，我问了自己无数次，我真的该遭这报应吗？如果一切可以重来的话，我的选择肯定就不一样了。我跟你说，要是可以，我肯定会更加小心，因为我们女人都是些傻瓜，一直围着丈夫和孩子打转。瓦蕾说得没错，只要我们不表现出过分的关心，事情对我们就更有利。当然是这样的。不然，你们肯定就得寸进尺，让我们做这做那。你们男人觉得这都是我们女人欠你们的，你们男人都是一副德行。但是，马里奥，你的行为真是太过分了。你对陌生人大献殷勤，却在家里一声不吭。你看，这才是我最无法接受的。在马德里的时候也是一样。马里奥，你看，我是那么喜欢马德里，我爱死这座城市了，简直无法用言语表达我对马德里的迷恋。但是，我倒希望没有和你一起去马德里，因为与其在那里玩得不开心，我还不如在家里待着。我们没钱买皮衣或什么别的小玩意，却有钱炫耀或在格兰大道上让别人给挽着手臂的我们拍照。那可真丢人！你甚至还有钱买木头玩偶和什么别的东西。你说："人总是需要生活的。"说得可真漂亮！没错，所有人都要生活，除了一个人，这个人不用生活，她说想要一台西雅特600，也不用理会她，仿佛她要的是天上的星星似的。马里奥，我知道，我们刚结婚时，汽车确实是奢侈品。我跟你说过，也不怕再跟你重复一遍：今天，连看门的都有一台西雅特600。没错，我不后悔这么跟你说。我的天，这是人人都有的东西呀！这样你还不明白吗？你呢，偏不，却把钱花在那该死的摄影师身上，然后就说"再见"了。他不就是按一下快门吗？你说，如果这不是不负责任，这是什么？你倒说说，我们在婚礼上拍的那些照片都去哪里了？你呢，还说什么"人总是需要生活的"，说什么因为自己过得比他们更好。你买下他们的木头玩偶，能做出这件事也是胆子够大的了。你并没有比他们聪明，你只是得到了更多的机会，你说的话更加难懂，你更喜欢捣乱。他们就是懒人，就是一群懒鬼，如果可以的话，他们肯定会趁和你聊这破玩具的时候把你的钱包给抢了。你看，他们中最好的人应当在监狱里头。你们批评那些发号施令的人，但在我看来，如果发号施令的人真的有什么罪过，那就是态度不够强硬。你看，且不说花的那些钱，你在格兰大道上让我很是丢脸。你就看着那些木头玩偶翻筋斗，或是看着别人吹泡泡。那两个人看上去就是排队等公交的乡巴佬。真是太可怕了！这还是些手无寸铁的人，至于那些囚犯呢？亲爱的，在大赦或别的那几个月，我们家就像是一座监狱的分部，我真想知道你为什么要这样子没事找事。那气味！那气味也就算了，但我告诉你，单凭你帮助囚犯这件事，他们就能把你抓走。没错，你就是同谋或者什么别的。每次我和阿曼多说起这件事，他总是惊呆了。他这反应当然是再正常不过的了。你还说，那些人不是什么普通的罪犯。听听你这借口！傻瓜，他们犯的罪比小偷小摸要严重得多。亲爱的，犯罪的人内心都有那么一股冲动，让他们失去理智。但是，另外一些人又不一样，他们可是清醒得很，甚至是冷血的。我没有糊涂，相反，这些人犯罪，就只是因为他们的本质是坏的而已。很好，于是你就任由他们这些人在街上游荡。也对，不然的话，他们又能去哪里呢？亲爱的，他们没被关进监狱，就已经很幸运了。但如果将他们释放，你想，那就真的是大发善心——错误的善心——了！真是好笑，什么大赦，他们真应该感谢这个国家！不然的话，他们还不知会怎么样呢！傻瓜，这就是你们不想明白的一点，你们把慷慨和软弱混为一谈了。这些年里，我一直担惊受怕，担心你和这些流氓一起被带走。傻瓜，火车那件事情就已经够我受的了。天知道你发生了什么，那次，我可是整夜都睡不着，真是一刻都没合眼。这都是你乱说话惹的祸。安东尼奥说，被拘留二十四小时已经会留有案底了。你想，如果他说的是真的，我真是想都不敢想，你会给孩子们留下怎样的影响呀！我们那些可怜的孩子，当他们知晓这件事的时候，又会怎么想呢？

十八

人子，看，我要把你眼中所喜悦的猝然夺去，但你不可哀悼，不可哭泣，不可流泪，只可默默叹息，却不可哀悼死者。头上仍缠着头巾，脚上仍穿着鞋，不可遮盖胡须，也不可吃丧食。马里奥，我不是说自己能未卜先知，但在你母亲去世时，你表现得若无其事，仿佛什么事情都没发生似的。看见你这样，我才发现你内心的自负。埃丝特那个大傻瓜还跟我说："你的丈夫即使是在痛苦中也非常有尊严。"你看，她说出这样的话。要是让我在埃丝特和恩卡娜之间选择，我会选她们俩的一个中间点。她们各有各的风格，但除了纠缠你，两人都不干别的事情。痛苦中的尊严，你怎么看？她就是要把简单的东西复杂化。而你读报纸读到泪如雨下时又怎么样呢？那样的话，是因为你病了。这话可说得真漂亮！我敢打赌，如果你在你母亲去世时高歌一曲，埃丝特也会觉得你做得对，她总能找到什么理由来赞美你，我可以打赌。路易斯说："过分克制感情。紧张性抑郁。"真好笑，那些医生在不知道要说什么的时候，就全推到精神紧张上。这可真轻松！你在母亲去世的两天后脱掉了丧服,因为你说,你看见你的黑色裤腿就觉得悲伤。你也应该看见了,埃丝特理解你,说丧服就是一项应该废除的陈规旧俗。嗯哼,如果你的裤腿不让你悲伤,那可不错。但这就是丧服的意义呀!傻子!你以为丧服是做什么用的?服丧就是要用黑色的衣服来提醒你,你要保持悲伤:如果你想唱歌的话,你要住嘴;如果你想鼓掌的话,你要停下别动,要忍住。我还记得,在妈妈去世后,爱德华多叔叔去看了足球。但他呆若木鸡,甚至在球员进球时也没反应。如果有人问他:"爱德华多,你为什么不鼓掌呢?"他会指一指脖子上的黑色领带,他的朋友就明白了。你怎么看?"爱德华多不能鼓掌,因为他在服丧。"说完,大家就都明白了。你看,这就是服丧的意义,傻瓜。除了这,还是要让别人知道——只要看一眼就知道——你家里出了很大的变故。懂吗?现在,我甚至还披上了黑纱。你看,这不是为了搭配服饰——在黑色衣服上再穿黑色实在是太糟糕了——而是为了保持体面。当然,这些规矩完全管不着你,当然也管不着你的那个懒儿子。现在就是你自食其果的时候了。自然,父母在家里是对孩子言传身教的。我在昨天真的发了好大的火!但我知道自己没有做错,马里奥,你母亲去世时的情景还历历在目。我记得,我就一直跟你说:"哭吧,哭吧,现在不哭,以后再发泄出来会更糟糕。来吧,哭吧。"你呢,沉默不语，似乎那和你完全不相干。你甚至还说："就因为习俗规定，我就要哭吗？"我想，你这么说不合适吧。但当时我呆住了，真的，我说这些话都是出于好心，真的。我跟你说，我让你哭就和我不让孩子在饭后立刻洗澡是一样的道理。但你这话说得仿佛我才是那个最奇怪的人。当一个人的母亲去世了，他当然是要哭的。你也看见我哭成什么样子了，这可不是胡编乱造的。那时候，没有东西可以安慰我。那段时间呀！我的天！你呢，对我不理不睬，只是拍了拍我的背，毫无缘由地亲了几下，像是履行什么义务似的，甚至没有和我做爱。瓦蕾说，做爱可以缓解悲痛，我对此却一无所知。我可是天底下最天真、最单纯的人了。我知道，我就是个大傻瓜。亲爱的，你最会做不合时宜的事情了。你看，现在的我脱下衣服，就只有一副年老的躯体，肚子鼓起，背上也满是肉，真是太难看了。我并不是喜欢做那事，但如果你喜欢的话，你应该当时就跟我要。说句不好听的，我当时的身材还是很好的——可能只是胸部大了点。我现在不是在抱怨，但你看，我还是相信埃利塞奥·圣胡安的话的。当时的我就像是维纳斯那么好看。但现在，我已经不想炫耀自己了，另外，我也没有心情这么做。马里奥，每个时候都有该做的事情。而你呢，如果你当时没有翻身背对我说"晚安"——你都不知道这是多大的耻辱——而是让我和你做那事，那就皆大欢喜了。就像囚犯的那件事，你血液里就是有对着干的基因。亲爱的，如果你想为别人做些什么的话，世界上有那么多的穷人，还有明爱组织，你可以像我一样，不费什么力气就去帮助别人了。不管你怎么为明爱组织辩护，这个机构做的事情就是切断我们和穷人、和接受施舍前祈祷的直接联系。我还记得，以前我和妈妈去布施的时候，那些人是那么虔诚地祈祷，还亲吻施舍他们的人的手。现在那些穷人可好了，你看他们，都反了！你满意了吧？亲爱的，你现在不是和疯人院里的疯子们厮混在一起吗？亲爱的，你的想法总是这么奇怪，世上就没有别人能像你一样有这么奇怪的想法。你还说什么要看看他们现在的生活是不是很糟糕，你这话让所有人都感到厌烦。你知道吗？甚至在星期天去取《邮电报》的时候，我都会觉得丢脸。但是，马里奥，你的脑子还正常吗？我不应该和你说这事的，但我跟你说，那天，何塞丘·普拉多斯在俱乐部笑个不停，说你就是"让自己遭罪"，说你就是个神经病。你明白吗？但他说错了，你们只想要让别人觉得不舒服，甚至要伤害别人。傻瓜才会投那么一大笔钱建一所新的精神病院。马里奥，你看，你真的没发现，这样的挥霍就是让钱打水漂吗？傻瓜，那些可怜虫又怎么会知道房子新不新、暖不暖和？他们住在精神病院里，是因为他们是疯子；他们是疯子，那是因为他们什么都不知道，什么都感觉不到。他们以为自己是拿破仑,甚至以为自己是降世的上帝,活得那么快乐。马里奥,尽管你不同意,但我还是要说,你为什么要这么做呢?为什么要把钱给那些永远不会感激你的穷鬼呢?没错,我知道,埃丝特是站在你那一边的,还有茶话会上那群天杀的狐朋狗友,他们也是支持你的。当然,对那些从来不要求的人进行施舍是件很美好的事,但是,为什么要把钱花在那些已经不愁吃穿的人的身上呢?马里奥,如果他们觉得自己是不愁吃穿的,那就相当于他们真的是什么都有了。你看,如果你再给他们什么新浴缸、游戏室和花园之类的东西,他们可能反而会无所适从——天知道,我可完全无法理解他们在想什么……你别以为我没有为他们感到难过,但是,幸运的是,我的头脑还算清醒,我很同意阿曼多的观点:虚荣的人才会想要把世界上的所有苦痛都背在身上。亲爱的,你看,虚荣让你失去了自我。有时候,你自己也承认,你写那些东西,买下那些木头玩偶,在格兰大道拍那些照片,帮助那些囚犯,这些事情给你带来的快慰远远大于别人所能得到的安慰。于是你就开始翻来覆去地想,想自己本质上是不是个自私的人。我一直都认为,说到底,你就是个自私的人。如果取悦别人能让你高兴,那索洛萨诺想要提名你当市政府议员时,为什么你不高兴呢?你说呀,为什么?在你和何塞丘·普拉多斯的那次冲突之后,在你在《邮电报》上刊登的那些像炸药包一样的文章之后，亲爱的，还有档案处分，以及你父亲和你兄弟的那些前科，在这些事情之后，我觉得，菲托·索洛萨诺对你的态度可是好得不能再好了。他就是帮了你个忙，"来，过去的就一笔勾销吧"。如果这还不够的话，你也听见瓦蕾蒂娜说的话了，"通过成为文化代表来进入市政府是最好不过的了"。好，即便是这样，你这个傻瓜偏要说不，说什么"这是沉默的代价"之类的老生常谈。好吧，虽然你说菲托·索洛萨诺让你一直站着——我对此表示怀疑，还是说他自顾自地抽烟，没有给你递烟，但这又有什么要紧的呢？显然，他是来求和的，我都不知道你看见自己的名字出现在墙上之后为什么有那么大的反应。我都不敢跟你说，没错，突然看见墙上写着你的名字——那写得大大的名字——我甚至还有点期待。上帝慈悲！马里奥，连比森特也说："我从来没有见过马里奥发那么大的火，就像一头被插了花镖的斗牛似的。"我们看，事情没有这么严重，你说的那句话——"他们应该事先告诉我的"——也太重了些。我的上帝，难道帮助别人时还要事先通知吗？如果他们是来求你帮忙的，那也就算了。但不管你怎么想，这件事情都是一份荣誉呀！你怎么立马就开始批评了呢？你看你说的那些话，那些傻话，他们让你站着、不给你递烟也是有道理的。亲爱的，即便他们踢你一脚——你就活该被踢——那也是合理的。你还说，你是礼貌地坚持了自己的立场。但看你离开家时的神情，我猜你肯定不会这么做。你别生气。总之，他也和你说了，他不需要问别人的意见，而即便你现在没有能力担任这个职务，当选后你就有的是时间去学习了。他还说，现在谈这件事是没有意义的。在我看来，他对你是很体贴了。你却说什么自己不喜欢那些不能赢的赌局。如果你觉得你跟他说的那些话是正确的——天知道你是怎么说的——那我真不知道怎么做才是正确的了。你还说，他没主动和你握手。他当然会这么做呀！我要是他的话，我就立刻把你关进监狱。没错，你没听错。你对他那么不敬，而且是在办公室的接待室里，当着市政府代表和奥亚尔顺的面。你是痛快地发泄了，但你真该听听你的那些话，说什么这是个虚衔。这傻话！我真不知道他们之后怎么还会想看见你的脸。最糟糕的是，你还朝他们大叫什么"公共领域"，奥亚尔顺、阿隆德、阿古斯丁·维加那些人肯定就都投一样的票了。说实话，最让我震惊和讨厌的还是你竟然一票都没有。你看，我真的觉得非常奇怪，因为前一天晚上，当时还是市政府议员的菲尔戈伊亚还对我说："明天我会投票给你的丈夫。"我不知道他之后是改变主意还是怎么了，反正就很奇怪。但你不知道这事儿，也不需要为这事儿烦心——我可是小心翼翼地，避免让你知道这件事情。所以，你是没有理由做出这样的事的。我的妈呀！我当时可是整整一个月都没法和你说话。你看，你却做出那样的事。你跟恩卡娜的事儿也是一样的。如果你不想看着她吃饭，也不和她说什么——这不奇怪，因为你的嫂子说是很活跃，但实际上一点都不会聊天——那你为什么要邀请她来住一段时间呢？我们看，她可能真的受了很多苦，也应该是遭了很多罪，我不否认这一点，但亲爱的，我都要被她烦死了。另外，她可不是个可以随便打发的客人，马里奥，你的这个嫂子能吃三个人分量的食物，怎么吃都吃不饱。你真要看看她是怎么吃水果的，亲爱的，就是个馋鬼。我都不说那些鱼了，鱼是多贵呀！你想想海鲷的价格！她还偷偷把骨头放在孩子们的碟子里。真的，我向你保证，我真的无法忍受这件事。还有她那躲在浴室里读书的怪癖，还说孩子们很烦人，让孩子们闭嘴。但你瞧，孩子都是这样。如果她不喜欢他们，那她可以走，这里可没人要留她。马里奥，我不是嫉妒，你知道我的，我从来都不会嫉妒。但是，尽管我现在已经生活安稳了，我还是不想跟一个想把我丈夫抢走的男人婆住在一起。亲爱的，在埃维罗的事情之后，我就知道，恩卡娜一直缠着你。没有人可以改变我的想法。在你的竞聘结束后，她立马就去了投票现场。她懂这些事情吗？她只是想要管闲事，还和你一起去庆祝。我们最好忘了这事，装作什么都没发生吧。天知道你们那天晚上做了什么！上帝知道，对我来说，这一点都不重要。但你想，如果孩子们将来知道了，那会怎么样？还有对埃维罗的回忆和尊重呢？不管他是好是坏，马里奥，他终究是你的哥哥。马里奥，如果你对我有一丁点儿尊重，你不会让这个说话粗鲁的女人住进我们家。我不知道她的出身是怎么样的，但是，这婆娘就是个粗鲁的人。亲爱的，没错，她就是一个男人婆。你真要看看她是怎么抱着你父亲的，把他当作淘气的孩子一样抱来抱去。还有那股味道！当时，我怀孕三个月了，我还记得那股噩梦般的气味。你不要以为恩卡娜做这些纯粹是出于好心，是呀，没错，出于好心。亲爱的，你真要看看她那嘴脸！她只是为了在你眼前显摆，顺便惹我生气。这个蠢蛋！不，马里奥，我真的受够你这个嫂子了。我只是做自己应该做的事，我一点都不喜欢她。你别跟我说她来帮我做饭，她根本没帮上什么忙，甚至还让我更手忙脚乱了。她和我吵的那一架呀！她还要来指手画脚，说什么加盐呀、加香菜呀。我自己一个人做还更快些。另外，如果你好好数一下我们花在恩卡娜身上的钱，那可是够买一台西雅特600了！马里奥，甚至能在买了一台1500后还有结余呢！

十九

他在极度恐慌中，祈祷越发恳切；他的汗如同血珠滴在地上。"我的天！我觉得很孤单，觉得有人在害我！"你真是着了魔了，是吧？真是疯魔了！但是，亲爱的，谁在害你呢？你这不就是想要引起别人的关注吗？没错，那个和别人针锋相对、告诉别人他们都是坏人的人不正是你吗？你还说什么基督并不是我们所想的那样，还为此扬扬得意。亲爱的，你才是好人。你真的以为只有你才懂基督吗？马里奥，你这种虚荣心太邪恶了。如果你觉得基督会降世买下马德里所有穷鬼的木头玩偶和泡泡圈，会在格兰大道上拍照，好让摄影师糊口，那我们都错了。你是怎么想的呢？马里奥，你这个大傻瓜，你真的以为，如果基督再世，在这个所有人都知道疯子是没有好坏之分的世界里，他会担心那帮疯子的冷暖吗？你难道还以为，基督会把埃尔南多·德米格尔的羊羔丢下楼梯，或者会担心哪个二流子被警卫用警棍打了，或者在总督面前态度专横——你看本丢·彼拉多——或者在得到好的结果时让何塞丘·普拉多斯点票吗？就像爸爸说的，只有君主制才能保障这个国家的秩序。你觉得基督会像你一样写下那些关于只会亵渎神明的乡巴佬的文章吗？你觉得他也会批评宗教裁判或者拒绝穿丧服吗？亲爱的，你对上帝的了解真的是太匮乏了。你还说："我们都将上帝的意思变形了、扭曲了。"难道你不是第一个这么做的人吗？马里奥，我跟你说，基督不会有左翼分子的兄弟，也不会有一个放高利贷的父亲。即便他有这样的家人，他也肯定不会像你这么轻佻、这么自以为是，更不会像你这样批评慈善。可怜的蓓妮，她是多么期待你的演讲呀，她可是跟我说了好几个星期，说："如果马里奥愿意的话，他就是最合适的人了。"真的，在你答应的时候，我也很吃惊。马里奥，你不应该这么做，不应该利用女人的信任。你这做法真让人生气，太低劣了。如果你接受邀请，那你就要用应有的方式去谈慈善，说该说的话，你的听众都是上层人。而你呢，在说第一句话时就把事情搞砸了。还有你对慈善日所做的那些评论，瓦蕾也说了："我们为穷人打桥牌有什么错？"当然是一点错都没有。傻瓜，如果我们可以通过桥牌来解决一个问题，那桥牌可真是太幸运了。我们不能犯罪，但为什么不能玩游戏和庆祝节庆呢？这些东西有什么坏处吗？之后才是重头戏，你可是把我吓得不轻。当时，我对自己说："大麻烦，今天会有大麻烦了，这男人还要说什么呀？"而你呢，却说："今天，慈善就是将那些有需要的人对正义的诉求放到第二位，再略施小计，用巧克力或围巾捂住他们的嘴。"于是，底下的观众开始窃窃私语。我想："他们会骂死他的，会骂死他的，他们这么做还是对的。"我说，你就是冥顽不灵，一直说什么慈善只应该去到正义到达不了的地方，认为人们都在深渊中——我就是首当其冲的那个。亲爱的，你的整个演讲都在批评，我都觉得自己要心脏病发了。我的天，当时我的心跳得那么快！当人们开始跺脚的时候，我只一心想钻到地底下去。真的，你的声音被淹没了，可怜的蓓妮流下了眼泪，而你却还做着手势，大家都怒火中烧。真是太可怕了！在吵嚷的人声中，阿隆德大声喊道："看看明天报纸怎么说吧！臭不要脸的！"你不知道最后人们的骂声有多么难听——比骂你是左翼分子还要糟——我却只能像个死人一样默不作声。第二天，你那份该死的《邮电报》还助长你的威风，说什么你很勇敢，说你的演讲就是这个时代的声音，说你这是走协商路线。我提醒你，那天，在市中心，他们可是烧了超过一打的报纸，还一边大叫着"去死吧"。幸好蓓妮让他们冷静下来了——她可真是个大好人。更棒的是，《新闻编辑报》批评了你，说你煽动什么的，这真是我的最后一根稻草了。马里奥，我向你发誓，《新闻编辑报》是值得信赖的报纸，是实实在在的天主教报纸，一直以来都是支持保守派的。之后呢，你却说自己很孤单，傻瓜，那你以后就不会孤单了！可怜的蓓妮还满心期待，说："马里奥是个大好人，替我谢谢他。"她一直都这么跟我说，你还真是给她泼了好一盆冷水。之后，你对此感到抱歉，是吧？就和小羊羔那件事一样。如果说，用这样的方式向一些不懂慈善的人说话是违背慈善，这真是太莫名其妙了。亲爱的，你打的这些哑谜呀！我说，你就是扔了石头才知道痛。你不断地质疑，但质疑又让你难受。如果你闭嘴，你的良心过意不去；如果你说话，你也会良心不安。你看，这是多大的问题呀！亲爱的，你可以礼貌地说话呀！你看蓓妮的那件事，你得到的结果和你做的事情完全相反——原本可是要鼓励人们去施舍，鼓励他们参加慈善日的呀！要是你捐出像香烟盒之类的私人物品用于拍卖，那就更能体现你的心意了。但是，马里奥，谁敢推荐你呢？就你那臭脾气，连我都不敢让你把西装换下来好让我熨一下。之后，你还说自己很孤单——你以后不会孤单了！你说，这难道不是你自找的吗？还有公寓那件事情，我难道没有警告过你吗？事情发展到这一步，人家都不想看见我们了。你老是这么批评别人，似乎你就是喜欢在烂泥中打滚。这就和你的那些书是一个道理，要么是讲一些没人看得懂的怪事，要么是关于饿死的人或是那些大字都不识一个的乡巴佬。马里奥，那些乡巴佬都不识字，而会读书的人都不关心乡巴佬的生活，那你到底是为谁写这些书呢？

你别和我说什么作家可以不为任何人写作,马里奥,如果你的话不是说给别人听的,那这些话就什么都不是,就只是噪声而已。好吧,我是这么想的,也不知道对不对。亲爱的,但你怎么都不会改变自己的决定,一句意见都接受不了。真的,马克西米诺和他继女的故事可是电影一样的故事,全城的人都盯着他们看。我急急忙忙地跑回来,把这件事告诉你,你却一点反应都没有。我承认,这件事是有点那个,有点色情,但最后,只要在小说里把主人公的举动写得体面些,这部小说甚至还有教化意义呢!你偏不,就觉得乡巴佬和饿死鬼的故事更好。亲爱的,那你就等着自食其果吧!但你之后可不要说自己孤单,你就只有埃丝特、恩卡娜和茶话会上的那群朋友了。我们再看看茶话会上的这群人。你看,大概一个月前,你应该听到那个大胡子莫亚诺对题为《那些救世主》——还是叫什么别的名字——的臭文章的评论了吧?说实话,我没有完全看懂,但我硬生生地看完后,终于明白它说的是什么。我只能跟你说,那句"所有的救世主都爱他人,一些是为了真的拯救他们,另一些则只是为了把他们当作踏脚石",这句话引起了多少争议呀!所有人都为此争吵不休,听到了吗?我记得,奥亚尔顺是大吼了,而那个莫亚诺呢,更是不用说,从门口就能听见他的声音了。老天呀,他那是多生气呀!之后你却还说:"你们随我吧,哪有人说话会不得罪人的呢？"这话说得多漂亮呀！可不是嘛，这就是文学，对吧？傻瓜，你看看镜子里的我，我得罪人吗？你说呀，我得罪人了吗？没有，是吧？那你看，我话很多，可以噼里啪啦地说个不停，有时候我就自己跟自己说，别人看见一定会笑话我，是吧？但我一点都不在乎。而你呢，我们都知道了，不管是过去、现在，还是未来，你只要一张嘴，就会得罪人。你还记得档案那件事吗？安东尼奥又能做些什么呢？他只能履行自己的职责。幸好还是他来负责这件事儿，你没有被解雇真是要谢天谢地了。当时我一直为你祈祷，跪得膝盖都变形了。到现在，我的膝盖还疼着呢！如果有学生去投诉的话，安东尼奥也没有别的办法，只能向马德里汇报了。但只要你不乱说话，那不管是安东尼奥还是什么安东尼娅来处理这件事，你都不会有事。马里奥，因为安东尼奥很欣赏你，我可以作证，他甚至还来探望我，说："卡门，相信我，我感同身受。"你还有什么不满意的呢？我说："你不用向我解释，安东尼奥，我相信你。"昨天，我也看见他了。他是最早过来的。今天，为了过来，他还专门调了课。你瞧，他对你多好。马里奥，种瓜得瓜，种豆得豆。我们就别再想了，只有猪油蒙了心的人才能说出那样的话。你觉得，一个天主教徒可以大言不惭地在课堂上说教会没有支持法国大革命是一件憾事吗？你知道你在说什么吗？而那个傻蛋埃丝特，我的上帝，她竟然还支持你。马里奥，你竟然说出这样的疯话，你的脑筋真的还正常吗？难道法国大革命不就是像《红花侠》中写的那样，就是一群蓬头垢面的大块头女人把国王、修女那样的好人的头都砍了吗？真的，你怎么可以说出这样的话，你还有一丝底线吗？我的上帝！要砍好人的头，这算什么天主教义？你看，没有比法国更厚颜无耻、毫无信仰的国家了。你看瓦蕾，她可不是个傻子，但去年夏天，她从法国回来后，可是被吓得目瞪口呆。但你什么都不在意，亲爱的，你可真是包容啊！之后的那个星期天，你竟然还可以那么平静地领圣餐，仿佛什么都没发生似的。蓓妮一看见你立马就说："他应该忏悔了，是吧？"我说："我想是的。"不然我还能说什么呢？马里奥，上帝应该宽恕你了，我想，你也没有什么坏心思。但有时候想起你没做忏悔就领圣餐，我就浑身不舒服，好一会儿才能睡着。这件事真的让我很害怕。但一开始你并不是这样的，是那个尼古拉斯先生和那群狐朋狗友，给你灌输了这些古怪的想法。我一想到这点就觉得很心痛。在外人看来，这可能不算什么，但如果这个人是她们自己的丈夫，我向你保证，那可就是折磨了。瓦蕾肯定会笑，但我真想看看，如果换成是她的丈夫的话，她会怎么办。当然，比森特是世界上最稳重的人，瓦蕾已经告诉过我，其余的人，不管他们看上去多么平静，和比森特相比，都不算什么。你看，她对我说，瓦蕾对我说："你丈夫和这群人都是疯子，宝贝。但说实话，他们让我很开心，我看着他们努力让世界运转起来，就觉得好笑。他们很特别，但你自己小心，这种人可是一不小心就会自杀或心脏停跳的。"她就是这么说的，马里奥，你没听错，我发誓，仿佛她一早就有什么预感似的。真的，在我看来，心肌梗死这件事情，要是发生在打个电话就能做成几百万生意的商人身上，我还可以理解。但你？死于心肌梗死？你可从来没为钱发愁，你还有个用几个子儿就把家里打理得井井有条的妻子，你从来就不缺衣少食，你怎么可能死于心肌梗死呢？这是毫无道理的，毫无道理，是一点道理都没有的。我跟你说，我可以明白为什么那些大人物会死于心肌梗死，但你，马里奥，我们不要自欺欺人了，你就是个默默无闻的人。你死亡可能是因为疯子们住在条件恶劣的精神病院，或是因为警卫打了你，或是因为何塞丘没有数票，或是因为索洛萨诺想提名你为市政府议员，或是因为那些乡下人没有钱装电梯。但你死于心肌梗死，这是让我无法接受的。当然，我才是那个傻瓜，这不是别人的错，你的母亲已经提醒过我，说你比较迟钝。她说，放学回家后，你立马就换上拖鞋，坐在炉火边上看书。你看，这样的事情，对一个孩子来说又有什么意思呢？之后，恩卡娜还对我指手画脚，她又知道些什么呢？如果你在小时候就是这个样子的话，长大了也不会变的，所谓本性难移。"我很孤单，卡门。"三天前，你就在这里跟我说这话，你记得吗？我就装作没听见，因为，如果我接话的话，你的情况会更糟。你还有什么不满意的呢？难道你要索洛萨诺或何塞丘来这里向你解释吗？妈妈——噢，愿她安息——对一切都看得清清楚楚，她常说："种瓜得瓜，种豆得豆。"你怎么看？乍一听，这句话似乎很简单，却是很值得琢磨的。马里奥，没错，这句话确实是很有深意的。妈妈不是没话找话，没有人比她牺牲更大了。你看，因为胡莉娅那事儿，她都不再吃甜食了。她是那么喜欢吃甜！她这么做只是为了胡莉娅不要生下双胞胎而已。你可能会说，那真是傻！那不是傻，马里奥，妈妈有自己的思考，妈妈——噢，愿她安息——知道问题的关键是什么。她也跟爸爸说了，而我是之后才知道的。如果胡莉娅只生一个，那还可以看作疏忽；但如果生的是双胞胎，那胡莉娅就是不可饶恕的了。虽然，我那罪孽深重的姐姐已经做过忏悔，而康斯坦丁诺也会遭到报应，但他是一个很奇怪的小伙子，好像还做瑜伽什么的，睡觉时让头着地，晚上会在家里到处走动——是叫夜游还是梦游来着？你想想，那是多吓人呀！这都是因为贪图一时的欢愉呀，马里奥。但对我来说，这什么都不是，大部分时间，我都不觉得这是享受，我说真的。这个小伙子很是奇怪，马里奥，胡莉娅想在夏天帮我照看马里奥——我都没和你说这事儿——但我想，这绝对没门儿，让她自己搞定自己的事情吧。她自己犯的错，自己去解决。一般来说，这些混血孩子都没什么好下场。阿曼多说，没人能懂这些孩子。我很赞同。不知道是因为混血还是什么别的原因，但这些孩子最终都会做出和他们本性相符的事儿。

二十

至于邪淫，一切不洁和贪婪之事，在你们中间，连提也不要提：如此才合乎圣徒的身份。同样，猥亵、放荡和轻薄的戏言，都不相宜……他却恰恰相反，马里奥，他不声不响，却是非常吓人的。你知道吗？一天下午，只有我们俩在家里，他打开《世界杂志》，翻到一页胸罩广告，他指着杂志，一边坏笑，一边对我说："胸部，嗯？小姑娘。"你想，那是多离谱！我跟你说实话吧，如果我想的话，轻轻松松就能把加利搞到手。我也不知道我的胸部有什么吸引人的，但埃利塞奥·圣胡安每次见到我，尤其是我穿蓝色毛衣的时候，他都像疯了一样念叨："你真是好看，好看，越来越漂亮了。"真惹人烦，如果我给他个机会的话，还不知会发生什么呢。但我就对他不理不睬。我的妈呀，这男人！更不用说的是——虽然这话从我嘴里说出来不好——我可是从小就很受欢迎的。在一个大白天，我和特兰茜一起去到那两个老头子的工作室。说是工作室，其实是个破破烂烂的阁楼。那两个臭不要脸的老家伙想要给我们画裸体画，说什么"宝贝，你会想要一幅半身像的画的"。我当时都羞死了,马里奥,真的,太可怕了,墙上挂满了裸女的肖像。但特兰茜说个不停,说什么"这幅画的光线太棒了!""这幅画的肉体感觉栩栩如生"。天知道她怎么说出这么些专业术语的,她可从来没跟我讲过这些,也不敢跟我说这些——瞧,我们还算是好朋友呢!之后,埃瓦里斯托那个老色鬼,将他那长满毛发的手放到我的大腿上,跟我说:"你怎么看,宝贝?"马里奥,真的,我吓得不敢呼吸,一声都不敢吱,一动都不敢动。埃瓦里斯托原本是想跟我结婚的,你看,他和特兰茜结婚时,特兰茜年纪也不小了,他就更不用说了,比老头子还老。他跟她结婚只是因为没有别的选择而已。女人是可以发现一个男人是不是喜欢她的,你别问我为什么,我也不知道,也许这就是直觉,或是什么预感吧。每次碰见我们,埃瓦里斯托总会说:"现在,你们是真的亭亭玉立了,去年夏天你们还是两个小孩子呢。"那个不要脸的还一直盯着我的胸部看。马里奥,我也不知道我胸部有什么,但似乎连六十岁的老头子都会盯着它看。男人可真恶心,所有男人都是一副德行。你肯定不会相信,加利·康斯坦丁诺还指着广告上的胸罩跟我说话。你可能不会相信,但这些意大利人就是魔鬼!他在我这里可讨不到好处。我总是说,加利喜欢我要比喜欢胡莉娅多得多,如果我想的话,我们早就在一起了。但你们男人总是不愁女人的，就像妈妈说的："海里无鱼，虾为贵。"如果我姐姐给了他机会，他还不抓紧，那他就是个傻子。要发泄的话，他找谁都可以——这才是最让我火大的，这是多大的耻辱呀！之后会怎么样呢？那我可不敢打包票。你想，胡莉娅自己一个人，在马德里七年，带着一个那么小的孩子，还有什么自由可言呢？但是，你瞧，马里奥，对我来说，这一点儿都不打紧，爸爸和妈妈都不和她说话，我也不会多做什么，就说"是""不是""很好""不好"打发过去了，我也没办法对她视而不见，对吧？可怜的妈妈！她遭了多大的罪呀！你知道吗？她甚至想让加利离婚。她到处奔波，做了所有能做的事情。她这人呀！但似乎两人还有几个孩子，所以情况很糟糕，几乎是不可能离婚的。突然间，加利就消失了，没人知道他是在这儿被杀了，还是在二战中死了，还是继续活着，在他的家乡逍遥快活。你们男人真是永远都不知足，瓦蕾说，即使老了，你们也还会是这样子。其他事情我不清楚，但我可以肯定，加利·康斯坦丁诺并不是个大帅哥，也不知道为什么当时的女生对他那么着迷。当他开着敞篷菲亚特载我和胡莉娅时，所有人都朝我们看。那段日子多美好呀！不管你们怎么说，我在战争期间的日子都是很开心的。亲爱的，我还记得避难所那儿的事，就像是一场盛大的派对。我也还记得那个大左翼分子埃斯佩说的那些话。你知道爸爸，他总是有话直说。他还讽刺地说:"埃斯佩,别害怕,这是你的那些朋友的礼物。"你想想,可怜的埃斯佩可是被轰炸吓得不轻,她说:"哎!请别说了,拉蒙先生,这场战争太可怕了。"马里奥,在战争中,我可是过得很快活的,为什么?那还用说吗?城里挤满了人,好不热闹。我跟你说实话,我都想不通,为什么当时我没有丢下你呢?我们刚订婚的时候,每次从前线回来,因为你兄弟姐妹的那些事情,你尽做些扫兴的事,要么是一脸沉思,要么是满脸愁容。天知道你为什么要这样!但突然有一天,加利就消失了,没有人知道他去了哪儿。当然,这已经是见怪不怪的了。你看,特拉茜的那个弟弟,纳乔·奎瓦斯,他也是一样的。在战争进行到一半的时候,人们将他动员到前线。但因为他智力有问题——好像是脑膜炎还是什么别的原因——人们就让他做后勤。有一天,特兰茜的父母突然在门缝下找到了那么一张小纸条,上面错字百出,写着:"他们把我巾——应该是'带'——到站场上了——应该是'战'。我好怕呀,冉见——'再'字差了一横——。胡安。"好吧,不知道是因为缺人还是怎么的,那时,连他也要上战场了。他的家人可是费了好大力气去找他——你也知道奎瓦斯那家人的——但怎么都找不到。当然,想想他的情况,可能被上帝带走是一个更好的结果吧。你肯定想象不到,他是怎么样的一个累赘,什么都不能做,以后可怎么办呢？你可能会说，这不算糟糕，他可以打打杂工，做水泥工，或什么别的。"死了更好。"我是这么对特兰茜说的。亲爱的，但她心软，似乎我说了什么糟糕的话似的。"哎，门楚，不，亲爱的，他可是我的弟弟！"特兰茜会用她的方式去关心别人，真的，她给我的那些吻，可能对女孩子来说很奇怪，但她并没有恶意。你瞧，她之后跟谁在一起，跟那个老头子埃瓦里斯托。我们都知道他是什么货色，他起码比她大十五岁，既没正当职业，家里也没钱，还那么臭不要脸。我参加他们的婚礼，纯粹是为了特兰茜，真的，是为了不让她难堪。你肯定记得，他说的那些话和做的那些事都让我心里有些不祥的预感。而她呢，一心以为他才华横溢。你瞧，他的才华就是自己一个人坐飞机去了美洲，去几内亚还是什么别的地方，抛下她和三个孩子。我真不知道他们是怎么生活的，你看，奎瓦斯那家人之前的生活都很好，后来却家道中落，一分钱都没有了。我不否认，在这方面，埃瓦里斯托确实是才华横溢，他的才华就在这方面，还懂得将手放在不应该放的地方。那时，我真的惊呆了。他说："宝贝，你觉得怎么样呢？"如果那天下午我跟他说些什么，赞同一下他的看法，那特兰茜就不用再出现了。我是认真的。你要知道，每次看见我们，他都盯着我们看，眼珠子似乎都要掉出来了，说："现在，你们是真的亭亭玉立了，去年夏天你们还是小女孩呢。"他一直盯着我的胸部,眼睛一眨不眨。马里奥,我跟你说,我不知道我的胸部有什么,但没有男人不盯着它看。前几天,有个在维多利亚大街上施工的乡巴佬对我大喊:"美女,你这'前锋'的杀伤力,连里卡多·萨莫拉①都拦不下你!"没错,我知道,当然,这听上去太粗俗了,但你又能要求这些人说什么呢?说实话,恰恰因为这一点,你才让我这么痛心。你看,如果其他人也没注意到我,那就算了,但其他人都欣赏我,你却偏偏无动于衷,让我心里很不是滋味。你说现在我们都老夫老妻了那也罢了,但在我们刚订婚时,牵牵手就很了不起了,我不是说让你亲我——无论你还是别的人,我都不会允许你们做这事儿的——但你好歹再热情一点,傻瓜。尽管你可能是在努力克制自己,但我跟你说,你们和我们在一起时,我们女孩子都喜欢看见你们急不可耐的样子,而不是像在一个消防员身边似的无动于衷。而你呢,没错,说了很多"我的宝贝"、很多"亲爱的",却那么固执,死气沉沉,让人分辨不出你那是克制还是冷漠。亲爱的,在我看来,如果一个男人在听到埃瓦里斯托做的那些事后还无动于衷,那他的心就是石头做的。我不是要你做什么难以做到

---

① 里卡多·萨莫拉(Ricardo Zamora, 1901—1978),前西班牙足球运动员和教练。

的事情，你看，有时候，我会想，在这方面，我可能太着急了，但我还是努力做到客观公正。你看瓦蕾和比森特，比森特是一个很稳重的人，是吧？瓦蕾却一直跟我说，在婚前的那几个月，尤其是订婚后那段时间，是很煎熬的，两人要更加小心。我对她表示赞同，你瞧，你却毫不理睬。真是让人恼火！马里奥，我跟你保证，每次看到你拿着报纸，顶着烈日，坐在家门前的那张长椅上——那时我就开始喜欢你了，可能也是这个原因我才喜欢你的吧，我就想："这个小伙子需要我，他应该是个充满激情的人。"你看，没由来的，我就满心期待。没错，我可以凭良心跟你说，如果有那么些时候我不得不对你说"不"——我也不是说要像拒绝埃瓦里斯托或加利那样坚决，那我会更高兴的。没错，你好歹再热情一些呀！你瞧马克西米诺·孔德和他的继女。他都一把年纪了，却还是那么疯，以至于他的继女——赫特鲁迪斯——不得不到外国去，连行李都来不及收拾。天知道她会在国外做什么！不管怎么样，马克西米诺是她的继父，他肯定还是有所顾忌的。我不是为他开脱，真的，马里奥，我想让你明白的是，男人和女人之间有一种本能，女孩就应该守规矩，有好的名声，有应该有的样子。我们享受男人为我们兴奋的感觉，但也就仅此而已，只有那些乱七八糟的女人才会随随便便就和别人上床。傻瓜，这就是区别。但如果看见你们一点反应都没有，那我们心里就会像打翻了五味瓶似的，想些有的没的，甚至会觉得自己不中用。尽管你们不相信，但我们女人可是很复杂的。之后，在二十年后，你们突然间心血来潮，就让人把衣服脱光。我告诉你，看看那衰老的身体，我一点都不想要。现在，看着那隆起的腹部，那堆满肉的背部，我真的不想。你怎么之前不要呢？范多神父还说那些傻话，说你那是体贴。真是好笑，我都不知道你是怎么让他说出这样的话来的。但不管你做什么，总有那么多人为你说好话，我的妈呀，你们这群狼狈为奸的人呀！你总是有点偏执，亲爱的，别否认了，不管埃丝特怎么说你们这些知识分子，但没有人是不喜欢吃肉的，你就满足自己的欲望，不就好了吗？我看着你就觉得好笑。那个夏天，我们一起去海滩，亲爱的，我可是瞧见你的眼睛是往哪儿看的了，我再也不要和你一起去海滩了。即使是把我五花大绑，我也不要再和你一起去那全是臭不要脸的人的海滩了。不管这话会不会刺痛你，我都要说，马里奥，在做不合时宜的事情方面，你可真是天赋异禀。你别再解释了，在我状态好的日子，你连看都不看我一眼，在不合适的日子呢，你就来劲儿了，说什么"我们要诚实面对上帝"，"不要把数学和这事儿混为一谈"。说得倒轻巧！还说什么不做这事儿怎么能有孩子呢？你想，如果男人和女人每次干这事儿都能有孩子，你想，那在这个世界上，每分钟该

211

有多少孩子要出生呀！上亿个！非常多！要为这事儿伤脑筋是多傻呀！你生来就是要对着干的。从我认识你以来，你就只做一件事：我说白的，你就说黑的，似乎这样就能让你内心平静下来。

二十一

　　你能吃你双手赚来的食物，你便实在幸运，也万事有福！你的妻子住在你的内室，像一株葡萄树结实累累；你的子女绕着你的桌椅，相似橄榄树的枝叶茂密。马里奥，尽管这样，有时候，我还是会突然想到些荒唐的事儿。有时候，想到这些事儿，我甚至会在下午三四点时赶紧去忏悔。是些什么事呢？比如说，如果妈妈看见我一整天都在洗内裤，看见我要照顾五个孩子，却只有一个女佣帮忙，她肯定会火冒三丈。想起她那可能会有的怒气，我就觉得，她现在不在了，倒也是好事。你看，你肯定不会惊讶——你也不应该感到惊讶，对我来说，妈妈——噢，愿她安息——不仅是我的母亲，你知道的，她还是我的参谋、我的知己、我的朋友。马里奥，在女佣这件事情上，我真是没法再忍了。你们这些男人以为眼不见为净，还助长那些穷人的威风，似乎那些事情和你们毫无关系。你们就是一群傻子，太傻了，是世界上最傻的笨蛋。你们总是因为什么工资、德国之类的事情而争论不休。在我看来，再这样下去，我们可不会有好果子吃。问题不是现在要一千比塞塔才请得起一个女佣——这还是小事——，关键是女佣们还吃得那么多。这都算了，最糟糕的是，连用人的影子都没有。真是好笑！这女佣可不是从天上掉下来的。突然有一天，你突发奇想，就说什么"我们要一起努力"。问题不在这儿，打理一个家是需要很多时间和心血的，这可不是玩过家家。亲爱的，你要是好好想想，这可是不少事情呢。你说，在假期里，你让孩子们自己整理床铺，你自己拿起扫帚打扫一个房间，你说，这对我又有什么帮助呢？难道这是男人要做的事吗？马里奥，家就是家，我还得跟在你们屁股后面去整理床单、清理角落。你看，你没有减轻我的负担，还加重了我的任务。你还说，自己的事情自己做是最让人满足的，你们的这些帮助和满足真是让我觉得好笑，你们真的什么都不懂！就像你让门楚去洗碗，你说，这里从啥时候开始要让一个上层家庭的小姐去洗碗了？我来洗碗就已经是不对的了，但不管怎么说，我是他们的母亲，我自认倒霉，没选个好丈夫，我会忏悔自己犯下的过错。但你告诉我，小孩子她有什么错吗？不，马里奥，没有。你听清楚了，我们都要忍耐，甚至在生死关头——你看妈妈——即便我们真的要死，那也要有尊严地死。那天，瓦蕾碰见你拿着个网袋去买东西，我真是羞得想要钻到地底下去。幸运的是，我的朋友们对你做的这些事情已经见怪不怪了。但你看，比森特一定会做自己该做的事，绝对不会像你这样出洋相。我可以打赌，他肯定想都没想过要做这样的事情。马里奥，我只能说，你的问题是，你在内心深处感到内疚。于是，除了履行你的义务——赚钱，你什么都做。亲爱的，你一直都这样，静不下来，多洛也说过，你就是停不下来。我记得，在沙滩上，你在遮阳伞下，或是记笔记，或是读书，或是给孩子们叠纸船，就是不愿意躺下来，不愿意把皮肤晒成古铜色。马里奥，那时候，你的皮肤太白了，再加上你那及膝的运动裤和眼镜，简直让人恶心。真的，有时候，我只能装作不是跟你一起的，装作不认识你，我知道我不应该说这话，但那时候我甚至因为你而感到丢脸。归根结底，瓦蕾说得对，就应该禁止知识分子去海滩，他们这么瘦、这么白，是违反审美的，比穿比基尼更加违背道德。但是，我跟你说，最让我生气的是，在沙滩上，你看都不看那些姑娘一眼——当然，你是那么有文化！之后在家里呢，你却拿起扫帚扫地。你一会儿有文化，一会儿没有文化。我最讨厌这样模棱两可的事情了！没错，我知道，你不是知识分子，我心里很清楚。你瞧，知识分子会思考，也会帮助别人去思考，而你却不思考——因为你的脑子里是一团糨糊，更别提帮助别人思考了。你说的话都是借口。既然你不是知识分子，那你究竟是为什么一整天都埋首在书本和纸张中呢？你说，为什么你那么白，连太阳怎么都晒不黑你呢？之后，最讽刺的是，你还要当运动员，还说什么你不喜欢穿皮鞋，每周日都要骑行五十公里，只是为了看上去更加年轻。真是个天大的笑话！你说，这是为什么？要是是个女人这么做，也就算了，但你……马里奥，没有人能明白你。你看，我不止一次想过，应该是你那贫穷的成长环境培养了你那无产阶级品位。你看，我们刚订婚的时候，你对我说，我们每个星期就只能花一个杜罗。听到这话，我都不知道要说什么好了。你告诉我，现在物价那么高——我知道，现在物价起码涨了二十倍——我们俩，一周一个杜罗，能做些什么？我可以毫不夸张地跟你说，走了那么多路，直到现在，我的脚掌都还在痛着。还有，那天气冷得呀！我的老天！到家时，我都冻僵了，不得不用火盆上的桌布蒙着头，好让身体暖和过来。妈妈问："你可以告诉我你去了哪儿吗？"我能和她说什么呢？可怜的妈妈，她已经遭太多罪了。有那么一天，你突然变得大方了，说一起去咖啡馆。但我们就像是两个乡巴佬似的。真的，每次你跟那个白头发的服务生说要一杯啤酒，他都一脸讽刺地说："两个人喝一杯啤酒？"真的，那真的太荒谬了，你这就像是把炼狱里的酷刑全都加在我身上。我都不敢想，一想到这事儿我就怒火中烧。我没有办法不生气，这完全超出我的接受范围了。我发现，对你来说，我一直都是无足轻重的。如果你只有一个杜罗,那你为什么要跟一个姑娘订婚呢?这有什么道理吗?马里奥,在这样的情况下,一个沉浸在爱情中的男人会去抢劫,去杀人,或去做些什么,而不是让一个姑娘落入这般境地。你看,我的胆子还真不小,即使在那样的情况下,我这个傻瓜都没有看清你是个什么样的人。现在想想,我真的要哭出来了。你觉得怎么样?"两个人喝一杯啤酒?"马里奥,那个白头发的家伙的语气是那么讥讽,他就那样嘲笑我,我还精心打扮了一番,戴着那顶小洋帽,可精致了。但他能看出我们是"心有余而力不足"。你看,这真把我给气疯了,你都不知道我是如何控制住内心的怒火的。一个男人就应该做自己该做的事情,宁愿去抢去杀,都不可以让一个女人在三年的时间里一直过着这样的生活。而你呢,还扬扬得意,说:"给这位女士的,我不喝。"你怎么不想喝,你当然想喝了!你以为他没发现吗?他可不是傻子。而且,有必要向一个服务生解释那么多吗?你看,他就是个无足轻重的人。你总是和那些下层人走得那么近,那么彬彬有礼,却对上层人——甚至是有权有势的人恶言相向,这才是最让我难受的。你能告诉我,对这样的一个男人,我能有什么指望吗?还不止这样,你身上一分钱都没有,还说自己是一个受到眷顾的人,说自己吃穿不愁,你这说的是什么话!你就是一个生活潦倒的男人!这又是另一回事儿了。马里奥,你

217

说，如果不是因为爸爸，我们的生活会是什么样呢？你们老是假装自己懂得很多，立刻又说出"一半的人类都在忍饥挨饿"之类的话。你听好了，马里奥，他们在挨饿，是因为他们自己想过那样的生活。没错，我告诉你，如果他们饿了，为什么不去工作呢？为什么那些姑娘不按上帝的教义来生活呢？马里奥，因为她们的小算盘太多了，人人都想做大小姐。现在的姑娘，不是抽烟，就是涂指甲油，要不就穿上了裤子。是不可以这样做的，这些女人正在毁掉家庭生活。你没听错，我还记得，在我出嫁之前，我们家里有两个女佣和一个贴身女仆，照料着家里那几口人。我不否认，她们每月收两个里亚尔，但除此之外，我们还要给她们什么呢？那时候，那些女佣就像我们的家人一样，爸爸对她们可不错："胡莉娅，别吃那么多了，让她们也在厨房里尝尝这些食物吧。"于是，家里所有人都团结一心，每个人都有时间做自己的事情，每个人都做自己应该做的事情，皆大欢喜。而不是像现在，人人都想发号施令。亲爱的，我从没见过那么有野心、那么心急的人！但你偏不，你们就是想要挑出毛病来。马里奥，这就是一场灾难，像蝗灾一样，还说什么要全部推倒，什么这是不公平的，要裁减上层好去救助下层。你们为了说出这么些话，是连自己的母亲都可以出卖的。那该死的尼古拉斯先生，多亏了有他这样的坏人，我才能上天堂。我还记得，在他之前的社长是由马德里任命的，那时候，《邮电报》还好好的，还那么忠诚。这可不是我自己说的，马里奥，所有人都是这么想的。那个社长走了之后，才有了后来这些让人讨厌的事儿。马里奥，我说，如果你在这一堆破事中能得到什么好处，那我是可以理解的。但你什么好处都没得到，只惹来一身麻烦，我真不明白，你为什么还要这样勤劳地工作。你别和我说什么价格是一篇文章二十个杜罗，马里奥，这么多麻烦事，这样的价格就是一种羞辱。与其这样，我还不如不要这钱。你之前还帮马德里写文章，却被人扫地出门。你这么固执，就因为人们把你写的"内战"改为"圣战"，或是其他类似的蠢事，你就大发雷霆。你在电话中说的那些难听的话呀！天知道何塞·玛丽·雷孔多会怎么想。就因为你说的这么些话，你付出了这样的代价。因为乱说话，你们碰了多少壁呀！我的天，你看，是"内战"还是"圣战"，这又有什么关系呢？我发誓，不是我装傻，说真的，我真的不明白，如果你说"圣战"，所有人都会知道你指的是内战；如果你说"内战"，所有人都会明白，你想说的是圣战，难道不是吗？这种争论是一点意义都没有的。大傻瓜，你怎么比一个傻孩子更能惹麻烦呢？这又是闹的哪一出？为什么要丢掉那六百比塞塔呢？每次六百比塞塔，每月两次，那每个月就是一千二百比塞塔。你好好看看，每个月一千二百比塞塔，可就能把家里打理得服服帖帖的了。而你却说不。瓦蕾听到后肯定又要笑了。我向你发誓，我觉得这真的一点都不好笑。你宁愿被扣钱，也不愿意他们对你的文章做一个字的删改，没错，马里奥，你就为了那些臭文章！你知道这是什么吗？内心的纠结！你听好了，亲爱的，你们每个人心中都充满了各种纠结。我是那么喜欢普通的平常人，我不知道怎么跟你说，就是不这么在意人们的傻话的人。你看看帕科，小时候，他就总是乱说话、乱用词，把"视角"说成"死角"，说话颠三倒四的。但你瞧，现在的他，什么都能笑一通，开着海鲨到处晃悠，身家百万。而要做到他这样，根本不需要什么学位，只需要一些人脉和明白那么点人情世故就好了——这又是我的另一个错误。你也听见门楚说的话了："要我们和读过书的小伙子在一起？门都没有。他们太烦人了。"马里奥，这一代年轻人真的太聪明了，你看，她们不和我们一样傻，她们就冲着最实际的去。她们知道，和一个拿了学士学位的人在一起，不是挨饿，就是无聊到死。你只要看看我和帕科就知道了！他的生活就像是电影故事一样，到马德里旅行，到国外旅行，住最好的酒店。当然，这是那天他和我说的。不管轿车有多好，总是没法满足所有要求的。于是，他隔三岔五就坐飞机去巴黎、伦敦或巴塞罗那，哪里有生意，他就去哪里。之后，在皮拉尔大道上，他停下车,把手臂放到我身后——当然,他没有恶意,他一点坏心思都没有。我觉得我的大脑短路了,他就一直盯着我看,说:"你还是一样。"我说:"你真傻,都过去这么多年了。"他说:"时光并不是对每个人都那么无情,小姑娘。"你肯定会说,这是奉承的话,但听着就让人觉得高兴。我跟你发誓,当时我已经有点犯傻了,当他抓住我的肩膀时,我的心脏"怦怦怦"地狂跳。马里奥,当时,我肯定是被催眠了,我向你发誓,我全身上下都动不了,听不见他那越来越近的声音在说些什么,也看不到身边那郁郁葱葱的松树林了。当他吻我的时候,我就什么都看不见,什么都听不到了。我似乎失去了知觉,真的,我只剩下嗅觉,只能闻到他身上那男性的味道,那混杂着黄烟草和剃须水的味道,一种让我心神摇曳不定的味道。这可不是我胡编乱造的,你可以问瓦蕾,她也会这么说的。我向你发誓,我什么都没有做,不是我主动的,真的,我是被催眠了。

二十二

应对智慧说："你是我的姊妹，"并应称睿智为你的女友，好能保护你远避奸妇，即那甜言蜜语的淫妇。……不要让你的心倾向她的道路，不要误入她的迷途……马里奥，我了解男人，我很肯定，你骗了我，而且不止一两次。你真要看看，昨天恩卡娜做了什么，她演了好一出大戏！我都羞得不知道要躲哪儿好。瓦蕾说："好像死的是她丈夫似的。"没错，亲爱的，她的那些嘶喊呀！让我好不尴尬！就和马德里的那事儿一样，她就是多管闲事。你告诉我，她去投票现场做什么？之后，还和你一起去庆祝，玩得可真高兴！你还说，你们在富伊玛酒馆喝了一杯啤酒，吃了一些煎虾，就再没别的了。傻子也不会相信你这话。马里奥，你看，过了这些年，我可以确信，男人这种动物是不会忠于一夫一妻制的。对你们来说，一夫一妻制是过时的老古董。你们以为我们女人幼稚，肆意利用我们的温顺，结婚之后就撒手不管了，觉得婚姻就是女人忠诚的保障。当然，婚姻是不能束缚你们的，婚姻是你们的圈套。你们随时到外面去找乐子，家里也不给你们闹腾，这日子可真舒坦！亲爱的，我不是说你是像唐璜那样的花花公子，你当然不是，但我也不敢替你打包票。真的，不管你怎么保证，还说婚前的自己和我一样贞洁，我都没法相信你。你看，我也许是个傻子，但我也不得不做出改变，变得更加粗鲁了。"你不用谢我，那只是因为我害羞而已。"我听了也觉得好笑，到底害羞什么？好，你们男人总是很好的，到了新婚之夜呢，再见，妻子和孩子都不重要了。当然，亲爱的，你们随时都能找到机会。你看马德里，那可是个好地方！晚上八点开始，就能看见街上满是不三不四的女人。你看，把妓院都关掉是个错误。要是我可以做主，我反而会给这些地方涂上颜色醒目的油漆。没有人会认错房子，还能将那些婊子关在那儿，关得严严实实的，让她们不见天日。你一直说，她们也不乐意做这行当，但不管你说什么，她们都不配拥有更好的待遇。只要你们男人开始说要原谅别人，就让人生气。你看你，我都已经摆出最好的姿态，对你说："把你结婚前的情感经历告诉我吧，我提前原谅你了。"我已经做出承诺了，马里奥，我跟你发誓，我都准备好了，不管你做了什么，我都会接受，还会在你说完之后吻你一下——就像是把过去一笔勾销似的，懂吗？我会对你说："过去的都已经过去了。"而你呢，还是和往常一样固执。亲爱的，你真的比倔驴还要犟，你就是一头大倔驴。我还要像你写书一样，把这句话写成大写，用来强调。你在书里乱用字体，你们都炫耀自己博学，却不知道，字体是不能乱用的。连傻子都知道这一点。我就学学你，"**我和你一样贞洁，但你不用谢我，那只是因为我害羞而已**"。你觉得怎么样？马里奥，你是这么不信任我，这真的让我很生气，非常生气。如果你跟我说实话，我是会原谅你的，我以我的名字向你发誓，真的。尽管这对我来说很难，但我还是会原谅你的。还有你在婚后的那些精神出轨和不忠。你记得那个夏天吗？我们去了海滩，那段经历呀！即使把我五花大绑，我也不会再和你一起去海滩了。我生气不是为了自己，你是了解我的，我也许有别的什么缺点，但我绝对不是个善妒的人。但你即使不为我着想，也要为孩子们想想呀！那是多大的耻辱呀！那时候，马里奥和门楚已经知道亲吻的含义了。亲爱的，时光荏苒，他们都已经长大了。马里奥，你在做像骑自行车那样的傻事，也许你很想抓住过去的青春时光。但这就是生命的法则，亲爱的，没有人可以违背这条法则。妈妈——噢，愿她安息——也说过："除了死，其余的问题都有解决办法。"这话听上去似乎有点粗鲁，但很有深度。我常常会冒出这么个傻念头：如果你是我妈妈的儿子——我妈妈不像你母亲那么容易满足——那你肯定就是另一个模样了。我可以肯定，所有事情都会变得更好。你看，我不是在抱怨什么，我也知道这个想法不切实际：如果你是我妈妈的儿子，我们就成了兄妹，也不能结婚，因为我们血型是一致的，光是想想那个什么RH血型我就觉得可怕。你看，你肯定不知道，怀阿尔瓦罗让我多难受，现在我倒是可以和你谈谈这事了。这个什么RH血型，加上我产前的出血，我还想着这胎有点奇怪，可能是我们的血不能融合还是什么的。我当时都快疯了，主动提出一个月内不吃冰激凌——你想想，我可是多爱吃冰激凌呀！当然，你什么都不知道，之后还因为什么鸡毛蒜皮的事儿跟我闹得天翻地覆。你看，不就因为小阿尔瓦罗喜欢自己一个人跑到野外点篝火，将士兵唤作仆人，或因为什么别的事情，你就和我闹了吗？马里奥，男孩子都是这样子的！阿尔瓦罗只是想加入童子军而已。我们之前一直担心他身体不好，但他从没得过什么大病，也就得了一次麻疹。那次良性的麻疹，你记得吗，当时我们还那么担心呢！马里奥，我担心的是些别的问题，是一些更深层的问题，而不是这些琐事。你看博尔哈，他说："我希望爸爸每天都死一次，这样我就不用上学了！"他可不是随便说说的，他是冷不防地说这么一句，是发自内心的。对此，你又有什么看法呢？你也看到了，我狠狠地打了他。我知道，他才六岁，没错，但我清晰地记得，在我六岁的时候，我对爸爸是那么崇拜。如果他当时出了什么意外，那我真的是要伤心死的。还有你的另一个混蛋儿子，不肯戴孝，说这是愚蠢的陈规旧俗。你听，"陈规旧俗"，还有比这更复杂的词吗？马里奥，这个孩子长大后就是另一个你，他就是你的翻版，他也一定会像你一样惹是生非，这真的很让我担心。你看，他甚至没在星期天问我拿零花钱。他长大了，要出去玩了。不管他喜不喜欢，他都要开始学着改变一下生活，不要读那么多书，读书只会让他变成傻子。我说，我真不知道你们为什么要买这么多书，这些书最后就只有藏尘这一个用处而已。没错，你总有钱去买书，而一台西雅特600却成了奢侈品。你的教职、论文和那些朋友已经够你忙活的了，其余的事情就随便吧！你看，我跟你说了好久阿兰的事了，你却说，她才三岁，总会长大的。没错，大傻瓜，她才三岁，但三岁的女孩也不是一样高矮，而阿兰算是比较矮的了。如果家里没有类似的长辈，也就算了。但你瞧瞧你妹妹，马里奥，除了索然无味，夏萝在外形上也没有什么吸引人的地方。她就像个陶制大肚水罐，真的。她也不知道自己想要什么，你自己也看见了，先是去当修女，八个月后却离开了修道院。现在，她在哪儿都不开心。亲爱的，你们真是亲兄妹，两个人都是安定不下来的，都适应不了社会。也许是潮流或者什么别的原因吧，不然这社会上怎么越来越多这样的人呢？但我跟你说，我一点都不想我的女儿变成她那个样子。不管你同意还是不同意，我都要把她带到路易斯那儿，对她彻底检查一下，开些维生素什么的，好让她长得高一些、聪明一些。亲爱的，这是我可以做的，我会继续做下去。你别再说什么我在扼杀他们的个性了，你看你的那个儿子，老是和门房聊天，你觉得这就是个性，对吧？如果有个性就是不为父亲戴孝，那这样的个性不要也罢。总之，我的想法也并不总是那么糟糕，马里奥，我也不是毫无价值的，亲爱的，我孩子的想法就应该要和我的是一样的。如果马里奥想要有自己的想法，那好，让他去找另一个妈妈吧。但只要他一天还住在我这儿，他就得听我的话。我那可怜的妈妈肯定会说："要么是，要么不是。"两者只能选其一。你倒告诉我，跟阿文迪奥先生聊天又能对我的儿子有什么好处呢？更过分的是，他竟然还站在警卫室那里。马里奥，我看见他就像是看见了你，他就是你活生生的翻版。亲爱的，你想想贝尔特兰那老头子，他每次收了工资，你都会跟他聊几句，问他赚多了还是赚少了。你和一个校工谈天说地——我可是听得清清楚楚——，他也跟你说得很清楚，说什么自己还有用，还能换马鞍。你看看那老家伙，还是个聋子！为了炫耀，你们真是什么都做得出来。马里奥，我说过很多次了，你信任这些人，他们就会蹬鼻子上脸，不知要无法无天到什么地步。尽管你不爱听这话，但你这是活该。你平等地对待他们，而他们呢，还跟你说："你脸上有脏东西。"自然，这真是好笑，但我想："他们就是把你当傻子了，完完全全地将你玩弄在股掌之中。看看你会不会吸取教训吧。"你呢，擦着自己的脸，他就在那儿指手画脚："上一点，下一点，那儿。"你却说"谢谢你，贝尔特兰"，脸上还堆着笑容。没错，于是，他是昨天最早来的人之一，他看上去很是悲痛，径自走进饭厅。你以为会怎么样？我让他在饭厅待了一会儿，就对他说："贝尔特兰，如果您不介意的话，请您到厨房去吧，我们这儿都挤得转不开身了。"不然我还能怎么办？让一个校工和一群教授待在一起？我就不说出殡时会怎么样了。他是理应出席葬礼的，但让他上楼是不符合他的身份的。还有他那耳朵，可怜的安东尼奥最后只能大声把话说出来，而他呢，却还说着"我不知道您在说什么"。好一出闹剧！真的，尼古拉斯先生就在那儿笑。你看，在那样的场合做那样的事情，真是再合适不过了。我没把他轰下楼就已经是奇迹了。也许他很聪明，我不否认，但在见机行事、察言观色方面，他肯定是一点天赋都没有的。你还记得勋章那件事吗？你就知道他是怎么样的人了。他说："别，我了解马里奥，他肯定会把这些东西丢到臭水沟里的。"这不关他的事呀！你呢，甚至还说："他们就是想在我的坟墓上放一个巨大的十字架。"亲爱的，你这性格呀！跟你是没法聊天的。确实，只要他们不对你说"够了"，你就像是匹脱缰的野马。

瞧那些臭文章，你头脑发热，都不知道自己在说什么，也不知道自己会有怎么样的下场。就像打电话不让你写文章那件事，你还想人家说什么呢？你就一直说着"我要书面通知，书面通知"，难道还要给你发一封正式公文才成吗？亲爱的，你总是不知道自己闯了多大的祸，就像个小孩子似的。你还记得火车那件事吗？当时，你应该是和莫亚诺在一起——他要是能把胡须给剃掉那就真是谢天谢地了，他那鬼样子呀。你却说什么"他说的那个严酷的系统是指自己的消化系统"。对，对，可是我跟你们说，你们这是在闯大祸。那家伙可是有了不得的影响力的，我也想有像他那样优秀的政治履历。马里奥，他通知警察是非常正确的。人生总有意外，你们每个人都口不择言，而我晚上则夜不能寐，有什么办法呢！尤其在听了安东尼奥的话之后，你想，我给能找到的人都打了电话，他还坚持说："我不确定，但我想，被拘留二十四小时就会留有案底了。"真是的！我怎么能把这事情当作一个笑话呢？我那些可怜的孩子呀！你的问题就是在不应该说话的时候发声，之后呢，在派对上，如果你不喝上两杯，你就一直板着木头一样的脸。我的妈呀，你那张臭脸！你说，你当时怎么就不说话了？你当然不想说话了，你看好了，如果你不会唱歌、不会讲笑话、不会弹吉他，也不会跳舞，那只会给别人添麻烦。马里奥，但我不是没有提醒过你，你说是不是？我自己都承认，在我们结婚后，我可是很烦人地一直跟你说："学一些活跃气氛的社交技巧吧，不然你就没法融入他们了。"而你呢，还是像往常一样，把我的话当耳边风。你瞧，任何一个妻子对丈夫的影响力都比我对你的要大，真的。亲爱的，不管你怎么想，这就是两人不够相爱的证明呀。你真的让我很生气，知道吗？你就在一个角落里，百无聊赖，抽着那难闻的烟草，我跟你发誓，我真是受不了你。我也不知道哪个你更好，你就只会走极端，要么死气沉沉，要么亢奋得像个疯子。那晚，在瓦蕾家里，我一早就知道你会这样了，知道吗？真的，我一早就知道了。在我进门看见索洛萨诺和伊希尼奥时，我就知道你会发酒疯。你还把香槟瓶塞扔向路灯！瓦蕾是个很开放的姑娘，是个大好人，她肯定是觉得好玩儿的，肯定不介意你这么做的。但我向你保证，我真是无地自容，连"羞愧"这个词也不足以形容我当时的感受。

二十三

　　因为受智慧的荫庇与受金钱的荫庇无异；但认识智慧的好处，是在于智慧赋与有智慧者生命。马里奥，尽管这样，你还是不能否认，如果你把花在那些荒谬的破书上的时间花在更有用的事情上——像银行或什么别的事情——那我们的情况就大不一样了。亲爱的，你成天待在这个书房里，啥事也不干，连厕所也不上，你说，是为了什么呢？很简单，就是为了让我们知道那些乡巴佬住在没有电梯的房子里，为了给疯子们建所新的疯人院，还说什么所有人都要从零开始。你真的知道你这话意味着什么吗？你还说什么要削减上层的开销，要加大对底层的投入。好，行，但这些事情需要你花上这么多年的时间吗？亲爱的，只有笨蛋才会像你这样，你说是吧？你眼见着我那么生气，却要么自己坐在书房里，要么和你的朋友们边抽烟边聊天，这才是最让我无法忍受的。你们那臭烟味呀，我的老天！在你们离开之后，要通风整整两个小时，那股味道才能散去。我跟你说，只有在你发病的时候——就是你精神紧张或出了什么问题的时候，我才能歇息一下。老天慈悲，这个时候，每个人都回到自己家里，好不安静，真是舒服呀！亲爱的，还有吃饭，你就没有一点感恩的心。混蛋，你能告诉我，我一整个早上都在厨房里倒腾，对你来说又有什么意义呢？你就像傻瓜一样，狼吞虎咽，吃下去就算了，也不好好看看吃的是什么。天杀的，真不知道你是怎么回事，但真的，你吃得那么多，却还是这么瘦。我还记得，亲爱的，沙滩上的你像是营养不良似的，又白又瘦，戴着眼镜，让人不忍直视。真是恶心！说真的，要是可以的话，我会禁止知识分子去海滩，这些人真是反审美！但只要你跟我说上一句"真好吃"，那就够了，我是个很容易满足的人。你却偏不，你只看菜里有没有头发或苍蝇。这是多大点事儿呀！你将它们拨开不就好了？但你偏不，还发了好大一通脾气。我是被猪油蒙了心，才会费那么大力气给你做饭。连那么喜欢你的恩卡娜也说："对马里奥来说，炖菜和左宗棠鸡并没有什么区别。他并不在意食物。"没错，亲爱的，你这性格真是让人望而却步，真是让人生气！你被那些该死的书给洗脑了，就只想着那些破书，我的妈呀，真是着了魔了！不管吃饭还是开会，你都心不在焉，走在路上也不跟人打招呼，你真该看看你那样子是多么蛮横。不是我一个人这么想，没有人想看见你。还有那些书的标题！耶稣！圣母玛利亚！都是一些索然无味的标题——像什么《沙堡》之类的蠢话——完全是文不对题。亲爱的，我不知道这是美还是丑，但这些书名听上去就不合适。亲爱的，你仔细看看，书里可是没有一个字提到城堡。起书名很简单，书名应该跟书里的内容有关，而你呢，真是好笑。要是书名都像你这么随便一弄，那人人都可以做这事了。还有那些大写：**"尽管很困难，但在二十世纪，还是可以有爱的。"**瞧瞧这是从谁的嘴里说出来的？我只说，在等了三年之后，这个人最后只说了"晚安"。别人还说你这是体贴，真是好笑。但这就是冷落，就是不屑。马里奥，我很清楚自己在说什么，我告诉你，你去问任何一个女人，她们宁愿出车祸，都不愿意受这样的耻辱。我承认，那时候，我是有点吓到了。我知道，那天晚上是要发生些什么的，我有什么必要撒谎呢？特兰茜和其他女人都这么说的。但她们口中的事绝对不是你那晚所做的事。体贴？真是好笑，你就是一个大大的自私鬼。你别再说什么人与人之间不再互相爱护、机器让我们的内心枯竭之类的鬼话了，你口中的机器可能就是自行车吧。混蛋，你的那些人物，不管是在海岛上还是在别的什么地方——这又是另一个问题了——似乎都只有这个话题可以聊。他们当然开心得不得了，真是烦人！我总是跟瓦蕾开你的玩笑："马里奥书中的人物都是些扫兴鬼。"而埃丝特呢，更不用说，她就一点都不了解情况，还说什么"那都是象征而已"。你看，她也许知道什么是"象征"，但亲爱的，她说完后就不接受别人的辩驳，她好歹也该表现得稳重一些吧！"在二十世纪，还是可以有爱的。"瞧，说这句话的人就是那个在新婚之夜翻身背对妻子说了句"晚安"的男人。真的，这么丑陋的行为，你应该要为此感到羞愧。之后你的脑子还进水了，说什么全都是轻浮和暴力。你肯定不是在说自己，该死的精神紧张，你们这些男人，只要能引起别人的注意，什么话都编得出。好，如果你想要在二十世纪找到爱，那你就去找加利·康斯坦丁诺吧！真是搞不懂你们这些男人，一个是太热情，另一个是太冷淡，过犹不及。胡莉娅在马德里待了七年，自己一个人，家里住着些美国留学生——当然，她总不能去喝西北风吧。但说实话，这总是个危险。就像瓦蕾说的，一旦尝过禁果的滋味，那种事情就是很自然的了。男女之间总有本能在作祟，所以最好的方法是避免接触。你倒好，说什么人们不再爱护对方，说我们没有了爱的习惯，你倒是不依不饶了。之后，你换了换口味，写了那篇刊登在美国杂志上的小文章，说什么"现代文学没有情感"。一百美元，马里奥，整整六千比塞塔呀！那是多少钱呀！真的，那么一个好机会，真是一桩大买卖。但是，谁会读这样的疯话呢？另外，我跟你说，亲爱的，如果现代文学没有情感，那你也难辞其咎，因为正是你们写下了现代文学，就是你这双手写出来的。说来好笑，你自己说，文学应当反映生活。如果真是这样的话，你看看马克西米诺·孔德，他对继女的情感可强烈了。你说，如果这不是生活，那又是什么呢？而你呢，毫不理睬，甚至连我的话都听不进去，枉我还跑了一路。马里奥，你们就是爱抱怨，别再否认了。如果对你来说，警卫对囚犯的态度才算有感情，把马德里穷鬼的所有木头玩偶都买下来才叫有感情，去取悦疯子才是有感情，那我就没什么好说的了。但这就是本末倒置了呀！大傻瓜，爱，爱，所谓的爱，是指男女之间的爱，你不要再纠结了，从世界之初就是这样的。大懒鬼，你就是小气，就是默默地记恨别人，你心里想的事情，就能说明你是怎么样的人。你的症结在于，你还没忘掉警卫那件事。你说他打了你，我真的不相信，即使你以上帝的名义发誓，我也不相信。你看，不止我一个人这么想，连拉蒙·菲尔盖拉也这么跟你说了。还有，在那样的时间、那样的地点，警卫们为什么要那么体贴呢？如果他们要考虑所有无赖和混混的感受，那军营和警察局都要忙得不可开交了。你呢，却说："住嘴，总有说话的时候的。"你以为呢！但是在警察局和被拘留的时候，他们都不让你说话。自然，他们就是法律，你只能保持静默。尽管这话会让你听着不舒服，但在那时候，你就只是个罪犯而已。我记得，从小时候起，人们就不能在公园里骑自行车。这不是他们编出来诓你的。你只是恼火自己从自行车上摔下来，难道不是吗？如果我是警察局局长，我也会那么做："没有医生证明，就不能提出上诉。"换作别的人，这就已经够了。而你呢，偏不，硬要去急诊。那可是凌晨四点呀！你还真找对人了，碰上个庸医，跟你说什么"这是由手指关节撞击引起的血肿"。他也是够大胆的！菲尔盖拉的人说，"是撞到自行车脚踏了"。谁知道呢！那已经是没法考究了。而你呢，却要上诉，说他们滥用职权。真是偏执呀！还说什么"这是医生证明"。如果你当时直接去找菲尔盖拉，对他说："您说得对，菲尔盖拉，我糊涂了。"那我们的境况会好得多，他、何塞丘·普拉多斯、奥亚尔顺和其他人都不会反对我们的房屋申请了。但你就是这样，固执己见，还非要去收集房屋申请的所有要求。菲尔盖拉说："我必须相信我的警卫，在那个时刻，警卫就是统治部的代表。"马里奥，在那样的情况下，警卫自然就是最高权威。如果没有他们，社会就一片混乱了。你却还是坚持说，他们打了你，还说他们拔了枪。马里奥，当时，你应该闭嘴的。如果警卫生气了，打了你，你别以为他是图好玩。他当然不是图新鲜，而是为了你好，就像我们对孩子也是一样的。马里奥，显然，不管我们喜不喜欢，我们都得接受这么一个事实：一个国家就是一个家庭，两者是完全一样的。如果没了权威，那一切就都毁了，只剩下灾难。你的亲戚路易斯·博拉多给你打电话，让你撤诉，你都不知道我有多感谢上帝！你看看他对你多好，其他人都认为你有罪，对你不闻不问。他真是帮了我们好大一个忙！而你呢，不但没有感谢他，还说这是勾结。说得倒轻巧！所有人都针对你，这不是什么新鲜事了，亲爱的，你的眼中就只有敌人。亲爱的，就像妈妈说的，做了亏心事，才怕鬼敲门。你这头倔驴！马里奥，你就像个小孩子，你内心深处就是个没长大的孩子，除了医生，都没有人敢跟你说这些了。你只要有了主意，就倔得十头驴都拉不回来，没有什么可以说服你。不管情况怎么样，你都不会改变自己的决定。除此之外，是因为你穿得随随便便，才会遭遇这样的事情。如果你穿着熨好的裤子，穿着干净的皮鞋，把自行车留在家里——那才是它该在的地方——，你觉得还会有警卫找你麻烦吗？马里奥，这不是我的怪癖，每个人都应该根据自己所在的阶层来穿衣打扮。绅士永远是绅士，要穿着得体。你别想了，这是再自然不过的事情了。如果你穿得随随便便地走到街上，竖起衣领，戴着贝雷帽，你说，你这样和一个杂工有什么区别呢？在晚上谁又能看得出来呢？我不是说你活该，不，即使你穿戴整齐，也有可能从自行车上摔下来。但你看，如果警卫看见你戴着礼帽，衣着得体，我敢肯定，他们肯定不会让你停下，因为他们一眼就能看出你是个上层人，是一个好人。但马里奥，你看你的那副打扮——即便是故意的也不能穿得比你更随便了——他们把你当作无名小卒，甚至打了你，那又有什么奇怪的呢？不，马里奥，只有这一点，是我这一辈子都无法接受的。你又脏又乱，还因此扬扬得意，还有你抽的烟草，亲爱的，世上再没有比那更难闻的东西了。你可能觉得这是傻话，但如果你身上是黄烟草的味道，你觉得让你停下的警卫不会向你道歉吗？显然，他们肯定会说："对不起，我把您当成别人了。"没错，我们不能以貌取人，但外形也是很重要的。我已经见过很多次了，大傻瓜，在上流社会，只要你穿着库图里[①]的礼服，你就是个重要人物。连最上层的人都会问："这是谁呀？"你看，这就能引起他们的兴趣，"这个女孩可不是这儿的人。"如果你坐的是一辆奔驰，那就更了不得了。我不否认，所有人都一样是上帝手中的陶土，但说到底，我们都是人。

① 马德里的定制西装店。

二十四

  门徒看见他步行海上，以为是个妖怪，就都惊叫起来，因为众人都看见了他，遂都惊慌不已。马里奥，但我可以一遍又一遍地说，只有傻子——而且是大傻子——才会无缘无故地害怕。亲爱的，你没听错，而你呢，天知道是为什么，说自己像小时候考试前那么紧张，说胃不舒服，说什么"是神经丛，我不行了……"你记好了，大傻瓜，你已经考完试了！路易斯很了解你，知道你生性多疑，所以才作了那么详细的解释。而你呢，自从听说了"神经丛"这个词——就和"结构"那个词一样，就一直不停地念叨。我的妈呀！真是让人难以忍受！还有那个莫亚诺，说什么这是"丰富的情感"。我听得清清楚楚，只是装作没听懂而已。我也不知道你们在聊什么，亲爱的，你们说话并不是为了让别人听懂，而是像在打哑谜，像间谍一样。阿曼多也说："我不明白他们怎么有那么多事情要思考，像是有什么了不得的事情要处理似的，但我没看出来有什么需要处理的问题。"他说的自然是对的。马里奥，他还没见过你晚上的样子，那才精彩呢。你全身挺直，坐在床上，像是一根棍子，侧耳听着什么，问道："他们来了吗？"我跟你保证，我当时可是提心吊胆的，我问："谁要来？"你说："我也不知道，他们上了楼梯。"我发誓，我一个指头都不敢动，心脏怦怦直跳，说："我什么都没听到，马里奥。"你说："现在没有声响了，是之前的。"你看，你可能不信，但我可是费了老大劲儿才重新睡着。真是让人受不了，简直就是一场噩梦。你还说什么担心自己会自杀之类的蠢话。真是难以置信！一个人会害怕自己？但你这个傻瓜，你别想这件事就好了，这是你可以控制的。对天马行空的想法感到恐惧，这也真是够过分的了。之后，你还越说越离谱，说觉得自己站在一个悬空的皮球上，说一想到这点就觉得头晕目眩。我也和瓦蕾说："瓦蕾，你听他说的疯话，真是要把他关进疯人院了。"之后呢，你就躺在床上一动不动了。这病真是对你影响太大了！亲爱的，安东尼奥也说了，如果可以的话，他当然会帮你，但他只是巨大机器上的一个小小零件，他要对卫生部负责。好吧，因为这病，你拿到了病假，但问题是，你只能拿到一半的工资。我想，你去上两个小时的课，讲的还是一样的内容，总不至于要了你的命吧？而你呢，偏不，说"我控制不了"，还说"这超出了我的能力范围"。你觉得这样做真的好吗？如果你觉得头脑混乱，那你就想想我在头痛时遭的罪吧。亲爱的，那真是太可怕了，就像是有人在拿锤子砸我的头一样。当然，对你来说，这一点都不重要，说什么"吃两片止痛片，明天就好了"。说得可真好听！路易斯也不是没有提醒过你，他说："对付这病，最好的方法就是意志力。"当然，这可是你从来都没有的东西，你一直都不知道意志力是什么，所以你就这样，躺在床上，睡觉，什么都不做。如果你在床上向我寻求安慰，那也就算了，但没有，仿佛躺在你身旁的是一个缉私队的队员。你看，这才是最让我难受的一点：并不是因为这个行为本身——你清楚知道，我一点都不在意这些东西——而是因为行为背后的含义。马里奥，在马德里那件事之后，这样的举动就是雪上加霜。你别以为所有人都能忍受这样的轻视，你看，我甚至没对瓦蕾说这件事，提都没提这件事让我多么窘迫。而你知道，对于我来说，瓦蕾就像是我的姐妹一般。当然，泪水是少不了的。那天，我还不知道你为什么哭泣，亲爱的，你的眼泪还把我的睡裙给弄脏了，我只好换了身衣服。但你竟然还说出那样的话，说什么不愿意过这样的生活，说宁愿砍掉自己的手脚来换取更加快乐的生活。你听你这傻话，一个没有手脚的人还能有快乐的生活吗？谁才会像你这么想呢？一开始那几晚，我想："难道他喝醉了？"哪里！那些天，你连一滴酒都没沾过。但是对你来说，既没有合适的日子，也没有不合适的日子。你还记得，一天晚上,我给你的脚板挠痒痒吗?那只是一种暗示。我却被你吓了一大跳。之后,你又无缘无故地抽噎起来,像是谁要把你杀了似的。哎,别烦我了,我都没心情做那事了。我做这些都是为你好,哪里是为了我自己……我也提醒过你,我可是很受欢迎的,是吧?我也不知道这几个月是怎么了,埃利塞奥·圣胡安像是疯了,一直说"真是好看,好看,越来越漂亮了",比之前说得更频繁,简直像着魔了似的。我跟你保证,一开始,我可是被吓到了,真是烦人呀!但就像瓦蕾说的,说到底,那也算是种荣幸吧。那可怜的瓦蕾呢?马里奥,你看,你已经两次了——我可能还说少了——你放了他们两次鸽子了,他们都已经把食物给准备好了。他们都已经尽最大努力了,你却一直说什么头晕呀不舒服呀之类的。幸好我和瓦蕾关系好,比森特也善解人意,不然的话,真要把你给杀了。瓦蕾做那些事都是为了分散你的注意力,你却一直不依不饶,说:"为什么?为什么?为什么?"傻瓜,哪来的那么多为什么?大傻瓜,那是为了打发时间,好让时间在不知不觉间就过去了。马里奥,你那次的举动真的让人难以忍受,像个任性的小孩子,说什么"今天也是一样的,我没法控制,就和昨天一样。我的上帝!请赐我平静"。大傻瓜,你看,为了这样的事情你就向上帝求救,我们要向他求的东西还多着呢!你的脑瓜儿真是糊涂了。又是精神紧张——好一个借口！想不到什么别的理由时，医生们就会说是精神紧张的问题。马里奥，我说，你身上也不疼，也没有发烧，那你抱怨什么呢？当然，要是你好好想一想，终归还是我们女人的错。我们错在一整天都绕着你们团团转，我们就是一群傻瓜。要是你们担心一下我们会骗你们，你们哪还有时间想什么精神什么紧张呢？不然，你们就去工作，这些精神的病症就是懒人病，我就是这么认为的。如果你们在办公室或银行工作，每天要工作八小时，那情况又完全不一样了。傻瓜，就和睡觉一样的，如果你一整天都躺在床上，什么事情都不干，那到了晚上肯定是睡不着的。但如果你操劳一些，你就会发现，这对你是有好处的。但是，就像我那可怜的妈妈说的，要先有胃口，才能吃饭。马里奥，你们这群男人真好笑，你们随时都能生病，随时都能痊愈。你看，如果连站到高处感到晕眩都能是个病的话，那我岂不是连爬到椅子上都做不到了？你看，我还坐公交呢，这你又怎么解释呢？马里奥，我真想让你看看帕科的那辆海鲨，只要一分钟，你就能知道什么是真正的晕眩了。我的上帝！那车快得就像是飞起来了一样。实际上，我一点都不想上他的车，我跟你发誓。不是别的什么原因，只是因为人们总会说什么闲言碎语，那个克雷森特还一直在他的三轮摩托车上探头探脑。但帕科帮我开了车门，我没有勇气拒绝他。也是巧合，在那之后的几天，这个场景又重演了一次。马里奥,他一个急刹车,像是拍电影似的。他问我:"你去市中心吗?"就在同一个公交车站,世间就是有这种巧合。之后,我坦白说自己不会开车,说我们没有车。你都想象不到他是多么惊讶,那么用力地拍着自己的脑袋,一边说着"不!不!不!",似乎完全无法相信。你看,他肯定以为我在开玩笑,我真的不知道要露出什么样的表情了。马里奥,当时,我真是羞得没地儿藏了。马里奥,帕科是那么有本事,但也过着一样的生活:吃早餐,工作,吃饭,爱,睡觉,每天都一样,"就像是头拉水车的骡子似的"。傻瓜,他总是做着一样的事儿,只是地点不一样而已。我们都是跟着习惯行事而已,这并不是什么新鲜事了。难道每天做着重复的事情也能让人觉得害怕吗?马里奥,你别生气,但在我看来,你就是害怕工作。你别再说什么写作就是你的工作了,天下哪有这样的便宜事。为了论证自己的观点,你甚至可以说太阳是从西边出来的,写作和拉小提琴也没什么区别。如果这真的让你这么害怕,那你就不要做了。你知道的,我更愿意你去做些别的什么,像是代表呀、生意呀、工程之类的,甚至是这个什么新工业园,任何别的事情都比你现在的工作要好。你自己也说,一读报纸你就恶心,谁又不是呢?这该死的《邮电报》里就只有让人伤心的新闻,真的,你就别再说什么全都是轻浮和暴力了。懦夫,你就是个懦夫！还说什么人们不能互相理解，那你呢？如果每次中国人或者黑人一吵架我们就吃不下饭，那我们哪里能忙活过来？亲爱的，就各家自扫门前雪吧！他们那么死板并不是其他人的错！但这和你写的那些文章还是有天渊之别的。我也不喜欢《邮电报》，但我想，你的精神不是因为它才出问题的。倔驴，尽管这听上去很不合适，但很多时候，在你发病的时候，我反而觉得你是正常的，而在你身体舒坦的时候，我反而觉得你生病了。精神紧张，精神紧张……在你感觉过于良好的时候，没错，在一个人生活太安稳、没有任何需要担心的事情时，他的精神就开始出问题了。就因为日子太舒服了，才有了精神之类的问题。我真不知道你怎么老是问"他们来了吗"。亲爱的，听到这句话，我的心头一紧，立马就吓醒了。你就从来没有考虑过别人的感受。我不知道你在等谁，也没有办法消除你脑中的这些想法。你看，我并不赞成熬夜，但每一个人都有决定自己睡觉时间的权利。就像是哭泣，一开始，我看见你哭，真是心都碎了，你知道吗？我的上帝，你那抽泣呀！我问你："亲爱的，你为什么哭呢？"你说："我也不知道，可能因为所有事情，也可能是没有原因的。"你觉得这是一个合适的回答吗？路易斯还帮你说话，他就是一个好好先生："是没法控制的情绪化，是抑郁。"对于前半句话，我是同意的，我也毫不后悔跟他说了那句话。马里奥，他也应该听到我说的话了："至于抑郁，我不同意。"你说说，你凭什么变成这样呢？你看看你自己，有按时的三餐，有整洁的衣服，还有一个关心你的妻子，你还想怎么样呢？现在，他要是说，这是因为过去你的需求没有得到满足，那又是另一个问题了。但他应该直接说出来，有一说一，不要拐弯抹角的。那些医生说的话就和他们写的字一样，只有药剂师才能看懂他们的字，所以一些医生说这些话就是想引起别人注意而已。在我看来，每个人的生命中都或多或少有那么些值得落泪的事情，生命就像是个制造眼泪的工厂，这是很正常的。如果你没有及时哭出来，那就只能在不合适的时候哭出来，就是这么简单。亲爱的，我不是没有提醒过你。你还记得吗？你母亲去世的时候，我就像个影子一般跟在你身后，一直跟你说："哭吧，马里奥，哭吧，你现在不哭，以后再发泄出来会更糟糕。"而你却突然来了这么一句："因为习俗规定吗？"真的，听到你这句话，我真不知道要做什么才好。我觉得，你这么回答是不合适的。我向你发誓，我说那些话，都是为了你好，是出于好心。还有埃维罗和何塞·玛丽亚出事时，你也是一样，面无表情，一滴眼泪都没有流。我不知道，是不是这一切让你的内心产生了什么郁结。肯定是这样的。但是你一言不发，明明我就在你身边，你可以跟我倾诉。我也许在其他方面不咋地，但没有人比我更善解人意了。你应该和我说说他们的事儿,你知道的,我之前一直就很尊敬埃维罗。至于何塞·玛丽亚,撇开各自观念不谈,他是个很友善的人,真的,你看,我很敬佩他。但自从他问我是不是就是你喜欢的那个姑娘后,我看见他就躲得远远的,一在街上看见他,我就立刻躲进随便哪栋楼里。特兰茜说:"你傻了吗?难不成他会把你给吃了?"我也不知道,我控制不住,他似乎总能看穿我的想法,总能让我脸红耳赤,一句话都说不出,什么都做不了。仔细想想,你的病就是郁结作祟,和精神紧张什么的毫无关系,肯定是这样的。郁结就像是一栋房子,一切问题的根源都在于你没有及时倾诉。你可以和我聊聊你的兄弟的,你看,我可是非常乐意听你说话。但你看,你说你两个兄弟的想法是一样的,这很荒谬,我无论如何都不会同意。何塞·玛丽亚过头了,但埃维罗不是的,瞧你这话是多荒谬呀!埃维罗是一个很好的人,而何塞·玛丽亚呢,不管你怎么看,都是个让人得留个心眼的家伙。在他要被枪决时,他还说,自己不是历史上第一个为其他人而死的正义之士。听听这傻话!当时,他内心肯定怕得要死,肯定在向上天祷告了!这是再自然不过的了。我不是怪他,我只是想,他那么说也是合理的,但你们这群人呀,为了说出那么一句话,甚至可以背叛死去的人。

二十五

我必坚固你，我协助你，没错，你确实提供了帮助，我可以理解。但小姑娘的能力不在那个方面，反正我是不打算因此而责备她的，马里奥，我们要尊重她的个性。每个人都是独一无二的，要是你仔细研究一下，就会发现，现在中学四年级的结业考试比以前高中的还要难。其他方面也是一样，你看看手里的钱就知道了。以前的一个比塞塔，放到现在，就相当于一百比塞塔的价值了。可能我还说少了，看上去似乎不然，但实际上物价可是翻了二十倍都不止。马里奥，你别否认了，现在对学生的要求太高了，只有那些超级天才才可能通过考试。就像加西亚·卡塞罗一家，他们家里有猪，还有很多上层人也都是一样，要么有农场，要么是什么商业代表。你看，连姑娘们也是这么想的。你也听见门楚那帮朋友是怎么说的了："上过大学的小伙子，提都别提，他们可麻烦了。"亲爱的，她们说得很对，你说，现在，有哪个大学生能成为宴会或派对的焦点呢？我可以准确地说，没有，没错，他们甚至不知道怎么样拿酒杯。这是正常的，鱼与熊掌无法兼得。大倔驴，你就别再担心那些有的没的了，你真的太固执了。我们女儿要做的就是选一个男朋友，幸好上天怜悯，她还有那么多选择的余地。她母亲遭的罪已经够多了。你看胡莉娅，她老是操心什么音乐之类的事儿，但那对她有什么好处呢？于是呢，家里就成了个旅店。你看，那么多美国人，都是学生，没错，看上去都仪表堂堂，但也只是看上去而已。你看，在黑人问题上，我真不知道你到底为什么要那样跟爸爸说话。马里奥，你真是不应该呀！你在电视民意调查中也听见了，他说得清清楚楚、明明白白，连商务部副部长都祝贺他演讲成功。他说："我们都是老天的子民；种族主义问题是一个灵魂的问题，而不是身体的问题。"你看，言简意赅。听到这话，瓦蕾非常兴奋，我当然也是。但如果要把一个黑人带到家里，那真的是……马里奥，你这么做是不得理的，一点都不合适。你看，除了会引起生理上的不适，你还得看看，黑人究竟能干些什么活儿。你看，他们就只能洗洗衣服。说实话，我很理解爸爸为什么会那么说："再额外给我三十美元，我才肯干这事儿。"当然，其他人也是一样的，但这也不能改变爸爸的看法。马里奥，他在电视上说得很清楚："我们都是老天的子民。"亲爱的，这话是清楚得不能再清楚了。在街上，大家都说他说得好。我们看，如果这些外国人也像爸爸那样信奉基督教教义，世上就不会有那么多像种族主义之类的问题了。马里奥，我同意爸爸的观点，完全同意，我们都是一样的，对上帝来说，我们没有任何差别，黑人和白人都是一样的。好，那现在，黑人就跟黑人在一起，白人就跟白人在一起，各自安守本分，那就皆大欢喜了。如果那所什么大学——我老是记不得它叫什么名字——不明白这一点，想让黑人进来读书，那就让他付双倍学费吧。我们看，狗也是老天造的，但谁会想到要把他们养在家里呢？亲爱的，我们都要理智些，客观一点看问题。爸爸说得很清楚了："我们都是老天的子民。"我们都有获得救赎的权利，但只是灵魂而已，你明白吗？幸运的是，没有什么至高无上的法律要求你在家里接待其他肤色的客人。你就别再胡说八道了，别再说什么说话和实践之间有一道鸿沟了，你总是喜欢给别人挑刺儿。我说，要是在马德里没有黑人，那他们就不要来。你看，没有人叫他们来，他们在自己家里读书就好了。你别跟我说什么美国没有大学，你听见比森特说的了，美国有的是好大学。马里奥，你别生气，但我感觉，尼古拉斯先生似乎有给黑人寄椰子还是什么别的东西。不然的话，我就不懂他为什么要那么维护他们了，难道他有个黑人爷爷或什么黑人亲戚吗？但是，不管怎么说，只要稍微观察一下就能知道，黑人和我们完全不一样。他们生来就是要从事其他行当的，比如种甘蔗之类的，最了不起的就是当拳击手了。你别否认，他们是一群野蛮人。马里奥，我跟你说实话吧，正是因为这一点，我才对你这么生气。你给爸爸写的那封信，说什么说和做是两回事，说什么说话与实践之间有一道鸿沟。他凭什么要受到你的责难呢？你真是讨人厌。我知道已经过去二十四年了，但如果不是因为我们可怜的爸爸——他给你写的那份报告，写得多好呀——，你怎么能拿到教职？当然，对你来说，这一点都不重要。该死的，你却反过来说要提高黑人的退休金。你看，对这些人来说，三十美元意味着什么？就是一点小钱。这件事跟你有什么关系呢？说实话，就因为爸爸不喜欢你的书，你才记恨他。当他跟你说只有不会写作的人才使用社会题材和元素时，你的脸色多难看呀！真的，爸爸说的话是对的。我还只在雷孔多把你的"内战"改为"圣战"时——这又有什么关系呢——，以及警卫和房子的事情发生时，才见到你露出那样的脸色。但这又有什么关系呢？我不知道你在想什么，似乎一个木桶都比你高兴得多。你还问什么那些房子是不是给公务员的，是不是优先给结婚的人和多子女家庭的，说什么法律上是不允许这么做的。真是好笑，只有在对自己有好处时，你们才会诉诸法律条文。但你看，卡尼多就没有孩子——他是个六十多岁的鳏夫，怎么还会有孩子？另外，阿古斯丁·维加还没结婚。所有人都是这样，但你别否认了，他们至少是政治思想正确的人。但是，大傻瓜，你给我好好记住了，你也不能因为你是公务员和多子女家庭，就张大手掌向别人提要求呀！委员会——还是什么的——就是出于这个目的而成立的，他会说这个行，那个不行，根据申请人的档案什么的来进行挑选。你看，尽管法律没有明文规定，但这是不言而喻的，大家都是心知肚明的。你还说什么上诉之类的傻话，你看，和政府打官司吧，你就会丢了房子，还可能连床榻都要卖掉。马里奥，大傻瓜，你真的太天真了，你就只会夸夸其谈："这是正义，只要有必要，我可以做任何事情。"你看，你就那么到处去大声叫着："这是正义。"我真是要被你给吓死了！幸好，路易斯·博拉多劝阻了你。在警卫那件事之后，每次看到他，我都会想："依照马里奥那性格，他肯定会让他滚蛋的。"真的，我不知道他哪里来的勇气——我当时都吓坏了。而他对你说的话，最终不是让你拿到了一套带三个房间和天台的公寓吗？他们没有违反法律，是你自己放弃了而已。没错，一套只有三个房间的公寓能有什么用处？但是，在委员会开会之前，在他们封顶的时候，马里奥，我还是可以做些事情的。而你却毫不妥协，倔驴！你看，何塞丘的父母和我们家很熟络，我可以提前和他通气，让他把选举记录那件事大事化小。至于奥亚尔顺和索洛萨诺，他们也是一样的。只要有需要，我们肯定能拿到推荐信。我真不知道你为什么要那么固执，还说:"如果你敢迈出一步,我立马就撤回申请。"我跟你发誓,我当时真想把你给杀了。我可是哭了整整一个月,压力大得连月事都推迟了。因为代表团出来承担责任了,在何塞丘、奥亚尔顺、索洛萨诺和菲尔盖拉表态支持他不久之后,那套公寓就是我们的了。你想,六个房间,中央供暖和热水,我的生活会多么不一样呀!马里奥,但你就被他们玩弄于股掌当中,你就是自食其果。如果你当初没有坚持点票,没有和索洛萨诺唱反调——说到底这些事和你一点关系都没有——,如果你没有对警卫采取那样强硬的态度,而是像他们说的那样,去找菲尔盖拉,对他说:"您是对的,菲尔盖拉,我糊涂了。"我跟你说,如果你这么做了,那我们肯定就能拿到那套公寓。马里奥,好,尽管你还是坚持这么做,但如果你让我放手去干——亲爱的,女人可是有很多手段的——,我也不需要去卑躬屈膝,就能唤起别人的同情心,试一下总是没有坏处的。我真不知道,你们这群拿到大学文凭的人究竟在想什么。你看,你们就一直念叨着大学文凭,大学学位又怎么样呢?还不是快要饿死了?你看帕科,他没有学位,也能成为一个人物。你们以为,手里的书能让你们飞黄腾达,但那些书只会让你们的脑子变傻,不知有多少人因为这样背离了上帝。你就是个例子,说什么"教会没有支持法国大革命,实在是太遗憾了"之类的渎神的话。我跟你发誓,看见你第二天去领圣餐，我真是吓得浑身冰凉。我告诉你，连蓓妮也说："他应该已经忏悔了吧？"我只能说："应该是吧。"不然我还能说什么呢？你老是让我这么难堪，比如做演讲的那一次，你说说，那些慈善日有什么坏处呢？既筹到了钱，又是出于好意，难道不是件好事吗？马里奥，你们真是好笑，好吧，这也不是什么有趣的事，但你要明白，有时候，一个人笑，只是为了不哭。你们啊，只知道挑毛病。还有埃尔南多的羊羔，你自己都不知道自己做得对不对，然后突然又会不喜欢自己所做的事情了。那是自然，你连动个手指头都能得罪人，真是啰唆。你看看我，我会得罪人吗？你说实话，我会冒犯到别人吗？不会，是吧？当然不会，你看，我话很多，但我说话都是彬彬有礼的。我可以说个不停，很多时候，如果我身边没有旁人，我还会自己跟自己讲话。要是有人看到我这个样子，肯定会笑个不停。但我一点都不在意，对我来说，只要我内心保持平静，这些流言蜚语就一点都不打紧。你们就是有那么些郁结，心里满满的都是这些东西。马里奥，就像那些餐巾架，似乎我们没别的事情可干了，你难道没有更重要的东西要教给孩子们吗？老天慈悲，我们才没有得传染病。而你呢，偏不，要每个人都使用自己的餐巾架。在家里，所有人都一定要听你的，你真是固执。我们一共就几号人，还有那少得可怜的几个用人，这都算了。但你能告诉我，你这么做有什么好处吗？你只会在人们心里种下猜忌。你看，多洛对你可是言听计从的，但就连她也说："真不知道先生在想什么，我们当中又没人得肺病。"没错，就如我说的，感谢上天，我们都健健康康，那为什么需要那么多的讲究呢？最让我生气的是，你平时都做甩手掌柜，突然一天心血来潮，就说什么"要一同努力"。要真是这样的话，大傻瓜，你一开始就该动手帮忙。如果做不到的话，那也只能这样了，因为家里孩子多，事情也多。一个家是需要有人操持的。如果你这么做，是因为看见我双手叉腰，什么都不做，那我还可以明白。但你看，我日夜操劳，连喘息的时间都没有，马里奥，你不能不承认这一点。而你自己也亲眼瞧见，我们什么都没有，连放衣服的地方都没有。你看，昨天我们都挤得转不了身了。你倒好，还说什么"如果你敢迈出一步，我就立马撤回申请"。你听听，这是什么话？我们原本是可以有那么一套公寓的，有了新的公寓，我们的生活肯定就大不一样了。没错，你没听错，就是这样。而且，即使我和何塞丘说说我们两家的交情，也不会有什么问题，总比你说自己是公务员、是多子女家庭要好得多。马里奥，我们都知道，你说的是基本要求，但在今天，只要有好处，所谓的基本要求是可以忽略不计的。我还记得，我那可怜的妈妈——噢，愿她安息——说："不哭的孩子没奶吃。"你听听,这话说得多在理。马里奥,但你真的让我很恼火,似乎让你去求别人推荐就是天塌下来的大事一样。在我们的生活里,总是需要推荐的,人们会互相推荐,一直都是这样。妈妈老是说:"有教父的人才能受洗。"但我们都知道,跟你是说不明白的,你还说什么"我是公务员,又是多子女家庭,他们没有理由拒绝我"。亲爱的,没有人会相信你的。你们都只会在有好处的时候才把法律当借口,你们都不愿意承认,是人在执行法律,所以我们应该去维系与他人的关系,拍拍他们的马屁,而不是去关心那毫无知觉的法律。这么做并不是不道德的,傻瓜,你一辈子都在嘲讽别人,之后呢,因为法律说了些什么,你又要别人都对你卑躬屈膝。如果他们不给你分配房子,那你就走法律程序,就告他们。你可真了不起!和政府打官司,我们还有什么做不出来的吗?亲爱的,我不知道你生活在哪个世界,但看上去,你像是从另一个星球来的。

二十六

所有的异像为你们都像是封住的书中的话；若交给识字的人说："请读这书！"他将答说："我不能，因为这书是封着的"；若将这书交给一个文盲说："请读这书！"他将答说："我不识字！"马里奥，这就和你说的是一样的。真的，那时，你一脸严肃地在那个采访中说，现在的西班牙人都不读书。我真觉得好笑。你以为，人们不读你的书，就不会读别人的书了？我跟你说过好多遍了，你是能写一手好文章，你的文笔流畅，没错。但是，亲爱的，你写的故事那么乏味，书里的人物一点都不吸引人，自然就没人读得下去。不只是我一个人这么想，你还记得爸爸说的吗？我想，在写作方面，他也算是个权威了。你听见他说："如果你是写着玩，那没关系，但如果你想功成名就或大赚一笔，那还是另找别的路子吧。"他就这么直截了当地跟你说了。你知道的，爸爸可是很权威的，连《阿贝赛报》的人都对他很是尊敬，他可不是个无名小卒。亲爱的，你瞧他给你写的那份报告，我一口气就把它读完了——我之前可是从未试过的。但我读了三次那篇文章，还记得我非常喜欢那个什么回顾的方法——就是那种像螃蟹一样从后往前研究历史的方法。因为万事万物的发生或出现都是有原因的，就像人们常说的，一切皆有因缘。你看，除了他是我的父亲这一层原因，你们真应该在文化之家出版他的文章，我敢肯定，这绝对会很有用的。这份报告尽管篇幅不长——这也不是什么大问题，只要把字体放大一些就好了——却意义重大。你看，现在的读者，要么是喜欢爱情小说，要么是喜欢有点实质性内容的书。你记住了，没有人买书是为了越看越无聊或者浪费时间的。傻瓜，原谅我说得这么直白，但我问你，你书里的主人公要么是穷人，要么是傻子，谁会买你的书呢？你看，在《沙堡》里——我就举个例子，在其他书里也是一样的——，一个乡下人，他的土地一块一块地被抢走，穷得只剩下身上的衣服，这个脏鬼最后还娶了个没有牙齿的、只会羞辱他的女人。那本《遗产》就更糟糕了，亲爱的，你看，故事中的士兵在一个不存在的国家打仗，他不想杀人，也不想被杀。不仅这样，他还双脚疼痛。你看，谁会对这样的故事感兴趣呢？马里奥，亲爱的，我跟你说，真是打着灯笼都找不到像你书中人物那样古怪的人了。而在我们这个时代，士兵和乡下人可是没什么两样的。你看，像军人那样家庭出身的孩子，全都是军官。你开始写《右臂》的时候，你跟我说，这次主人公不是穷人了，我是多高兴呀！

我发誓,有那么一瞬间,我像个傻子似的,以为你会写下马克西米诺·孔德的故事,给我个惊喜。不管你喜不喜欢,马克西米诺的故事可真像电影情节一样,但你看,最后……这个希罗·佩雷斯——亲爱的,也难为你想到一个这么难听的名字——是一个智力有问题的人,他想得不多,人们都无法理解他的想法。他那么荒唐,不知道自己想做什么,不知道要去哪儿。亲爱的,他是那么奇怪,让人丈二和尚摸不着头脑,但我还是很有毅力地将书里的一些段落背了下来——那可是很长的段落呢——,只为了日后能像鹦鹉一样熟练背诵出来,跟我的朋友们谈论这本书。这就像维亚罗曼的那个农民给瓦蕾写的信一样。没错,他在一次狩猎中认识了她,她当时已经结婚了。但他还给她写信,那封信可真是太逗了,我们全部人都把它背下来了。信的开头是:"如果您没什么兴趣,不想回复我,我求求瓦蕾蒂娜听我说,哪怕只是出于友谊。"你还记得这一句吗?真是太好笑了!马里奥,那我也是做了一样的事儿,我把书里一段长长的话从头到尾读完了,那段话说的是……说什么……你听好了,说:"在做好事的过程中,希罗找到了一种快感,一种无法言喻的满足感,这自动排除了对他行为的任何有价值的解释,开启了未来赎罪的可能性。于是,他的折磨……"你觉得怎么样?这难道没有让你想起维亚罗曼那个家伙的信吗?马里奥,你说实话,谁能写出比你这段更精彩的话呢？亲爱的，瓦蕾笑得停不下来，但埃丝特一脸不快，郑重其事地说着什么。这和她有什么关系呢？她努力解释着希罗·佩雷斯想说的是什么。而我呢，一听见希罗·佩雷斯这个名字就笑个不停，瓦蕾更是如此。埃丝特越来越生气，说我们是文盲。好，在埃丝特看来，希罗·佩雷斯想说的是，每次他让路或在公交车上让座，都会有一种满足感，觉得"我是一个好人"，好像有一点骄傲，你明白埃丝特想说什么吗？说实话，亲爱的，这个佩雷斯多烦人呀！就因为他觉得骄傲，所以让路不再是值得赞扬的举动，甚至变成了罪过。你瞧瞧，这么复杂！你肯定没想过这么复杂的事情。瓦蕾却大声说："但是，宝贝，这个人是个傻子！"马里奥，我也忍不住笑了，真的。埃丝特呢，越说越来劲，脸都红了。她突然朝我大喊："卡门，你别笑，你别笑，这个人可能是你的丈夫！"你看，她为了让我难过，就说这傻话。我说："嘿，亲爱的，拜托。"马里奥，我真的完全控制不住，笑个不停。我的老天，太好笑了！她没法让我们明白这些"张力"——她好像说了"张力"这个词——，自己还在那儿咬文嚼字，真是没人受得了她。我说，除了让座，也许他还可以像你一样，拒绝在选举记录上签字，或者在马德里买木头玩偶呢。瓦蕾脱口而出："马里奥会那样做的，但他可不会提出这么些蠢问题。"埃丝特说，我们不了解别人，每个人内心深处都有各种想法和冲突。你跟我说，有什么冲突？我对她说："埃丝特，亲爱的，你说得太夸张了，我比你更了解我的丈夫。"但瓦蕾还是一直笑，于是，埃丝特走了，一边走还一边大喊大叫，说我们没有一丝同理心。你看，这真的让我很困扰。她知道些什么呢？别的不说，可同理心，我就是太有同理心了。你知道的，亲爱的，如果我不舒服的话，我可是连蛋黄酱都做不了，做出来的蛋黄酱总是油和鸡蛋分离的。我遭的罪已经够多了。没错，埃丝特可能是我很好的朋友，但因为读过一些书，她就趾高气扬的，真不知道她和阿曼多是怎么合得来的。他俩可真是两个极端，阿曼多那么有活力，只想着吃，却发疯似的迷恋着她，不让别人碰她。你真该看看那天晚上在阿提奥酒吧发生的事！他弄出了好大的动静，就因为别人看了他妻子一眼。我也不知道，有时候，我觉得，你和埃丝特应该会是一对美满夫妻。但有时候我又觉得不是，因为两个太相似的人是很难有结果的。我也不知道，真是好复杂！但是，马里奥，可以确定的是，你不是女人喜欢的那种男人。我们实话实说吧，你的外形毫不吸引人。但你内心应该藏着些什么别的东西，因为喜欢你的女人都爱你爱得发疯，是吧？你看，埃丝特和你的嫂子恩卡娜就是两个活生生的例子。我跟你说了，我不是嫉妒，要是我嫉妒的话，我早就……我真想让你听听埃丝特在星期四茶话会上说的那些话，总是说到你的书，说什么福音、象征、论文之类的，你能想到的都说了，亲爱的，真是好口才呀！我真是奇怪，难道你不会在每个星期四觉得耳边嗡嗡作响？真的，她那么能说，连不该说的也说了。我的天呀！你说说看，是吧？她还说，我不应该撺掇你换工作，说那会浪费你的天赋。真的，我真不知道她是怎么找出你这些天赋的。我对她说："宝贝，如果所谓的天赋不能用来赚钱，那就不叫天赋。"听了我的话，她倒生气了——有了阿曼多的工厂，他们当然是不愁吃穿了。马里奥，这可是真理，是吧。她却一直对你满口称赞，我都听烦了。埃丝特那个傻瓜还炫耀，说自己最了解你了，但她根本没搞清楚状况。我真想让她换到我的位置，我敢肯定，过不了两周，她就投降了。书是一回事，人又是另一回事，你可是天底下最固执的人了。可不是只有我这么认为。你还记得在尼古拉斯先生上任之前《邮电报》的那个笔迹学家加特登尼亚吗？那时候，阅读《邮电报》还是种享受。我背着你给她寄了一张你写过的文稿纸。亲爱的，她真的能根据字迹描述你是一个什么样的人，我从未见过那样的事情。当时，我就想："这个人认识他，肯定认识他。"她用几个词就把你给说中了，瓦蕾也笑个不停，说："亲爱的，她说得可真对。"你看，她说你"坚持不懈，理想主义，不切实际，好高骛远"。你怎么看？你的固执就是她所说的"坚持不懈",你那容易被骗的性格就是"理想主义",游手好闲就是她口中的"不切实际"。你看,亲爱的,这样,你的侧写就完整了。谁都不会想到,这寥寥数语就包含了那么多的信息。为了赞扬你,那个傻瓜埃丝特还说我一点都不敏感,你看,她知道些什么?如果她说的是别的,那或许是对的。但偏偏是敏感这一点,她错了。我还记得妈妈——噢,愿她安息——说:"我的孩子,你就像个气压计。"如果我在状态不好的时候做蛋黄酱,那就等着收拾残局吧。马里奥,你也不比我好多少。我还记得,我在游泳池掉了颗牙齿时,怕得发抖,是吧?仿佛那时是寒冬腊月似的,对吧?之后,我卧床了一个星期,吐了一个星期,全身上下都不舒服,真是难受呀!我当时真想把丘乔·普拉达给杀了,你听听他说的什么话:"就算你原本的牙齿掉光了,我给你装的这些也不会掉。"如果这都不是敏感的话,那请埃丝特说说,什么才是敏感?她头脑简单,以为敏感就是读书,就是啃书,读得越多越好。马里奥,你知道,我不是说自己的文化水平有多高,但我也不是一个文盲呀!你看,爸爸给你写的那份报告,我可是读了整整三次——那可不是什么有趣的文章。还有卡尼多的书,不管你们怎么说,我很喜欢他的那些书。马里奥,还有你的那些书,我读完一本又一本,还硬生生地将里面的句子原封不动地背了下来。在结婚前,我读了《红花侠》，读了不下十次《他从海上来》。我太喜欢那本书了，从来没有哪本书能让我这么开心，真的，那本书有一种特殊的魔力。而那个傻瓜埃丝特却以为只有自己才读过书，一副趾高气扬的样子。马里奥，我甚至记得，我还把你那朋友的诗集从头到尾读了一遍。你记得吗？就是我们在马德里度蜜月时碰见的那个朋友。他叫巴尔塞斯还是波特内斯？我记得，他好像是格拉纳达人，老是提起加西亚·洛尔迦。他的头发有点泛红，而他的妻子则是身材丰满，皮肤黝黑。我想你应该是在战争时认识他的，也许我记错了。他是个很拘谨的人。我一口气就把他的诗集读完了，那些诗歌都很奇怪，一些很短，一些很长，一点都不相称，似乎就是随便写下来的。读完之后，我的头痛得特别厉害，你还记得吗？那次的头痛和以往的不同，痛的地方似乎就是脑袋的中心深处。亲爱的，你那个朋友叫什么名字呢？我话到嘴边却记不起来了。就是说话声音小得像是在忏悔、带一点点口音的那个人。那天，你们俩整个下午都在互相朗诵诗句，没错，亲爱的，就在格兰大道拐角处的那家咖啡馆里。唉，我这不中用的脑袋！那家咖啡馆有很多镜子，像个迷宫似的，你进去时还撞到镜子上了呢。我的老天，那个下午呀！我只想你说出那些为我的眼睛写的诗句。我还记得，每次你要开口，我都会想："他要背诵写给我眼睛的那首诗了。"然而,你并没有这么做,这都只是我的空想而已。如果埃维罗没有和我说,我可能就完全不知道有这么一回事了。他说:"马里奥给你读了他的诗吗?"我愣住了,说:"马里奥写诗吗?"我是第一次知道。他说:"从小就写了。"之后,他还说,你写了一首献给我的眼睛的诗,我好奇得要死。你看,这可是所有女人的梦想呀!但是,当我请你跟我说一下这首诗的时候,你却说:"那些诗都太柔情、太感伤了。"没有人能让你改变决定,这才是最让我生气的。马里奥,没有目的地写诗是毫无意义的,就像是走到街上大喊大叫,只有疯子才会这么做。波雷斯!不,不是波雷斯,但应该是类似的名字,应该是以"巴"开头的。马里奥,你知道我在说谁吗?就是那个不修边幅、穿着朴素的人,是你学校的人。他的妻子是安达卢西亚人,皮肤黝黑,扎着辫子,一直用尊称来唤我们,说什么"因为诸位……"之类的。他们还说了那有趣的塞维利亚四月节①,说了那些马匹,你还记得吗?没错,亲爱的,那是我看见你笑得最开心的一次了。

---

① 塞维利亚四月节(Feria de Abril),每年四月于西班牙安达卢西亚自治区塞维利亚举行,持续一周。在这期间,男士会穿上礼服,骑马环绕会场,身穿弗拉门戈舞裙的女士则坐在马车上,众人一起载歌载舞。

真是恼火,我怎么就记不起他的名字呢?我们坐在靠近门口的地方,坐在右手边一张靠墙的红色长沙发上。你们面对面坐着,他把裤子提得老高,走的时候我们还说他的毛发浓密什么的……巴特内斯,没错,巴特内斯,华金·巴特内斯,我想他的名字应该是华金。马里奥,肯定是这个名字。唉,现在好了,你都不知道我心里放下了多大的一块石头!

二十七

　　就该脱去你们照从前生活的旧人，就是因顺从享乐的欲念而败坏的旧人，应在心思念虑上改换一新，穿上新人……马里奥，说到新人，你真该看看他那风度！他就穿着一件英式运动外套，手搭在车窗上，很是老练，还有那双眼睛……真是我梦中的眼睛！他和之前完全不一样了。我说，你们男人就是运气好，那些二十岁时不好看的小伙子，不知为什么，再过二十年也会变得好看。你也许不相信，但我立刻就察觉了，在这儿，没人会认错这辆红色的海鲨，车上肯定就是他了。我还装傻，他呢，"吱"的一声刹了车，就像是拍电影似的。车子停了好一会儿，车身微微起伏，帕科笑着说："你要去市中心吗？"我内心像是打翻了五味瓶。你瞧，克雷森特一直在他的三轮摩托车上看着我们。我说："是的。"他说："那上车吧。"他给我打开了车门，我就傻乎乎地上了车。马里奥，我向你保证，车的座椅比我们起居室的沙发还要舒服。我对他说："我太喜欢你的车了。"真的，那车开得飞快，似乎是不着地儿的。他呢，转了下方向盘，像火箭一般驶向皮拉尔大道。我对他说:"回去,帕科,你疯了吗?人们会怎么说我俩呢?"他却毫不理睬,越来越用力地踩下油门,你知道他说什么吗?他说:"让他们爱说啥就说啥吧。"我们俩都笑了。你看,多疯狂呀!我们俩在那辆豪车里,车速开到一百一十码,我跟你发誓,我当时是疯了,你看,有些事情是怎么都解释不通的。那个之前说话颠三倒四的愣头青,现在已经完全不一样了。他变得更加沉稳,身上有了之前所没有的绅士风度,说话不缓不急,偶有停顿,发音清晰,用词得体,完全是个见过世面的人。要是你没亲眼瞧见,你是绝对不会相信的,但真的,就那么些年的光景,他完全改头换面了,一下子就把车子开得飞快。我的老天,他之前可是个冒失鬼呀!事实上,特兰茜已经提醒过我。在埃瓦里斯托离开后不到一个月的时候,一天下午,我碰到她,她看上去神态自若。她是不会被悲伤打垮的,当然,她一直都是这样,我不知道怎么跟你说,但她从来都不会往心里去。你看,她带着三个孩子,是那么艰难,但她还是一样从容。她说:"你看到帕科了吗?宝贝,他看起来棒极了。"没错,马里奥,帕科的变化可真大,无论我怎么跟你形容,你都没办法想象。他的那份风度、那份体贴,真的完全是个新人了。我还记得,当时他把"剂量"说成"较量",总是把词语弄混。我不知道他的父母是什么样的,他父亲顶多就是个包工头,是工人阶级,当然,都是无名小卒。尽管如此,帕科一直都很聪明,在战争中也表现得很好。你都想象不到,他身上还有被冲锋枪打到的累累伤痕,身体就像是筛子似的。然而,你看他现在开车,肯定会大吃一惊。他开得那么熟练!手上没有一个多余的动作,似乎生来就会开车。还有他身上散发的味道,像是黄烟草和剃须水混合的气味。一看就知道他爱运动,打网球什么的。他抽烟时,就一直叼着香烟。你看,他大概是疯了,将油门踩到一百一十码,还像电影里那样挤眉弄眼。我发誓,我跟他说:"回去,帕科,我还有一大堆事情要忙呢。"但他只是笑,露出整齐的牙齿,真是让人好生羡慕。他说:"我们可要抓紧时间,人生转瞬即逝呀!"然后就像个疯子一样,一下子开到一百二十码,就这么和伊希尼奥·奥亚尔顺的雪铁龙2CV擦肩而过——天知道他那时候怎么会出现在那条路上。我想弯下身子,但我可以肯定,他一定看见我了。你瞧,这多尴尬呀!帕科说:"你怎么啦,小妹妹?"之后,他又说,"你一点都没变。"我说:"傻话!你瞧,都已经过去那么些年了。"他却机灵地说道:"时光并不是对每个人都一样的。"你肯定会说,他这是在献殷勤。但这真讨人喜欢,不是吗?他停下车来,一直看着我,突然问我会不会开车。真是太尴尬了!我说会一点点,几乎不会。你想,他每天都看见我和一群乱七八糟的人一起排队挤公交车,

269

我真的羞得无地自容！我跟你保证，那是我一生中最丢脸的时刻了！马里奥，但我又能和他说什么呢？我只得说实话，说我们没有车，说你不喜欢那些现代科技的东西。你肯定不想知道他的反应，但我真想让你看看呀！他自然就一边大声说着"不！不！不！"，一边像疯子一样用手拍着脑袋。亲爱的，我也和你说了，好多年前，汽车也许是奢侈品，但现在，汽车只是上班工具而已。帕科一根接一根地抽着烟，似乎要抽够二十根才行。他问："特兰茜怎么样了？"我说，她运气不太好。我问他还记不记得那两个老家伙，说高个儿的那个——埃瓦里斯托——跟特兰茜结婚了，但结婚五年之后，他就抛妻弃子，留下她和三个孩子在西班牙，自己去了美洲还是几内亚。帕科说："我们都会犯错，要做出正确的决定并不容易。"听了他的话，我都惊呆了。他的双眼蒙上一层水汽，马里奥，我向你发誓，那时，我心里很难过。他一个大男人，却露出这副可怜的神情，我心里很为他难过。我忍不住问他："你不快乐吗？"他说："不说了，我能活下来就已经很好了。"他越凑越近，我完全不知所措。你看，我一心想着要怎么样才能帮助他，于是，我想，可以和他一起回忆我们在阿塞拉大道上散步的时光。马里奥，就是粗鲁的阿曼多将手指放在太阳穴上，大吼大叫的那一次，在我们订婚之前，你还记得吗？他说："多美好的时光呀！"这是大家常说的话。突然，他说："也许那时我就错过了属于我的机会，之后，战争就爆发了。"他的语气充满遗憾。我对他说："帕科，你在战争中表现得很好，非常好，真的。"他突然毫无缘故地解开衬衫扣子，大冬天的，他却没有穿毛衣。他让我看胸前的伤疤。真是太吓人了！你根本没法想象有多么吓人。在那男性的体毛下，是一道道伤疤。他从小就是个好孩子。我向你保证，我真没想到他会这么做，所以我惊呆了。我说："真可怜。"我向你发誓，我就只说了这一句，再没说别的了。但他把手臂放在我身后，我以为他是好意，真的，我发誓。但当我察觉过来时，他已经在吻我了。他的动作很迅速。没错，当然是在用力地吻我，我完全不知道他在做什么，那似乎是个法式长吻，是的，我们两人的嘴唇紧紧地贴在一起。他吻了好长一段时间，我真的什么都没做，我向你发誓，我就像被催眠了一样。他之前就一直在看我，看了我很久，还有那古龙水和黄烟草混合的味道，瓦蕾可以做证，她和我说过好多次了，那味道真的能让女人心醉神迷。不用说，我只爱你一个，但我当时就像个傻瓜似的，可能我也不习惯那车速——天知道是什么原因——随便什么都有可能是原因，让我像尊雕像似的一动不动。我的心一直怦怦直跳，像是要从嘴里跳出来了，你都想象不到它跳得有多快。我连手指头都动不了，就跟被打了麻醉剂一样。眼前的树呀，全都看不清了，只剩下他在我耳边的喃喃低语。我像是踩在云朵上，毫无方向感。他打开了车门，轻声说："下来。"我像是梦游般地下了车，但我跟你说，不是我自己想要那么做的，我像是懒懒的，不知不觉间就听话了。我们坐在一丛大大的灌木后，迎着阳光。没错，灌木丛很大，完全可以把我们挡住。你看，那是个工作日，那个时间点，路上完全没有人经过。我真是傻了才会做出那样的事。帕科坚持说道："门楚，你眼见着我，似乎什么都有，但我很孤独。"我又说了一次："真可怜。"我是真的被他感动到了。马里奥，这才是最奇怪的，似乎我只会说那一句话了。当然，当时的那个人肯定不是我。我就像被催眠了一样，真的，我可以肯定，我是这么好的一个人，我当时肯定是被催眠了。而他呢，像是着了魔一般，抱着我，将我摁在地上，他说，他跟我说，你知道他对我说什么吗？马里奥，他说的也不是什么新鲜事，但他很真诚，其他人即使和他想的一样，也不会把话说出口。他跟我说什么来着。你看，就是埃利塞奥·圣胡安一直在说的话，还有埃瓦里斯托。天知道我的胸部有什么特别的，我又该拿它怎么办呢？而帕科的动作越来越激烈，他说，你知道他跟我说什么吗？他对我说："我想这胸脯想了二十五年了，小妹妹。"你听听。我却像个傻瓜一样，说："真可怜。"你可以想象，他像是失去了理智，把我的衣服都扯破了。马里奥，但你肯定知道，那时候的我不是真正的我，请你原谅我，不要责怪我，我拒绝他了，我向你发誓，那时，我跟他说我已经有孩子了。我都不知道自己哪里来的力量，但我真不想这么做的。我就像是被催眠了一样。真的，我让他走开，他应该感到很惊讶。真的，我吓坏了。对不起，马里奥，但天知道你和恩卡娜在马德里做了什么。对不起，我不是故意这么说的，但我们真的什么都没做。你不要生气，我向你发誓，我真的有提到我们的孩子，或者是他说起了我们的孩子。天知道是什么原因，反正我也不记得了。但马里奥，他说了我原本要说的话，我是多生气呀！亲爱的，你要对此负责，我只想你理解我，你听到了吗？因为可以肯定的是，即使我做了什么坏事，那个人也不是我。真的，那里的那个人跟我一点关系都没有，但我们真的什么都没做，什么都没做，真的，我可以向你保证，马里奥，你相信我，你了解我的，即便我是个坏人，但如果帕科没有停下来的话，我也肯定会把他推开的。归根结底，这都是他的错，当他停下来时，他的双眼真是吓人，马里奥，他眼中似乎有火花，像个疯子一样。他说："我们疯了，小妹妹，对不起，我不想伤害你。"然后他起身，我满脸羞愧，没错，就是这样。细想一下，似乎是他主动停下的，但这已经不重要了。亲爱的，重要的是我们什么都没做，我向你发誓，真的，我很尊重你和我们的孩子，但我求求你，你别躺在那儿一动不动，你难道不相信我吗？马里奥，我已经把一切都跟你说了，亲爱的，我已经全盘托出了，我向你发誓，我毫无保留说出了一切，就像忏悔一般。真的，帕科吻了我，抱了我，我承认，但我们再没有逾矩的行为了，真的，我向你发誓，你一定要相信我，这是我最后的机会了，马里奥，你明白吗？我向你保证，如果你不相信我的话，我真的要疯了。你这么一动不动，就是不相信我。马里奥！你听见我说的话了吗？请你给点反应，好吗？我跟你保证，我从没这么坦率地跟别人说过话，你看，我是真心的，你听好了，对我来说，能不能得到你的原谅，是一个生死攸关的问题。你明白吗？马里奥，这不是任性，你看着我，哪怕只是一秒，请你睁开眼看看我，不要把我当成我姐姐那样的人。只要想到你可能会有这样的念头，我就很害怕。我向你保证，你看，胡莉娅是个随随便便的女人，她和一个意大利人在一起，那还是战争最激烈的时候，这是不可饶恕的。他俩不是一时冲动，而是有意而为之。说到底，加利是个陌生人，但帕科和他不一样。不管帕科是不是失去理智，还是做了别的什么事情，归根结底，他都是个绅士。马里奥，他说："我们疯了，小妹妹，对不起，我不想伤害你。"他还抢先说出这样的话。马里奥，我向你发誓，用什么起誓都可以，我原本也打算这么跟他说的。但我当时就像个傻瓜一样，完全被催眠了，没有理智，什么都没有了，就是个傻子，但我真的打算这么跟他说的，真的。他却抢先一步说了这话。当然，不管说话的人是谁，最重要的是，什么都没发生。马里奥，但请你看我一眼，请你说点什么，不要在那儿一动不动，好像我在撒谎，好像你不相信我似的。马里奥，亲爱的，我没有骗你，我从来没有这么坦率过，我说的都是大实话，完完全全的大实话，我向你发誓，我完全没有隐瞒，但你看看我，你说点什么呀！我求求你了，你看，我都低声下气了，你还要我做什么呢？马里奥，亲爱的，你看，如果你当时给我买台西雅特600，那不管是海鲨还是海鲸，都不会发生这样的事儿了。肯定是因为这样，我才被你们逼到那个地步的。旁人肯定也是这么认为的。但是，马里奥，原谅我，我都跪下了，我向你保证，我向你发誓，我和他之间什么都没发生，我一直都是你的，只是你的，我向你发誓，我发誓，我发誓，我以圣灵的名义发誓，马里奥，你让我用什么起誓都可以，我以妈妈的名义发誓。你看，你告诉我，我还能做什么，你看看我呀，哪怕只是一秒，求求你了，你睁眼看看我呀！难道你没听见我说的话吗？你还要我做什么呢？马里奥，如果我说的有半句假话，我愿受天打雷劈！我和他之间什么都没有发生，帕科还是个绅士，当然，我们俩见面了。但是，马里奥，我向你保证，如果我有一台西雅特600，那不管是帕科还是什么科，都没法让我动摇的。我以埃维罗和何塞·玛丽亚的名义发誓，你还想怎么样？我还能做什么，马里奥，我可是问心无愧的，但你听我说，我在跟你说话！马里奥，你不要不理我！求求你了，你看看我，一秒钟也好，半秒钟也好，你看看我，我求求你了，你睁开眼睛看看我！我真的没做坏事，真的，看在上帝的分上，你睁开眼睛看看我吧，只要一秒也好！你就遂了我的意吧，这有什么难的呢？如果你想的话，我跪下来求你了，我不怕丢脸，我发誓，马里奥，我向你发誓！我向你发誓！！你看看我！！如果我说的有半句假话，我愿受天打雷劈！！但我求求你，你别这么无动于衷的，请你看看我，我都跪下来求你了，我再也受不了了，再也受不了了，马里奥，我向你发誓。你看看我！我都要疯了！我求求你……

门口的动静让卡门吓了一跳。她转过头，跪坐在地上，装作在找什么东西。她的眼睛和双手都显得非常紧张。尽管透过窗户已经可以看见破晓的光线，但屋里的灯还亮着，在尸体的双脚和换鞋凳上投下了淡淡的光晕。

"妈妈，你怎么了？快起来！你在那儿跪着干什么？"

卡门脸上带着傻笑，站起身来。她没有一点力气，显得毫无防备，非常顺从。她的眼睑泛着一种近似浅紫色的粉红，侧眼看着别人，似乎是被吓到了。她呢喃道："我在祈祷。"但她语带犹疑，让人很难相信，她又说了一次，"我只是在祈祷而已。"她儿子走到她跟前，那双年轻的手臂环绕着她的肩膀，感觉到她在颤抖。

"你还好吗？"他问。

"我很好，孩子，为什么这么问呢？"

一夜之间，卡门的双颊和下巴像瘪了的气球，能看见下巴那儿还有一团软绵绵的像果冻般的肉，像是蓄着什么分泌物的袋子。卡门的眼下一片紫青，软绵绵的眼袋上也有了皱纹。马里奥坚持问道："你冷吗？我好像听见你自

277

己一个人在说话。"

他轻轻地拥着她走向门边，但卡门不愿意离开书房。她不自觉地沉默地对抗着儿子的推力，无声地、固执地反抗着，让马里奥松开了双臂。于是，她抬头张望四周，似乎是第一次来到这个现在被当作殓房的书房，而不是在这儿待了整整一夜。透过窗户，对面的屋子已经清晰可见，可以看见那铺着绿色小瓷砖的阳台，还有那落下了的白色百叶窗。突然，有一扇百叶窗打开了，小木板碰撞的声音干巴巴的，木头轮轴碰撞的声音似乎是房子懒洋洋的呵欠声。在百叶窗完全打开之前，楼下窄巷传来了三轮摩托车的打火声。在摩托的轰响之后，传来了低微的说话声和早起上班的人的走路声。一只麻雀轻快地掠过窗前的石台，那声音像是咯咯的笑声一般，仿佛正在春日里似的。最能骗人的也许就是那一片天空，像是阿西斯克洛工作坊的幕布般笼罩着大地，在几分钟内就转瞬从黑变白，从白变蓝。卡门看到丧服的黑纱，颠倒放着的书，还有那自行车的几何版画——标注了圆周线、三角形、切线——，桌上的蓝色地球仪，灯，马里奥那坐垫和边缘的皮革都被磨掉了的扶手椅，最后，像是要对这一切负起责任似的，她将目光慢慢移到了马里奥的尸体上，看着尸体的脸庞。她吸了一口气，看向儿子，用颤抖的手指机械地拢了拢衬衫的领口，用那微弱的、几乎听不见的声音，一边笑着，一边用推测的口吻说：“他一点都没变，你发现了吗？他脸上的颜色一点都没变。”

马里奥紧紧地搂住她的肩膀，说道：“我们走吧。”他说着，一边想把她带走，但卡门就像被钉在原地似的。

"没有眼镜，这看上去就不像他，"她又说，"你知道吗？他年轻时不戴眼镜，去电影院时一直看着我。这已经是好多年前的事儿了！时间呀！我都不知道当时你出生了没，我说的是很多年前的事儿了，但我说实话，那些岁月真是美好呀！也不知道为什么，这一生过下来，最后会是这般光景。"

她就像一架快要起飞的飞机，慢慢积蓄着力量。马里奥说："你不应该自己一个人留在这儿的。你的状态很不好，你昨晚合过眼吗？"听到这话，卡门突然抽泣起来，她将头埋在儿子那件蓝色混纺毛衣上，紧紧地靠在马里奥胸前，一边说着些不着边际的话。马里奥只能听到断断续续的句子。她说什么没用，说自己在他面前，说什么连一个眼神也……但卡门一下子就放松下来，听话地跟着马里奥走到厨房，在白色的凳子上坐下，看着马里奥给意式咖啡壶装满水，清理咖啡滤杯，将咖啡壶放到炉子上，迅速地调到第三档火。咖啡壶烧热了，一直发出"嘶嘶"声。厨房很昏暗，马里奥就坐在她身旁的另一张凳子上。院子里传来了清早时分的各种声音。

卡门没有挺直腰，像是在思考着什么，又像是被胸脯的重量压得直不起身来。她那件黑色毛衣一直勇敢地支撑着胸部的重量，而那胸部似乎要把衣服给撕破了。她假装不经意地扯了扯腋下的毛衣，说道："对于别人来说，今天就是寻常的一天，你看，今天和其他日子没什么两样。这一切看上去就像是假的。马里奥，我还是不能接受，我不能。"

马里奥晃动了一下。他害怕会再次打破难得的平衡。最后，他终于说道："这是所有人都要经历的。所有人都要经历这么一次，妈妈……我不知道该怎么安慰你。"

微弱的光从窗户透了进来，让卡门的脸庞陷在影子当中。在她说话时，在这片影子的中心，又出现了一个更深的阴影："世道变了。"

马里奥将他那黑黝黝的、年轻的和充满力量的双手放在她的膝盖上，说道："妈妈，世界一直在变，这很正常。"

"变得更糟了，孩子，世道总是越来越糟。"

"为什么越来越糟？只是我们没有发现，几百年前的人想的东西，他们流传下来的思想，不一定是最好的。妈妈，有时候，这些东西甚至是有害的。"

她皱着眉头，看着他："我不知道你这是什么意思。"

他俩说话的声音不高，马里奥的语气中流露出亲近的渴望:"妈妈,我想说的是,要听听别人的看法。比方说,正义的概念总是与我们的利益相吻合,你不觉得这很值得深思吗?"

卡门的眼神时而迟钝,时而变得不知所措。马里奥越说越志得意满:"我们只是想把窗户打开而已。你看,我们这个倒霉的国家,从她诞生的第一天开始,窗户就没有打开过。"

马里奥的脸因为激动而微微泛红。为了掩饰脸红,他站起来,走向咖啡壶。他旋了熄火的按钮,几秒钟后,炉子就变成了灰白色。他拿了两个杯子,在餐具架上拿了糖罐。他先给妈妈倒咖啡。卡门一动不动,眯着双眼,似乎在看远处的什么东西。

"我不懂你们,"最后,她呢喃道,"你们都像在打哑谜似的,似乎都想把我逼疯。你们读书读得太多了。"

马里奥把杯子递给她,用命令的语气说:"喝吧,趁热喝吧。"

卡门缓缓地用小勺子搅动着咖啡里的糖,喝下咖啡。一开始,她紧抿双唇,似乎是怕烫,但当她确认了咖啡的温度后,就将它一饮而尽。最后,她盯着自己的儿子,想要向他解释些什么。但她似乎什么都没想,而是凭着生理反应在说话。"不可能,"最后,她说道,"你一定不是那个说'我是哲学家'的小男孩。那时,你刚开始上小学,我看见你的考试分数，说：'这孩子是个智者！'你却对我说：'妈妈，我不是智者，我是哲学家。'"

为了掩饰自己的尴尬，马里奥喝了一口咖啡。但他喝得太急，咖啡从嘴边流了下来。他将杯子放在白色大理石桌面上，一边急忙用手背擦着嘴巴，一边低声说："别说了，你似乎很喜欢说什么天才儿童之类的话，来让我们难堪。"

卡门满脸惊讶，睁大了眼睛，眼里充满了惊讶："真的，这是另一件我不明白的事，你们竟然抱怨那些日子，明明在那时候，你们都是比现在更好的人。就像你的爸爸……"

马里奥一手扶着脑袋，大声地说："噢！更好的人！我的老天，妈妈！又来了，这二元对立论，好的跟坏的。"咖啡的香气和母亲的眼神让他想起了佛罗洛酒吧，他每天都在那里和同班同学讨论，一起撰写《当下简报》。他的声音越来越大，越来越激动。他点燃了一根香烟。"右派就是好人，左翼就是坏人！这是你们学到的，是吧？但你们就只想着接受这个观点，甚至不想深究当中的含义。妈妈，我们都同时既是好人，又是坏人。我们要消灭这种伪善，你明白吗？这样总比一辈子编造各种各样的理由好得多。在这个国家，从一开始，我们就想着要捂着耳朵，想着要消灭那些朝我们大喊大叫、想要把我们唤醒的人！"

我的天！还说什么'那是罪恶的声音'。我们就这么对自己说，让自己平静下来。当然，因此，我们才活得这么舒坦。"

卡门看着他，像是被吓到了。她的双眼变得冷漠，面无表情。她仔细地端详着他的脸，似乎想要得出什么答案。但是，马里奥明白，这是徒劳的，就像是一堵墙壁想要吸住回力球，想让球粘在自己的表面一样。卡门的脸平得就像是一堵墙，一堵只会将撞上来的球更加猛烈地反弹回去的墙。两人都不说话了。但是，卡门并没有生气，想表现出友好的态度。多洛开始在隔壁房间发出声响。院子里充满了嘈杂声：让人昏昏欲睡的对话声、扫地声、陶瓷器皿的碰撞声。卡门固执地摇了摇头，似乎想驱散脑中的想法，说道："你呢，儿子，你合过眼吗？"

马里奥将杯中的咖啡喝完。他每抽一口烟，都那么如饥似渴，像是要把全部烟雾都吸进身体里。"没有，睡不着。真奇怪，每次我想要睡着，都觉得垫子好像陷下去了，你明白吗？还有这里，"他用右手指了指胃的上部，"这里感觉乱成一团，就像是去做身体检查、等着叫号时的感觉一样。"

卡门的脸庞变得紧张起来，原本松软的下巴和眼袋都消失了。

"不！！"她大喊道。

但就在这时,多洛从房间里走了出来。"早上好。"她无精打采地说道。走廊尽头传来关门声,不久,又传来一声关门声。门铃响了。是瓦蕾蒂娜。她那放松的神情和头上的那一缕银发刺伤了卡门。瓦蕾蒂娜走到她身旁,两人脸庞交错,先是左边脸颊,然后是右边脸颊,礼节性地亲吻了一下空气和虚空,只听到嘴唇摩擦的声音,却感受不到任何温度。她说:"门楚,你肯定累坏了,是吧?你现在就感觉到了吧?你一整夜都没合过眼吗?"

卡门没有回答。瓦蕾催着她。已经七点四十五分了。在她洗漱的时候,蓓妮和埃丝特也到了。就像是星期四的茶话会。她们陪她一起去参加葬礼的弥撒。当她们回来时,家里已经是闹哄哄的。卡门的脑海中浮现出生命中的其他时刻,那些看上去已经无比遥远的时刻。"你不知道我多惊讶。""那么年轻,真的。""我是看报纸才偶然知道的。"最初的握手让她的右手手掌外侧又恢复了知觉。她向前俯身,先是左边脸颊,然后是右边脸颊。她觉得双唇都麻木了,不想再行贴面礼了。就这样,她不停地亲吻。埃丝特给她读了《邮电报》上的讣告。"愿这位好人安息,他将……放在……之前……""好人?是谁的好人?""在这样一个物质化的时代,马里奥·迪亚斯·科利亚多用他的文章和行为……""这是很好的侧写,是吧?""太让人感动了。""节哀,我在楼下等着。""愿他的灵魂安息。""卡门,这不是你的错,我支持你。""谢谢,何塞丘,你不知道我有多感谢你。"今天,那些雕像有了深深的眼睛,好像被钉住了一样,毫无光彩,但他们对相同的刺激做出了反应,不怎么说话。"你介意我去看看他吗?""门楚,你之后要休息一下,不要累坏了。""不介意。""他还很好,脸色都和之前一样。""我在楼下等着。"寂静。马里奥穿着蓝色混纺毛衣,门楚和阿尔瓦罗像迷路的孩子般,在人群中钻来钻去,跑个不停。"我们总会被内心的情感所欺骗。"叹气声。"你不用等夏萝了,她和恩卡娜在一起。""你不去墓园,是吗?我真不建议你去,宝贝,你听我的吧,你看我……""你知道孩子们睡得好吗?"有越来越多的雕像走上来,但离去的通道似乎被堵住了。"贝尔特兰,您介意先在街上等着吗?我们这里转不过身来了。""死得早的人是幸福的。""多洛,请你跟门房说,让这些人都到厨房里去。"卡门向前俯身,先是左边脸颊,然后是右边脸颊,亲吻着空气,亲吻着虚空,或是亲吻着那丝碎发。"我能想象你的情况,真是可怜呀!我还是无法相信。""愿他的灵魂安息。""我也无法相信……昨晚……前晚他吃了一些东西,看书看到很晚。怎么能想到会发生这种事呢?"书房和饭厅里已经挤不下更多的雕像。慢慢地,他们聚在了小前厅。"我们不过是凡人。""这些突然的离开总是让我很心痛。""能请您让一下吗?"

当卡隆的那些小伙子到来时，人们似乎打起了精神。卡门、马里奥、瓦蕾蒂娜和埃丝特来回奔跑，忙着开门关门，但还是有些落在后头的雕像不合时宜地拦住卡门，对她说："我是看报纸才偶然知道的。""谢谢，伊希尼奥，你不知道我有多感谢你。"伊希尼奥·奥亚尔顺待在前厅，和药店主人阿隆德一起。尽管那是大清早，天气微凉，但他们都没有穿风衣。书房的门开着，房间传来了叹气和抽噎声。"没有比他更好的人了。""可不是嘛。""我们不过是凡人。"伊希尼奥·奥亚尔顺看着莫亚诺藏在花白胡子背后的脸。阿隆德也用眼角的余光看他，之后弯下腰，轻轻地对奥亚尔顺说道："那是个革命分子。""是的。"奥亚尔顺笑了，不知是真笑还是假笑。之后又是一阵低语。"我很了解这些所谓的革命，他想要把我拉下来，取而代之。对于某些人来说，这是一场积极的革命，但这所谓的革命没有取得什么广泛的效果。我们都是一群厚颜无耻的人。""我们总会被内心的情感所欺骗。""他甚至来不及忏悔。""真是可怜！"莫亚诺歪了一下头。他双眼潮湿，喉结一上一下，动得越来越快。他穿着一件深色毛衣，没有穿衬衫。"一个正直的人死了。"他对阿罗斯特吉说。但他话音刚落，身后的奥亚尔顺就挺直了那原本就不高的身子，越过阿隆德，像是无意似的说道："正直？呵！这位先生并非本性正直，只是喜欢责备其他像我们这样不正直的人而已。他就是个伪君子。"

听到这话,莫亚诺失去了理智,他说:"你这恶心的纳粹分子!"奥亚尔顺推开想要制止他的阿隆德,直接大喊大叫:"放开我!我要撕破这人的脸!这混蛋!"

比森特从书房门里探出头来:"嘘!请保持安静,要出殡了。"

一片寂静。卡隆的那些小伙子把棺材抬在肩上,在众人的围绕中慢慢前进。在他们身后,卡门倚在门口,似乎要与门框融为一体。她没有哭。她扯了扯腋下的毛衣,顺从地让瓦蕾蒂娜的手搂着自己的肩,把她揽入怀中。

译后记

在这个三月的晚上,终于按下了"发送"键,把《与马里奥在一起的五个小时》的初稿发送到责编老师的邮箱。从最开始协助挑选德利韦斯的作品,到后来联系版权方才知道版权已经卖出,之后兜兜转转联系到责编杜晗老师,最后终于完成译稿的初校。这些波折,加上最近两年的一些经历,更让笔者相信,所谓的宿命和因缘也许是真实的存在。

第一次看到德利韦斯的作品是在西班牙友人家的书柜里。当时还不知道德利韦斯是著作等身的作家,而友人家里仅有两本他的小说——《与马里奥在一起的五个小时》和《纯真的圣徒》。随手翻开《纯真的圣徒》,发现书中好久都不见一个句号,也因此记住了这本有点古怪的小说和这个有点古怪的作家。在博士毕业回国后,笔者才初读德利韦斯的作品。读的时候并没有严格按照出版时间的顺序,而是随性点开电脑的文档,而《与马里奥在一起的五个小时》就是笔者最早点开的文档之一。我还记得,这本书给我的感觉是,它是不能默读的,要朗读出来,才能看得懂。只要朗读出来，我的眼前就出现了卡门的样子，她的语气，她的神态，她的手势和小动作，我都能看得一清二楚。这就是德利韦斯的作品的魅力之一——将口语融入文学创作当中。

在西班牙语版的前言中，西班牙女作家杜然（Aroa Moreno Durán）[①] 主要从女性研究和社会批评视角解读了这部小说。但这并不代表我们可以低估这部作品的文学价值。事实上，只有把作品的文学技法和社会批评结合起来，才能看到作者的用心巧妙和作品的真正价值。意识流、独白、互文以及杜然所说的"镜子游戏"都是作者为了躲过独裁政权审查的精心设计。卡门喋喋不休地说了五个小时，到最后，我们也能看到，她反反复复地说着同样的事情，记忆开始出现偏差，思绪愈加零散，时而还有口误，话题迅速地跳跃，有时甚至毫无逻辑可言。然而，说话最多的人最终却无法再为自己辩护，而默默承受着这一切指责的马里奥却能得到读者的理解。当然，笔者并不是想说马里奥做的就全是对的，但我们能做的——无论是在欣赏艺术作品还是在日常生活中——只有努力去理解，而不是去评判。而在这个方面，语言并不是优势，沉默也并

---

① 2020年，西班牙出版社 Ediciones Destino 为纪念作者诞辰一百周年，出了该书的新版，邀杜然为其撰写前言。

不意味着劣势。记得某位哲学家说过，语言一旦说出口，就失去了它原本的意义。卡门对马里奥说的话其实也是她对自己说的话。但即使说了这么多，语言终究没能让她诚实面对自己的内心，自然也无法诚实面对他人。诚然，这是缺乏勇气的结果，但也是时代的悲剧。或者说，是人类社会的悲剧，因为不仅是卡门，书中的所有人物都戴着锁链，而束缚着他们的锁链仍以不同的形式继续存在。

在其他作品中，德利韦斯也使用了不同的方式来展现他口中的那"两个西班牙"。而在《与马里奥在一起的五个小时》里，卡门和马里奥恰恰就代表了这两个西班牙。在内战之后，战胜方就像是婚姻中的强势方，决定了双方的关系和生活。而在过渡时期之后，双方似乎和解了，似乎可以共存了，却也只是貌合神离，因为根本的价值冲突仍未解决。卡门和马里奥的婚姻也许可以为这个"带有伤痕的国家"提供一些启示，让双方找到共同走向未来的方法。

另外，德利韦斯对口语的掌控和使用也是这部作品在西班牙文学史上留下重要影响的原因之一。正如前文所说，这是他的拿手好戏，但也提高了其作品的翻译难度。这也是此次翻译过程中最大的挑战。很多时候，卡门所使用的口头禅和惯用语并没有实际的意义，她的某些词语和表达甚至是二十世纪四十年代西班牙卡斯蒂利亚-莱昂地区特有的语言习惯。这也给查阅资料带来了一定的困难。同时，因为这部小说是从口语转写的文本，所以文段中多用逗号。译者只能尽力保留原文的意义和情绪，在形式上（如逗号和句号的使用、谐音的笑话）以及一些语言习惯上做了妥协。若有读者或同行可以提出宝贵意见，恳请不吝赐教。

最后，我想感谢杜晗老师、欧雪勤老师，以无比的耐心和爱心做着德利韦斯的中译本。感谢骆玉龙编辑，帮忙联系社内的责编杜老师。感谢赵强和赵文文编辑，费心帮忙打探德利韦斯中文版版权的去向。感谢 Peio González 先生和 Belén Mayoral de la Cámara 女士，耐心地和我探讨着书中词句的意思，为中译本提供了非常宝贵的意见。感谢 Borja Gómez de Santiago 先生、José Luis García de la Fuente 先生、Luis Alfonso Gómez Domínguez 先生和 María Adella Gómez Domínguez 女士，我很珍惜我们共度的时光，你们一直守护着我心中的星火，一直支持我去做自己想做的事情。感谢我的家人，你们包容着我所有的选择和决定。少了你们当中的任何一个人，我都无法成为今天的我。最后，感谢德利韦斯，写下了这么多美好的作品，在揭露那残酷现实和人性的同时，仍给我们留下一丝光亮和温暖。最近大半年是我人生低潮的时期，而翻译他的这两部作品则是支撑我走下去的动力。

絮絮叨叨，寥寥几笔，记下凌乱的思绪，也为满足自己的一点私心。译者水平有限，译本有错漏或不当之处，恳请各位指正。希望读完这本书的你们，可以在看清那些锁链之后，仍能坚持护住自己心中的亮光，也去努力护住身边的那点点星火。共勉。

译者

2022 年 3 月 13 日于澳门